컴퍼스
콤플렉스

3

컴퍼스 콤플렉스 3

초판 1쇄 인쇄 2014년 7월 4일
초판 1쇄 발행 2014년 7월 11일

지은이 백묘
발행인 오영배
기획 박성인 **책임편집** 이신옥
표지 · 본문 디자인 신경선 **일러스트** 이지선

펴낸곳 (주)삼양출판사 · 단글
주소 서울특별시 강북구 솔샘로67길 92
대표 전화 02-980-2112 **팩스** / 02-983-0660
블로그 blog.naver.com/dan_gul
출판등록 1999년 3월 11일 제9-00046호

ISBN 979-11-313-0048-0 (04810) / 979-11-313-0045-9 (세트)

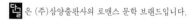 은 (주)삼양출판사의 로맨스 문학 브랜드입니다.

컴퍼스
콤플렉스

3

백묘 장편소설

달

|차례|

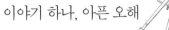

이야기 하나, 아픈 오해

윤 과장이 설계팀에 돌아온 건 오후 4시 경이었다. 사무실로 들어오는 윤 과장의 모습을 보자 승민도 돌아왔을 거란 생각에 마음이 들떴다. 오늘은 좀 일찍 볼 수 있겠구나.

저번에 차를 고향 집에 놔두고 온 후, 승민과 함께 출퇴근을 했다. 최근에 승민은 워낙 바빠서 출퇴근 시간이 아니면 만날 수가 없었다. 오늘은 일찍 돌아왔으니 어쩌면 휴게실 같은 곳에서 볼 수 있을지도 모르겠다.

윤 과장을 보자마자 승민을 떠올리며 두근거리는 자신의 모습을 깨닫고 문득 '파블로프의 개'가 생각났다. 종소리를 들을 때마다 밥을 먹게 되었던 개가 나중에는 종소리만 들어도 침을 흘리는 것처럼, 자신도 윤 과장을 볼 때마다 승민을 떠올리게 되고 말았다.

'아, 뭐야. 내가 개도 아닌데.'

이렇게까지 되는 건 심한 것 같아서 자중해야겠다, 결심하는데 이번에는 '어린 왕자'의 여우가 떠올랐다.

여우는 말했다. 당신이 오후 4시에 오면 3시부터 마음이 즐거워질 거라고. 시간이 지남에 따라 행복감은 더해지고, 4시가 되면 보고 싶어서 안절부절못하게 될 거라고. 그렇게 길들여지면 특별한 관계가 되는 거라고.

처음의 마승민은 정말 싫은 거만한 남자였다. 하지만 어느 순간부터인가 그와 함께하는 시간이 즐거워졌고, 그와의 대화를 기다리게 되었다. 그리고 지금은 그를 볼 때마다 가슴이 떨리고 기뻐서 안절부절못하게 된다.

마승민은 정현수에게 있어서 특별한 사람이 되었다. 정현수를 길들인 사람.

'마승민 씨는 어떨까? 나도 그 사람에게 특별한 사람일까?'

책상에서 뭔가를 뒤적거리던 윤 과장이 현수에게 다가왔다. 윤 과장은 늘 그렇듯 다정한 미소를 지으며 현수에게 말했다.

"마 대리가 잠깐 휴게실에서 보자는데."

"아, 저를요?"

"응. 다녀와."

승민이 회사에서 따로 만나자고 하는 건 처음 있는 일이다. 현수는 주위의 눈도 의식하지 않고 벌떡 일어나 휴게실로 향했다.

무슨 일일까? 왜 보자고 한 거지?

금방 이유를 들을 수 있을 텐데 마음이 급해졌다. 빨리 승민을 보고 싶다.

휴게실에는 승민만 있었다.

승민은 휴게실 끝에 있는 소파에 구부정하게 앉아 두 손을 무릎 위에서 움켜쥐고 있었다. 분위기가 심상치 않았는데, 승민을 만났다는 생각에 들뜬 현수는 미처 그 분위기를 잡아내지 못했다.

"마승민 씨. 보자고 했습니까?"

현수가 들어오는 소리에도 가만히 있던 승민이 천천히 고개를 들었다. 승민의 표정을 보고서야 현수는 즐거워할 분위기가 아니라는 걸 느꼈다. 승민의 낯빛은 어두웠고 눈빛은 차가웠다. 무감정하고 서늘한 눈동자는 현수가 아는 승민의 눈빛과는 달랐다. 승민은 현수와 처음 만난 순간에도 이러한 눈빛을 하지 않았다.

"마승민 씨?"

"설계팀 일, 잘 배우고 있냐?"

승민의 음성이 평소보다 낮았다.

"네, 뭐…… 열심히 하고 있습니다."

"배울 건 있고?"

"네. 제가 모르는 것들이 많더라고요. 윤 과장님이 워낙 친절하게 알려 주셔서 좋아요."

"그래. 그럼 열심히 배우고, 내일부터는 콘셉트카 회의에 들어오지 마."

"……네?"

"회의, 들어오지 말라고."

잘못 들은 줄 알았다. 승민이 두 번이나 말했는데도 현수는 자기 귀를 의심했다.

"뭐라고요?"

"장애 있냐? 왜 몇 번이나 말하게 해? 내일부터 회의 들어올 필요 없다고. 그냥 설계팀에서 일이나 배워."

"……그게 무슨 말씀입니까?"

"말 그대로야."

"저, 그것 때문에 본사 출근하게 된 거 아닙니까? 그런데 갑자기 왜……?"

"이제 디자인 다 완성해서 보냈잖아. 굳이 들어올 이유 없어."

"그래도 들어가고 싶습니다. 앞으로 어떤 식으로 진행될지 궁금하기도 하고…….'

"네가 고집을 부린다고 해서 되는 일이 아니야."

"마승민 씨, 갑자기 왜……?"

"회사 일, 장난치면서 하는 거 아니다. 내가 팀의 팀장이고, 너한 테 들어올 필요 없다고 하면 넌 그냥 안 들어오면 되는 거야."

승민의 목소리에서 얼음이 뚝뚝 떨어졌다. 보일 리 없는 날카로운 얼음 조각이 현수의 눈에는 보였다.

이 남자, 정말 마승민이 맞나? 낡은 프라이팬과 수저를 찾아들고 자랑스러워하던 그 귀여운 남자랑 동일 인물이 맞긴 한 거야?

현수는 눈을 크게 뜨고 승민을 올려다봤다. 승민은 현수와 시선을 맞추지 못했다.

"하여간 그렇게 알고 내일부턴 들어오지 마. 간다."

승민은 현수의 대답을 듣지 않고 현수를 스쳐 지나갔다. 현수는 그를 붙잡고 싶었다. 그의 팔을 꽉 붙들고 왜 그러냐고, 무슨 이유냐고, 갑자기 왜 이렇게 변한 거냐고 묻고 싶었다.

하지만 그럴 수 없었다.

회사 일에 개인적인 감정을 끌어들이는 것은 프로가 아니다. 승민의 말대로, 승민이 팀장이니까 승민의 말을 따르는 게 옳았다.

아랫입술을 잘근 깨물었다. 방금 전까지만 해도 구름 위에 뜬 것처럼 즐거워하던 것이 꿈같았다. 가슴 근처에 파고드는 아픔이 서서히 번져 나가기 시작했다. 그 아픔은 예리하게 혈관을 타고 퍼졌다.

현수는 느릿하게 손을 올려 가슴 위에 얹었다. 가슴을 꽉 눌러봤지만 통증은 사라지지 않았다.

"아…… 뭐야……."

사실 이것이 회사 일이 아니더라도 현수에게는 승민에게 왜 갑자기 태도가 바뀌었냐고 물어볼 명분이 없었다. 승민과는 아무 사이도 아니니까. 승민이 갑자기 돌변해도 매달릴 수 없는, 그런 관계니까.

"아프잖아."

아무리 눌러도 통증이 사라지지 않아 현수는 두 손으로 얼굴을 덮었다. 하마터면 흐를 뻔한 눈물을 꾹꾹 눌러 집어넣고, 현수는 작게 중얼거렸다.

"너무 아프잖아…… 이런 거……."

승민은 빠르게 복도를 걸어갔다. 놀란 듯 흔들리던 그녀의 눈동자가 어디까지고 따라올 것만 같았다. 맑고 투명해서 결코 흔들리지 않았던 눈동자가, 승민의 차가운 목소리에 반응했다.

놀랐겠지. 황당했겠지. 아침까지만 해도 집까지 태우러 갔던 사람이 갑자기 이런 식으로 대하니 어이가 없었겠지.

이렇게까지 차갑게 할 필요는 없었다. 그럴 생각 역시 없었다. 하지만 아픔을 감추려다 보니 의도한 것과 다른 말투가 튀어나왔다. 최악이다. 현수는 잘못한 게 없는데 이런 식으로 퍼부어 버리다니.

창피하고 서러웠다. 이런 순간에도 현수에게 매달리고 싶은 자신의 감정이 창피했고, 이런 순간에도 현수에게 고백하지 못하는 자신의 위치가 서러웠다.

남자는 태어나서 세 번 우는 거라던데, 그런 말은 개나 줘 버렸으면 좋겠다. 세 번은 개뿔. 세상에 울 일이 얼마나 많은데.

현수 문제만으로도 백 번은 울 수 있을 것 같은 심정이다.

다시 휴게실로 돌아가 현수의 손을 잡고 아까 한 말은 농담이었다고 말하고 싶은 충동을 이겨 내는 것이 가장 힘들다. 승민은 주인의 의지를 배반하고 자꾸만 멈칫거리는 발을 서두르느라 곤욕을 치렀다.

"선배님, 다녀오셨어요?"

사무실로 들어가자, 훈영이 다가왔다.

'혹시 이 녀석이 배신한 건 아니겠지?'

현수가 아니라고 생각하고 싶은 마음에 훈영에게 화살을 돌렸다. 눈을 가늘게 뜨고 쳐다보는 승민을 보며 훈영이 씩 웃었다.

"선배님, 그런 표정 안 지어도 잘생기셨어요. 일은 어떻게 됐어요?"

"아, 뭐…… 일단 조립팀 부장님이 어떻게든 해 보신대. 부품 쪽도."

"아, 다행이네요."

환하게 웃는 훈영의 순박한 모습을 보자 작게 싹텄던 의심이 깨끗이 사라졌다.

"너네 집 잘 산다고 했지?"

"네, 못 살진 않아요."

"망해도 삼 대가 먹고 살 만큼?"

"삼 대가 뭐예요. 오 대는 먹고 살걸요."

"그럼 이 회사 잘려도 걱정 없겠네."

"그렇죠. 일단 이 일이 좋으니까 하긴 하는데…… 최 과장님이 저한테 막 대하면 사표 확 뿌려 주려고요. 그땐 선배님 몫까지 뿌리겠습니다."

"내 건 관둬라. 우리 집은 나 하나 먹여 살릴 돈도 없으니까."

훈영이 웃었다.

"어쨌든 한고비 넘겼네요. 되게 걱정했는데…… 모터쇼 때가 기대되네요."

"그래, 기대되지……."

'오늘 아침까지는. 오늘 아침까지는 현수와 함께 출퇴근할 수 있다는 것만으로도 세상이 다 내 것 같았으니까. 오늘 아침까지는 현수가 누구의 여자든 상관없이 언제든 나와 함께 일할 거란 생각에 즐거웠으니까. 오늘 아침까지는 정말로 기대가 됐지. 정말로.'

하지만 지금은 조금도 기대가 되지 않는다. 모터쇼고 자동차고 될 대로 되라지. 사람들 시선이 내 차에 쏠리든, 남의 차에 쏠리든 알 게 뭐야?

승민은 아까부터 이마께를 간질이는 머리를 쓸어 넘기며 한숨을 쉬었다.

다 망해 버려라! 전부 다!

채영은 숨을 쉴 수가 없었다.

'얘는 무슨 말이 이렇게 많은 거야?'

진혁의 수다는 끊이질 않았다. 같이 택시를 타고 한강으로 이동 하는 동안, 알 생각도 없던 진혁의 어린 시절부터 현수의 어린 시절 까지 속속들이 알게 되었다. 채영 자신이 진혁과 소꿉친구인 것 같 다는 생각이 들 정도였다.

"그 일이 있고 나서 현수네 어머니가 돌아가셨어요."

한강 고수부지의 계단에 앉아 진혁이 아까부터 하던 어린 시절 이야기를 계속했다. 두 사람은 간이 편의점에서 산 음료수를 하나 씩 들고 있었다.

"현수네 어머니가 돌아가셨다고?"

"네, 현수 열 살 때."

"그래?"

워낙 밝아서 그런 일이 있었는지는 몰랐다.

"원래 몸이 약하셨어요. 병으로 돌아가셨죠. 엄청 울었어요."

"그래, 어머니 돌아가시면…… 그렇겠지."

"아뇨. 현수 말고 제가요."

"……"

"현수네 어머니 진짜 예쁘고 상냥하셨거든요. 제가 진짜 좋아했죠. 매일 현수네 집에 가서 논 것도 걔네 엄마 좋아서였으니까요. 돌아가셨을 때 진짜 너무 울어서 어린 마음에도 이렇게 울다가는 내장이 빠져나가겠구나, 싶었어요."

"그, 그래……."

"오히려 현수는 안 울었어요."

"엄마랑 안 친했나 봐?"

"아뇨. 그런 건 아니고…… 걔는 좀 의외로 책임감 같은 게 있는 애거든요. 쓸데없는 조숙함이라고 해야 하나? 너무 울면 아버지가 더 슬퍼할 테니까 울면 안 된다고 그러더라고요."

"……그래."

"그래서 전 대단한 애라고 생각했죠. 엄마가 돌아가셨는데도 울음을 참다니, 멋진 녀석이다. 사내 중의 사내다. 뭐, 그런 식으로."

"현수는 여자잖아."

"여자죠. 하지만 걘 남자보다 더 남자다웠거든요. 싸움도 잘하고 공부도 잘하고 여자들한테 인기도 많고, 게다가 슬퍼도 울음을 참을 줄 알고. 그래서 다들 현수 기특하다고, 대단하다고 칭찬했죠.

우리 반 애들도, 선생님도, 동네 어른들도."

"……."

"얼마나 힘들었겠어요. 다들 칭찬하니까 더 울 수가 없어진다는 게……."

장난스럽던 진혁의 음성이 무거워졌다.

"어느 날 현수 집에 깜짝 방문을 했어요. 몰래 들어가서 놀라게 해 줄 생각이었는데, 방문을 열어도 현수가 침대에 누워서 일어나지 않더라고요. 어디 아픈가 싶었거든요. 그런데 울고 있더라고요. 울음소리가 밖으로 안 빠져나가도록 베개에 얼굴을 파묻고."

"그래서? 위로해 줬어?"

"아뇨. 걔 우는 거 보니까 나도 갑자기 아줌마 생각나서 같이 울어 버렸죠. 나중에는 현수가 절 끌어안고 울더라고요. 꺼이꺼이. 걔 우는 걸 본 사람은 나밖에 없을걸요."

"그래……."

"그러고 몇 년 후에 걔네 아버지가 암에 걸리셨어요. 아줌마도 병으로 돌아가셨는데 아저씨까지 병에 걸려서 걔 아마 엄청 무서웠을 거예요. 그래도 대단한 건, 무서운 거 드러내지 않고 담담히 일하더라고요. 아버지가 맡긴 곳이니까 다 나아서 돌아오실 때까지 평소처럼 유지해야 된다면서. 나만 옆에서 훌쩍훌쩍 울어댔죠, 뭐."

진혁은 그때의 일이 떠오르는지 눈시울을 붉혔다.

"아버지는 이제 괜찮으시고?"

채영은 그것이 진심으로 걱정됐다.

"네, 건강하세요. 재발 가능성이 높은 병이라 걱정이 되기는 하는데, 아직까지는 괜찮으세요. 다행이죠."

"그러게, 다행이네."

"현수가 좋아하는 일을 하기 위해 더 넓은 세상에 발을 내디뎌서 정말 기뻐요. 걔는 좀 남한테 기대지 않고, 슬픈 일 있어도 속으로만 삭이면서 꾹꾹 참아내는 애라 걱정스러웠거든요. 많은 사람들을 만나고 경험하다 보면 그런 부분도 조금씩 나아지겠죠. 슬픔을 드러낼 줄 알아야 그만큼 즐거운 일도 많아지는 거니까요."

채영은 현수가 부러웠다. 병으로 어머니를 잃고, 아버지가 암에 걸린 적도 있어서 걱정할 것이 많은데도 그녀가 부러운 건 아마도 진혁 때문일 것이다. 진심으로 걱정해 주고 위해 주는 친구가 현수에게는 있었다. 현수의 불안한 부분을 알면서도 그걸 나무라지 않고 조용히 격려해 주는 친구가, 그녀에게는 있었다.

'나에게도 우진혁 같은 친구가 있을까?'

정답은 NO.

채영을 만나는 친구들은 채영의 껍데기만을 보는 친구들이었다. 채영 역시 친구들의 껍데기 외에 다른 부분을 볼 생각을 하지 않았다. 주는 만큼 받는다. 현수에게 진혁 같은 친구가 있는 것은, 현수 역시 진혁을 그런 식으로 위해 주기 때문일 것이다.

이것은 그동안 품은 질투와는 성질이 다른 종류의 부러움이었다. 미움이나 원망이 담기지 않은 순수한 부러움.

경멸하고 질투하고 미워하고 괴롭히다가 이제는 순수하게 부러워하다니.

조소가 흘러나왔다.

채영의 입가에 번진 미소를 본 진혁이 눈을 부릅떴다.

"아니, 누님은 왜 현수의 아픈 가정사를 들으면서 웃으시는 겁니까? 그렇게 즐겁습니까?"

"……이게 즐거워서 웃는 걸로 보이니? 너도 참 눈치가 없구나."

"전 즐거울 때만 웃습니다."

진혁이 당당하게 말했다. 순진하다면 순진하다고 해야 할 그의 말에 또다시 웃었다. 조금 전과는 다른 의미의 웃음이었다.

"그건 너니까 그런 거고. 어떤 사람들은 자신에게 실망하거나 자신이 한심하게 느껴질 때도 웃어. 우는 대신 웃는 거지."

진혁이 채영을 빤히 응시했다. 뭔가 말을 잘못 했나 싶어 시선을 피하는데 진혁이 진지하게 물었다.

"울고 싶으세요?"

"뭐…… 뭐? 가, 갑자기 왜?"

"우는 대신 웃는다면서요?"

"아니, 말이 그렇다는 거지. 말도 못 하니?"

"아까 말했잖아요. 슬픔을 드러낼 줄 알아야 그만큼 즐거운 일도 많아지는 거라고."

학원 만화에나 나올 것 같은 소리를 진혁은 뻔뻔한 얼굴로 잘도 내뱉었다. 웃기는 건 그런 이야기에 몰입하고 있는 자신의 모습이었다. 어린애도 아닌데 그런 이야기가 뭐 그리 마음에 와 닿는다고.

쓸데없는 소리 하지 말라고 웃어 주려 했지만 입술이 움직이지 않았다. 그저 멍하니 진혁의 얼굴을 바라봤다. 걱정스럽게, 진지하게 채영을 응시하고 있는 진혁의 눈동자.

얘는 원래 이렇게 남의 일에 참견을 많이 하나? 누구에게나 진심으로 걱정스러운 눈빛을 던지는 애인가?

"현수가 싫어. 난 네 친구가 싫어."

진지한 눈빛에 홀려서 자신이 무슨 말을 내뱉는지도 알 수 없었다. 입술이 멋대로 움직여 가슴속에 꼭꼭 숨겨 뒀던 마음을 소리로 만들어 냈다.

"아, 그건 곤란한데요. 현수가 싫다니⋯⋯."

진혁의 중얼거림에 정신을 차리고 입을 다물었다. 내가 어린애를 상대로 무슨 소리를 하고 있는 거야?

채영은 벌떡 일어났다. 갑자기 일어나자 어지럼증이 밀려왔다. 비틀거리는 채영의 손목을 진혁이 붙잡았다. 진혁의 깊은 눈동자는 여전히 채영을 향해 있었다.

"현수가 왜 싫으세요?"

'얘도 역시 현수뿐이구나. 승민 씨처럼 현수를 중심으로 생각이 돌아가는 애구나. 그럴 만도 하지. 만난 지 얼마 안 된 승민 씨의 마음도 제 것으로 만든 애인데, 어린 시절부터 알아온 이 애의 마음은 어떻겠어.'

전부 놓아 버리고 싶은 심정이 되었다. 현수를 위해 움직여 주는 사람들은 이렇게나 많은데, 채영을 위해 움직여 주는 사람들은 없었다. 열심히 살아온 결과가 고작 이런 거라니. 가장 되기 싫은 인종이 되어 버리는 거라니. 그런데도 고민 하나 털어놓을 수 없는 이런 상황에 처하는 거라니.

"싫은 데 이유가 있을까? 그냥 싫어."

"그건 정말 곤란해요, 누님."

"네가 그 애를 좋아한다고 나한테까지 같은 마음을 요구하지 마. 싫은 건 싫은 거니까."

어린애처럼 투정을 부린다는 생각도 없이 주절주절 내뱉었다. 진혁은 정말 곤란한 낯빛으로 고개를 저었다.

"아니, 아니요. 그런 게 아니라…… 걔는 누가 자기를 이유 없이 싫어하면, 싫어할 만한 이유를 만들어 주는 애거든요. 누님이 이유 없이 자기를 싫어한다는 걸 눈치채면…… 누님, 밤길이 위험해질 겁니다."

"……뭐, 뭐라고?"

"진짜로요. 그래서 우리 마을엔 이유 없이 걔 싫어하는 사람 없어요. 누님도 얼른 걔 싫어하는 이유를 만드는 게 좋을 겁니다."

농담 같은 말을 진혁은 웃음기 하나 없이 말했다. 채영은 진혁에게 잡힌 손목을 빼내기 위해 힘을 줬지만, 역시나 진혁의 힘을 이길 수 없었다.

"승민 씨가 그 애를 사랑하는 거, 알고 있어?"

결국 고개를 숙이고 중얼거리듯 말했다. 강물이 흐르는 소리에 섞여 진혁의 귀에는 들리지 않기를 바랐다. 하지만 진혁은 알아들은 듯 고개를 끄덕였다.

"역시…… 그럴 것 같았습니다."

"그래. 그럼 나랑 승민 씨가 과거에 연인이었던 것도 알아?"

"네, 얼마 전에 들었습니다. 지금은 아무 사이 아니라고."

"그래, 맞아. 지금은 아무 사이 아니야. 그런데 싫어. 그 애가 승민 씨 옆에 있는 거."

'내가 왜 이런 소리를 하고 있는 거지?'

채영은 여섯 살이나 어린 남자에게 창피한 부분을 솔직하게 말하는 자신을 이해할 수 없었다. 채영의 마음을 모르는 진혁은 고개를 끄덕거리며 말했다.

"아아, 현수를 질투하는 겁니까? 뭐, 그럴 법도 하죠."

"……그럴 법도 하다고? 난 이미 헤어진 남자의 여자를 질투하고 있는 거야. 이게 뭐가 그럴 법도 해? 말도 안 되지."

"왜 말도 안 돼요?"

"과거는 과거일 뿐이야. 깔끔하게 헤어져서 이제는 동료, 그 이상도 이하도 아닌 사이인데 축하를 해 주지 못할망정 질투하고 있는 거잖아. 이게 말이 돼? 안 웃겨?"

"안 웃긴데요. 과거는 과거일 뿐인 게 어디 있어요? 과거가 있으니까 현재도 있는 거고, 사람 마음이라는 게 과거일 뿐이라면서 딱 끊어 낼 수도 없는 거고…… 나도 예전에 헤어진 지 오래된 애가 다른 남자랑 팔짱 끼고 지나가는 거 보니까, 되게 씁쓸하고 그러더라고요. 저놈이 나보다 나은 게 뭐가 있는지 생각도 해 보게 되고…… 다 그러고 사는 거 아니에요?"

그런 식으로도 생각할 수 있는지는 몰랐다.

"뭐, 그게 심해서 집착이 되면 그땐 큰일인 거지만 어느 정도의 서운함, 아쉬움 같은 건 사람인 이상 딱 잘라 끊어 버리기는 힘든 거죠."

"만약 그 감정이 평생 가면 어떻게 해? 평생 아쉽고 서운하고, 그래서 평생 그 남자 옆에 있는 여자가 미우면…… 그러면 어떻게 해?"

매달리듯 묻는 채영의 모습에 진혁이 놀라 눈을 크게 떴다. 하지만 곧 환하게 미소를 지었는데, 그 미소가 얼마나 근사한지 채영은 저도 모르게 마른침을 삼켰다.

"누님, 그렇게 안 봤는데…… 되게 귀여우시네요. 우와, 깜짝 놀랐어요. 이런 게 여자의 감춰진 매력이라고 하는 건가?"

"무, 무슨 소리야, 그게!"

귀엽다는 말을 들은 건 처음이다. 얼굴이 붉어졌다.

별 의미 없는 말이었는지 진혁은 머리를 긁적거리며 무심히 말했다.

"평생 갈 일은 없어요. 마음이라는 게 어느 순간 무뎌지는 법이거든요. 계속 보다 보면 미운 감정도 서서히 사라지고, 언젠가 아무 감정이 아니게 되는 거죠. 어쩌면 좋은 감정으로 변할 수도 있는 거고요. 사람 마음, 딱 한 길로만 흘러가는 게 아니잖아요. 복잡 미묘해서 더 어렵고, 그래서 더 즐거운 거죠."

채영보다 한참 어린 진혁은 채영보다 한참 어른스러웠다. 장난스러운 미소를 짓고 있지만 말의 내용은 진지했다. 어린애처럼 내뱉는 채영의 투정을 진혁은 귀찮은 기색 없이 다 받아주었다. 한 마디에 한 마디로, 또 한 마디에 한 마디로. 그렇게 진혁은 단 한 마디도 놓치지 않고 채영과의 대화를 이끌어 갔다.

잡힌 손목이 뜨거웠다. 조금 아플 정도의 힘으로 잡혀 있는데,

뿌리치고 싶지 않았다. 그리고 그런 생각을 하는 자신을 용서할 수가 없었다.

"그만 가야겠어."

"기분은 좀 나아지셨어요?"

정말로 궁금한 듯 묻는 진혁에게 거짓말을 할 수가 없었다.

"응, 좀 나아졌어."

진혁이 환하게 웃었다.

"그거 다행이네요."

그의 미소가 조금 눈이 부셨다.

한 사람이 무엇보다 소중해지는 순간은 언제일까?

어두운 거리를 떠돌며 현수는 생각했다.

아마도 '순간'이라는 것은 없을 것이다. 한 번을 보고 두 번을 보고, 그렇게 보고 또 보는 시간들이 쌓여 어느덧 그 사람이 세상에서 가장 소중한 사람이 되는 거겠지.

한밤에 내린 눈이 아침에 일어나면 소복이 쌓이는 것처럼. 조금씩 불어난 강물이 갑자기 대지를 덮치는 것처럼.

마승민이라는 존재가 너무나 소중해졌다. 승민의 존재는 쌓인 눈처럼 보드랍기도 했고, 불어난 강물처럼 강렬하기도 했다.

함께일 때도 승민의 존재가 커졌다는 것은 알고 있었다. 그가 현수의 삶 속에서 소중한 존재가 되었다는 것 역시 알고는 있었다.

그러나 그의 서늘함을 마주하는 순간, 그가 더 이상 따뜻하지 않게 된 순간 그의 소중함을 더욱 절실히 깨닫게 되었다. 공기가 사라지면 그 존재를 더 크게 실감하고 갈구하는 것처럼.

매일 승민을 만나고 매순간을 승민과 함께했던 것은 아니다. 그런데도 이 순간, 승민이 곁에 없는 것이 이토록 허전하게 느껴지는 이유는 무엇일까?

모든 것이 공허했다. 불어오는 바람에 섞인 수많은 냄새가 느껴지지 않을 만큼, 귓가에 부딪히는 수많은 소리가 들리지 않을 만큼. 무중력 공간에 덩그마니 혼자 남은 듯, 어두운 심해 속 어딘가에 뚝 떨어져 유영하는 듯. 아무것도 느낄 수 없으면서도 허전함과 외로움만은 느낄 수 있는, 모순된 감각이 현수를 지배했다.

눈물조차 나지 않는 이유는 이 상황을 여태껏 받아들이지 못해서일 것이다. 어째서? 왜 갑자기? 그 의문을 떨쳐낼 수가 없어서 승민이 차가워진 사실을 받아들이기 힘들었다.

도대체 왜? 왜 그러는 건데?

서늘한 눈빛과 차가운 음성이 뇌리를 떠나지 않는다. 정신없이 걷다 보면 어느 순간 희미해질 줄 알았는데, 오히려 또렷하게 생각이 났다. 돌변한 그의 태도가 해일처럼 몰아닥쳐 몇 번이고 현수를 쓰러뜨렸다.

"학생, 괜찮아요?"

누군가 팔을 잡아주며 걱정스럽게 물었다. 그제야 현수는 자신이 심하게 비틀거리며 걷고 있었음을 깨달았다.

"네, 죄송합니다."

기계처럼 감정 없는 대꾸를 하고 또다시 걸었다. 몇 번인가 어깨를 부딪친 사람들이 욕설을 내뱉었지만 개의치 않았다. 낯선 이들의 욕설은 아무래도 좋았다.

　　─회사 일, 장난치면서 하는 거 아니다. 내가 팀의 팀장이고, 너한테 들어올 필요 없다고 하면 넌 그냥 안 들어오면
　　되는 거야.

　베일 듯 날카로운 그의 음성만이 현수의 머릿속을 가득 채웠다. 다른 생각을 할 수가 없었다.
　누구나 변덕을 부리고 싶은 날이 있는 거다. 누구나 유독 기분이 나쁜 날이 있고, 누구나 유독 날카로워지는 날이 있다. 오늘의 승민 역시 유독 그랬던 것일 뿐, 내일이면 평소처럼 돌아올지도 모른다. 원래의 따뜻하고 다정한 마승민으로.
　그런 생각을 하면서도 세상을 다 잃은 것 같은 기분을 지울 수가 없었다. 온 신경이 그에게 집중되어 다른 기분을 느낄 겨를이 없었다.
　이런 건가? 사랑이라는 게 이렇게 비이성적으로, 한 사람의 행동에 휘둘리는…… 아아. 이렇게나 불안한 감정인가?
　재희는 말했다. 온 신경이 사랑하는 사람에게 집중되어 있으니까 그 사람의 작은 행동 하나에도 신경이 쓰이고 마음이 가고 걱정이 된다고. 하지만 그것을 성취했을 때의 기쁨이 크기에, 한 발 내딛는 거라고.

'하지만 성취해 낼 가능성이 없으면? 계속 이렇게 아프고 슬프고 공허한 기분만 느껴야 한다면? 내가 아무리 손을 뻗어도······.'

현수는 손을 앞으로 내밀었다. 저 앞 어딘가에서 일렁거리는 승민의 영상을 붙잡기 위해. 하지만 차가운 눈빛의 승민은 닿을 듯 닿지 않는 거리에서 가만히 현수를 노려보다가, 일말의 감정도 없이 돌아서서 떠나 버렸다. 도저히 손 댈 수 없는 먼 곳으로.

'닿지 않으면?'

현수는 뻗었던 손을 거둬 눈을 가렸다. 잡을 수 없다면 먼 곳에 있는 그의 모습이라도 보지 않기 위해서. 그러나 눈앞을 가려도 그의 모습은 사라지지 않았다. 닿지 않는 먼 곳에서 싸늘한 눈빛으로 현수를 바라볼 뿐이었다.

'그러면 도대체 어떻게 해야 되는 거지?'

복도에서 마주친 현수는 무언가를 기대하는 듯한 눈으로 승민을 쳐다봤다. 아마도 승민이 다시 회의에 들어오라고 말해 주기를 바라는 거겠지. 그녀의 맑은 눈동자는 자신의 감정을 숨김없이 드러냈다. 그것을 보는 것이 괴로웠다.

말해 버릴까?

네가 너의 그 잘난 애인에게 일 이야기를 떠들어 대는 바람에 우리 팀의 비밀이 새어 나갔다. 나는 팀의 비밀이 새어 나간 것보다, 네가 우리의 약속을 지키지 않은 것이 속상해서 견딜 수가 없다. 그게 괴롭고 슬퍼서 아무것도 못 하겠다. 자동차든 프로젝트든, 이제는 다 필요 없다. 너를 가지고 싶다. 다른 건 아무것도 필요 없으니네가 내 옆에 있으면 좋겠다.

퇴근 후 편안하게 수다를 떠는 너의 일상도, 힘들 때 한숨을 내쉬는 너의 모습도, 즐거울 때 환하게 웃는 너의 미소도 전부 다 내가가지고 싶다. 그것만 가질 수 있다면 다른 걸 다 버릴 수 있다는 이마음이 무서워서, 그래서 나는 너를 똑바로 못 보겠다. 네가 거부해도 널 안아 버릴 것 같아서. 널 가둬 두고 어디에도 보내지 않게 될것 같아서.

그렇게 이야기해 볼까? 그러면 과연 너는 뭐라고 대답할까? 일과는 관계없는 일 때문에 이러는 거냐고, 정말 프로답지 못하다고 쓴소리를 할까? 어색하게 웃으며 농담 말라고 돌아설까?

어느 쪽이든 가슴이 아픈 결과인 것만은 분명했다. 그래서 승민은 아무 말도 하지 않고 현수를 스쳐 지나갔다.

현수에게 회의에 들어오지 말라고 말한 것이 그저께의 일이다. 그저께부터 한숨도 자지 못했다. 일을 하느라 날밤을 새운 적은 많지만, 한 여자를 떠올리느라 며칠 밤을 자지 못한 건 처음이었다. 제 몸 건강을 챙기는 일을 최우선으로 하는 승민이 며칠 동안 먹은거라고는 흰 밥 두 숟가락밖에 없었다.

아마도 빈 위장은 음식을 요구하며 비명을 질러대고 있을 텐데, 그런 감각은 하나도 느끼지 못하겠다. 얻어맞은 듯한 고통만이 온몸을 지배했다.

내일이면 현수가 공장 출근을 하는 날이다. 어쩌면 현수도 최민석 팀의 디자인이 승민의 팀 것과 비슷하다는 것을 알게 될 것이다.

'그럼 넌 어떤 반응을 보일 거냐?'

아무리 바보라도 눈치를 채겠지. 세찬이 현수에게 전해 들은 디자인을 가져다 썼다는 걸.

그럼 과연 현수는 어떻게 행동할까? 세찬에게 화를 낼까? 아니면 모르는 척 넘어갈까?

"왜…… 그러는 겁니까……?"

등 뒤로 현수의 음성이 부딪쳐 왔다. 착각이라고 생각될 만큼 작은 목소리였다. 순간 멈칫했지만, 승민은 돌아보지 않았다. 오히려 그 음성에 사로잡혀 움직이지 못할 것이 두려워 서둘러 걸음을 옮겼다.

역시 착각이었나 보다. 현수의 목소리는 더 이상 들려오지 않았고, 조심스레 뒤를 돌아봤을 때 현수는 복도에 없었다.

회의를 어떻게 진행했는지 모르겠다. 아니, 하루를 어떻게 보냈는지도 모르겠다. 정신을 차렸더니 현수의 집 앞이었다. 어느새 밤이 깊어 있었다.

현수의 방이 어딘지는 아주 잘 알고 있다. 몇 개의 똑같은 창문들이 있는데도, 한 번에 그녀의 방 창문을 찾아낼 수 있었다. 창문에는 불이 켜져 있었다.

"현수야."

배신을 당했는데도 여전히 그녀를 사랑한다는 것이 놀라웠다. 그녀의 잘못으로 그동안의 고생이 전부 물거품으로 변할지도 모르는데 그녀를 향한 마음을 끊어 낼 수가 없었다. 현수가 세찬의 품에 안겨 웃는 모습을 떠올려도, 현수가 세찬과 은밀한 키스를 주고받을 모습을 떠올려도 그녀에 대한 사랑은 조금도 옅어지지 않았다.

이런 걸까? 그 어떤 아픔에도 쉬이 지워지지 않는 이런 감정이 사랑인 걸까?

'그렇다면 정말…… 지독하다…….'

승민은 쓴웃음을 지으며 시동을 걸었다. 늦은 시간 차 없는 거리를 빠르게 달렸다. 집에 도착하자마자 습관처럼 하는 샤워도 잊은 채 장롱 안에 넣어 뒀던 프라이팬을 꺼냈다. 낡은 프라이팬은 프로젝터라도 되는 듯, 몇 달 전의 일을 생생하게 그려 냈다.

울적한 기분으로 찾아갔을 때 현수가 데리고 갔던 고물상. 프라이팬과 수저 세트를 찾아낸 승민을 한심한 듯 쳐다보던 현수의 얼굴.

언젠가 현수와 세찬이 함께 있는 식당에 세찬을 만나러 갔을 때 두 사람이 앉아 있던 테이블 아래서 프라이팬을 발견했다. 보는 순간 자신이 찾아낸 프라이팬이라는 것을 눈치챘다.

그때는 현수를 사랑한다는 것을 자각하지도 못했을 때였는데, 현수가 이것을 들고 서울까지 왔다는 사실이 기뻐서 카운터에 따로 맡겨 두었다. 정현수라는 여자가 찾으러 올지도 모른다고, 그때 그녀에게 이 프라이팬과 쪽지를 함께 건네 달라고.

하지만 현수에게 있어서 이 프라이팬은 승민이 생각한 것만큼 큰 의미는 아니었던 모양이다. 현수를 사랑한다는 사실을 깨닫게 된 후, 불현듯 떠올라 식당에 다시 찾아갔더니 프라이팬을 찾으러 온 사람이 없다고 하며 프라이팬과 쪽지를 도로 돌려주었다.

[너, 이거 왜 들고 다녀? 나한테 반했냐? 고물상은 꽤 즐거웠다. 또 가자. 새로운 보물을 찾아 주지.]

승민은 프라이팬에 담아 놨던 쪽지를 펼쳐 읽고는 피식 웃었다. 이게 무슨 창피한 짓인지. 현수의 손에 들어가지 않아서 다행이었다.

그래도 혹시나 하는 마음에 가지고 있었던 건데, 이제는 이런 쪽지 따위 현수의 손에 들어가지 않아서 다행이란 생각뿐이다. 만약 현수가 이걸 읽었더라면 속으로 얼마나 비웃었을까. 어쩌면 세찬에게 보여 주며 즐거운 농담거리로 삼았을지도 모르겠다.

승민은 쪽지를 북북 찢어 쓰레기통에 넣었다. 프라이팬도 버리고 싶은데 쓰레기통에 들어가질 않았다. 어쩔 수 없이 신발장 근처에 던져 두고 거실에 돌아와서 앉았다.

어떡하지? 이 기분을 조금이라도 나아지게 하려면 어떻게 해야 하는 거지?

뭘 해야 좋을지 알 수 없었다. 무엇을 해야 이 고통이 사라질지 짐작조차 할 수 없었다.

재우에게 상담을 해 봐야겠다는 생각도 들지 않았고, 채영과 술 한 잔 해야겠다는 생각도 들지 않았다. 머릿속이 온통 '정현수'로 채워져 다른 생각이 비집고 들어올 틈이 없었다. 잠시라도 좋으니 그녀가 아닌 다른 것을 생각하고 싶었다. 그게 어떤 일이든 좋으니, 그녀의 생각에서 벗어나고 싶었다.

이리저리 두리번거리던 승민은 책상 위에 놓인 흰 도화지에서 시선을 멈췄다.

그림을 그려야겠다. 동물이든, 사람이든, 풍경이든, 자동차든 뭐든 그려야겠다. 좋아하는 일에 몰두하다 보면 현수에 대한 생각을 잠시 멈출 수 있겠지. 복잡해서 터져 버릴 것 같은 뇌도 조금은 진정되겠지.

그렇게 생각하자마자 책상 앞에 앉아 연필을 들었다. 이것저것 생각할 것도 없이 연필을 움직였다. 한 장, 두 장, 세 장. 가득 채운 도화지가 한 장씩 책상 옆에 쌓였다. 어두웠던 창밖이 조금씩 밝아지기 시작했다.

알람 소리에 정신을 차린 승민은 방바닥에 흩어진 도화지들을 보고 깊은 한숨을 내쉬었다.

흰 공백을 가득 채운 것은 단 한 명이었다.

정현수.

그녀의 얼굴만이 수십 장의 도화지 안에 담겨 있었다.

울적한 기분으로 공장 출근을 했다. 새벽부터 일어나 전철을 타고 버스를 타고. 정신없는 출근길이어야 하는데 승민에 대한 생각만큼은 또렷했다. 어제 복도에서의 승민은 분명 현수와 눈이 마주쳤는데도 아는 체를 하지 않았다.

'이제 아예 무시하기로 한 건가?'

심장 위에 떡하니 놓인 바윗덩어리는 시간이 지날수록 점점 더 커지기만 했다.

'시간이 약이다.'라는 말은 누가 한 걸까? 더 많은 시간이 필요한 걸까? 한 달, 두 달, 세 달이 지나면 괜찮아질까? 그때가 되면 더 이상 승민이 그립지 않을까? 그의 웃는 얼굴이 보고 싶어서 전전긍긍하지 않게 될까? 어느 순간 그의 존재가 커진 것처럼, 어느 순간 그의 존재가 작아지게 될까? 첫 만남 때처럼, 아니 만나기 전처럼 마승민이라는 존재가 아무것도 아닌, 그런 순간이 오게 되는 걸까? 그 순간이 오면 그와의 추억도 키스도 포옹도 기억이 나지 않게 될까?

'그럴 린 없지.'

몇 년의 시간이 지나더라도 마승민이 아무것도 아닌 존재가 되는 일은 없을 거라고 생각한다. 이 답답함과 아픔은 가실지언정, 그를 향한 애틋함은 계속 남아 있겠지. 그러다가 불현듯 만나게 되면 지금과 똑같은 두근거림을 느끼겠지.

'아, 사랑이라는 거 진짜 무섭다.'

남들보다 일찍 출근한 현수가 청소를 하는 동안 직원들이 하나둘씩 출근하기 시작했다. 몇몇 직원들이 현수의 낯빛이 안 좋다며 걱정을 해 주었다. 현수는 어색한 미소를 지으며 적당히 대꾸하는 수밖에 없었다.

청소를 끝내고 작업이 정해질 때까지 잠깐 쉬고 있는데, 팀장이 와서 부장이 부른다는 말을 전했다. 일 문제로 불렀을 거라고 생각하며 부장실에 들어간 현수는 앉기도 전에 들려오는 질문에 굳어 버렸다.

"마 대리는 좀 어때?"

"마…… 대리요……?"

"응. 마승민. 그 친구랑 친하지? 좀 괜찮아?"

현수는 당황했다. 부장이 승민의 행동 변화를 어떻게 알고 있는 건지 궁금했다. 혹시 승민과 현수의 관계도 알고 있는 걸까?

"지난번에 왔을 때 충격이 컸을 텐데, 내가 어른스럽지 못하게 대한 것 같아서…… 그 친구, 나쁜 친구가 아닌데 말이야. 매번 그러니까 누구보다 속이 상한 건 그 친구일 텐데……."

하지만 부장은 현수와 승민의 관계를 알고 있는 것은 아닌지 영문 모를 소리만 해댔다. 현수는 멍하니 부장을 쳐다봤다.

"마 대리가 충격이 컸을 거야. 콘셉트 카이기는 해도 자기 팀 꾸려서 만든 건데 그런 일이 생기니까…… CM 시리즈도 그렇게 돼서 속이 끓을 텐데."

"무슨 일이…… 있었습니까?"

"응? 아직 못 들었어? 자네 마 대리 팀 아닌가?"

"……맞긴 한데."

"아! 아직 함구하고 있나? 그럼 내가 떠들어댄 걸 알면 더 화를 낼 텐데…… 흐음…… 이걸 어쩐다?"

"저…… 말씀해 주세요."

부장은 승민이 갑자기 변한 이유를 아는 것 같았다. 현수는 회사라는 것도 잊고 달려들 듯 말했다. 현수의 열정적인 모습에 부장은 깜짝 놀란 듯했지만, '마 대리한테는 내가 얘기했다고 하지 마.'라며 이야기를 시작했다. 최민석이 승민의 디자인을 도용했다는 얘기였다.

"다들 함구하고는 있지만 CM 시리즈도 최 과장이 팀을 꾸렸다 뿐이지, 마 대리가 거의 다 한 거나 마찬가지거든. 우리 쪽에 조립 맡기고 매일 같이 찾아와서 꼼꼼하게 체크하고 의논한 것도 마 대리고. 매번 그렇게 뺏기기만 하니 속이 상하기도 할 거야."

부장이 혀를 차는 소리를 들으며 현수는 딴생각에 빠져 있었다. 그렇구나, 그런 이유가 있어서 갑자기 냉랭한 행동을 했구나.

'그런데 왜 나한테 화풀이야?'

이유를 알게 되자 서글픔이 아닌 분노가 밀려왔다.

'내가 동네북도 아니고 자기가 기분 나쁜 걸 왜 나한테 풀어? 전에 회사 때려치웠다고 했을 때도 그렇고…… 왜 무슨 일 있을 때마다 날 찾아와서……. 하아…… 그래, 무슨 일이 있을 때마다 날 찾아오는구나.'

무슨 일이 있을 때마다 찾아온다는 걸 좋은 의미로 받아들여야 할지, 나쁜 의미로 받아들여야 할지 모르겠다. 회사를 그만두겠다며 본가에 내려왔을 때는 현수를 찾아와 연신 투덜거렸다. 다시 돌아가게 되었을 때는 현수에게 함께 올라가자고 말했다. 그리고 이번 사건이 터졌을 때 회사에 돌아온 승민은 가장 먼저 현수를 불렀다.

그 의미가 무엇이든, 무슨 일이 생길 때마다 가장 먼저 떠올리는 사람이 현수라는 뜻이 된다.

그렇게 생각하니 잠깐 싹텄던 분노가 사라지고 애틋함만 남았다. 그 말 많은 남자가 현수에게 속사정을 털어놓지 않은 이유는 아직 모르겠다. 다른 사람들은 똑같이 대하면서 유독 현수에게 차가

워진 이유 역시 모르겠다. 하지만 승민이 느꼈을 분노와 절망만큼
은 알 수 있었다.

차가워 보이지만 자신의 일에는 열정을 가진 사람이다. 무심한
듯 보여도 사실은 상처를 잘 받고 생각이 많은 사람이다. 현수를 향
한 냉랭한 눈동자 안에는 아마도 수많은 생각이 들끓고 있었을 것
이다.

그가 느꼈을 고뇌가 안쓰러웠다. 안아 주었으면 좋았을 텐데. 그
가 차가운 시선을 보낼 때에 두려워하지 말고 안아 줄 수 있었더라
면 좋았을 텐데.

"아, 지금 부른 건 마 대리 일 때문만은 아니고…… 서울 쪽 카센
터에 자리가 하나 났던데, 혹시 지원해 볼 생각 있나 해서 부른 거
야. 원래 마 대리가 자네를 서울에서 근무시키고 싶어 했다면서?"

부장의 말에 현수는 상념에서 벗어났다.

"서울 카센터요?"

"응. 본사는 아니고 본사 근처에도 하나가 있거든. 거기 사람을
뽑더라고. 혹시 자네가 거기 가고 싶은 생각이 있으면 내가 추천해
줄게."

"제가 여기서 일을 제대로 못 하고 있나요?"

현수의 질문에 부장이 무슨 소리냐는 듯 두 손을 저었다.

"아니, 왜 그런 걸 물어? 잘하고 있으니까 추천서를 써 주려는 거
지. 원래 카센터에서 일했다면서? 그럼 자네로서도 카센터에서 일
하는 게 편하잖아."

"그렇긴 하지만……."

부장은 현수를 신경 써서 해 준 말일 것이다. 출퇴근도 그렇고 근무 환경도 그렇고, 서울의 카센터에서 일하는 편이 현수에게는 편했다.

"여기서 좀 더 보고 싶습니다. 자동차가 만들어지는 과정을 보는 게 좋아요."

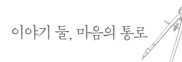

이야기 둘, 마음의 통로

현수의 대답이 의외였던 모양이다. 부장은 당황한 듯했지만 곧 넉넉한 미소를 지었다.

"그래? 여기에 뭐가 볼 게 있다고. 일하기 힘들지, 건강 나빠지지, 시끄럽지……. 이 기회 놓치면 당분간은 기회가 없을 텐데 후회 안 하겠나?"

"네, 후회 안 합니다."

앞으로 몇 달, 혹은 몇 년 동안 이곳으로 출퇴근을 해야 한다 하더라도 보고 싶었다. 승민의 자동차가 만들어지는 모습을. 어쩌면 그의 자동차 차체 중 한 부분을 현수가 용접할 수 있을지도 몰랐다. 티 나지 않을 정도로 작은 부분이더라도 그가 만드는 자동차에 보탬이 되고 싶었다.

부장실을 나온 현수는 잠시 공장 밖으로 나왔다. 생각을 정리하기 위해서였다.

승민이 현수에게 화풀이하는 이유는 그렇다 쳐도, 회의에 못 들어오게 한 이유를 도무지 알 수 없었다. 울적해서 화풀이를 하는 거라면 냉랭한 태도에 투덜거림 정도로 끝나도 되는 일이었다. 회의에까지 못 들어오게 한 것은 분명 다른 이유가 있을 것이다.

그 답은 오래지 않아 나왔다.

박세찬.

최민석의 팀을 운영하는 건 실질적으로 세찬이었다. 세찬도 디자인 도용에 관여했을 것이다. 그리고 세찬과 현수는 따로 만나서 시간을 보낼 정도로 친한 사이. 최근에는 만난 적이 없지만, 승민이 그 사실을 알 리 없었다.

'설마…… 내가 세찬 오빠한테 디자인을 유출했다고 생각하는 건가?'

어떻게 날 의심할 수 있어, 라는 생각보다는 그럴 수도 있겠다는 생각이 먼저 들었다. 현수 자신도 아무 증거 없이 세찬을 의심하고 있으니까.

'일단…… 확인하는 게 우선이겠지.'

현수는 휴대폰을 꺼냈다.

'세찬 오빠한테 물어봐야겠어.'

결심을 하자마자 망설이지 않고 세찬에게 전화를 걸었다. 신호가 울렸지만 세찬은 전화를 받지 않았다. 문자를 보내 볼까 하다가 관뒀다. 얼굴을 보고 묻는 것이 나을 것 같았기 때문이다.

퇴근 시간까지의 시간이 지루하게 흘러갔다. 공장 출근을 하면

보통 야근을 하지만, 오늘만큼은 칼퇴근을 했다. 조금 눈치가 보였지만 어쩔 수 없었다.

[댁으로 찾아가겠습니다. 두 시간쯤 후에 도착할 예정입니다.]

세찬에게 문자를 보냈다. 오지 않을 줄 알았던 답장이 왔다.

[그래. 기다릴게.]

지하철이 유독 느리게 달리는 느낌이 들었다. 퇴근하는 사람들 사이에 끼어 현수는 무엇을 어떻게 물어야 할지 고민했다.

혹시 아무 죄 없는 사람을 몰아붙이려는 거 아닌가? 단지 승민에게 밉보이고 싶지 않아서 죄 없는 사람에게 뒤집어씌우려 하고 있는 게 아닐까? 세찬도 아무것도 모르고 디자인을 사용한 거 아닐까? 어쩌면 우연찮게 비슷한 디자인이 생각나서 도입한 것일지도 몰라.

박 교수의 집으로 가는 동안 마음이 무뎌졌다. 현수가 아는 세찬은 남의 것을 도용하거나 하는 남자가 아니었다. 그런 남자로 남아 있었으면 좋겠다는 마음이 세찬에게는 죄가 없을 거라는 생각을 하게 만들었다.

박 교수의 집엔 세찬만 있었다. 세찬은 대문까지 직접 나와서 현수를 맞아 줬다. 기분 탓인지 세찬의 얼굴이 초췌해 보였다.

"금방 왔네."

"네. 박 교수님은요?"

"부부동반 모임에 가셨어. 들어올래? 아니면 나갈까?"

"들어가겠습니다. 차고에 가서 얘기해요."

세찬은 말없이 차고 쪽으로 향했다. 세찬의 뒤를 따라가며 현수는 작게 한숨을 내쉬었다. 세찬이 한 짓이 아니라고 생각하고 싶었는데, 그의 축 늘어진 어깨를 보니 확신이 들기 시작했다.

'세찬 오빠가 한 거였어. 세찬 오빠도 알고 있었던 거였어.'

세찬은 현수가 왜 왔는지 아는 것 같았다.

어두운 차고의 불을 켜고 구석에 대충 세워져 있던 간이의자 두 개를 가지고 왔다. 현수가 좋아하는 자동차 옆에 의자를 두고 두 사람은 나란히 앉았다.

"마승민 씨 디자인입니다."

현수는 이것저것 재보지 않고 단도직입적으로 말했다.

"세찬 오빠가 도용한 그 디자인, 마승민 씨 겁니다."

세찬이 구부정하게 앉아 두 손으로 얼굴을 가렸다.

"그래. 역시…… 그랬군…….."

"몰랐다는 말씀은 하지 마세요. 오빠 눈이 해태 눈이라고 생각하진 않으니까."

"……."

"도대체 어떻게 된 겁니까? 어떻게 마승민 씨 디자인이 그쪽에 가 있는 거죠?"

"변명처럼 들리겠지만…… 정말 몰랐다. 몇 달 전에 최 과장이 디자인화를 가져다줬어. 괜찮은 부분이 있으면 가져다가 쓰자면서. 반대했지만…… 먹히지 않았지."

"그래서 쓰신 겁니까?"

"……어쩔 수 없는 상황이었어. 지금 만드는 차와는 어울리지도 않는 문짝에 어울리지도 않는 기능, 필요도 없는 기능들…… 그런 걸 쓰고 싶을 리가 없잖아. 아무리 반대해도 먹히질 않으니…… 어쩔 수 없었지. 승민 선배님 디자인이라는 건 몰랐어. 거의 완성 단계가 돼서야 혹시 승민 선배님 것이 아닐까…… 의심했던 것뿐이야."

"그래서 쓰신 거예요?"

"사실상 최 과장 팀이잖아. 나는 거기 팀원일 뿐이고. 최 과장이 자기 디자인을 바꾸겠다는데, 자기가 책임지겠다는데…… 내가 무슨 말을 하겠어? 어쩔 수 없지."

"그래서 쓰신 거예요?"

"그래!"

현수가 같은 질문만 반복하자 세찬도 더는 참을 수 없는 듯 벌떡 일어나 외쳤다.

"그래서 썼어! 그 상황에서 내가 뭘 어쨌어야 했는데? 자기 디자인 자기가 바꾸겠다는데, 자기 프로젝트 자기가 변경하겠다는데, 고작 말단 사원인 내가 거기서 뭘 어떻게 행동했어야 하는데? 팀에서 빠지고 싶다고 해도 들어주질 않고 교묘한 협박을 해대는데 내가 뭘 어떻게 했어야 할까? 응?"

세찬의 얼굴이 괴롭게 일그러져 있었지만 현수는 고요한 눈으로 그를 응시했다.

"교묘한 협박이 뭐였습니까? 오빠의 인생을 갈아엎겠답니까? 오빠의 가족을 위험하게 만들겠답니까? 평생 오빠를 따라다니며 숨도 못 쉬고 살게 해 주겠답니까? 그 손 하나 부러뜨려서 다시는 그림 그리지 못하게 만들어 주겠답니까?"

"넌 어떻게 그런 식으로……."

현수가 세찬을 노려본 채로 천천히 일어났다.

"해도 되는 일을 해야 되는 겁니다. 뭐든 해도 좋은 게 아닙니다. 오빠는 단지 회사에 붙어 있기 위해서 회사에 다니는 겁니까? 단지 회사에서 잘리지 않기 위해 살고 있는 겁니까? 무슨 짓을 해서라도 하명 자동차라는 회사에 다니기 위해, 일하는 겁니까?"

"……."

"난 아직 어리고 책임질 사람도 없어서, 회사에서 잘린다는 게 얼마나 대단한 충격을 가져다주는 건지는 잘 모르겠습니다. 그래서 이런 말을 할 수 있는 걸지도 모르겠고요. 근데요. 아무리 그래도 도의에 어긋나는 짓은 좀…… 그렇지 않습니까? 마승민 씨 존경한다면서요? 마승민 씨 좋아한다면서요? 마승민 씨가 바란 것도 아닌데 좋아하는 척, 존경하는 척 신뢰를 주고 나서 이런 식으로 배신하는 건…… 아무리 벌어 먹고살기 힘들어도 좀 아니잖아요. 제가 말이 심한 겁니까?"

세찬은 현수의 눈을 똑바로 보기 힘들어 고개를 돌렸다. 현수는 매몰찼다. 차가운 시선은 세찬을 채찍처럼 때렸고, 서늘한 음성은 세찬을 움켜쥐었다.

"미안하다……."

이윽고 세찬이 작은 목소리로 중얼거리며 의자에 앉았다.

"정말 미안하다……."

"저한테 미안할 일이 아닙니다."

"그래…… 그래도 너한테 미안해. 널 실망시켰으니까."

세찬의 떨리는 음성이 현수의 가슴을 아프게 했다. 세찬이 싫은 게 아니었다. 밉지도 않았다. 다만 세찬이 도의에 어긋나는 짓을 했다는 것이 충격이었다. 세찬만큼은 그러지 않을 줄 알았는데.

"내가…… 뭘 어떻게 해야 될까……?"

"오해를 푸셔야지요."

"오해? 이건 오해가 아니잖아. 내가 승민 선배님의 디자인을 도용했어. 이게 진실이야."

"그러고 싶어서 그런 건 아니잖아요. 어쩔 수 없었다면서요? 세찬 오빠가 직접 디자인을 가져간 건 아니죠?"

"그건 아니야. 최 과장이 어디서 가지고 왔어."

"최 과장은 어떻게 디자인을 빼낸 걸까요?"

"글쎄…… 나도 그걸 잘 모르겠다……."

세찬이 깊은 한숨을 쉬며 고개를 숙였다. 현수는 그런 세찬의 정수리를 물끄러미 내려다봤다.

"하여간 가요. 마승민 씨한테 얘기하고 오해 푸세요."

"승민 선배님, 많이 화나셨지?"

"그렇겠죠. 저한테 화난 것 같아요. 제가 세찬 오빠한테 디자인을 알려 줬다고 생각하나 봐요."

"아아…… 그거 미안하다."

"아닙니다. 얘기하면 풀리겠죠. 같이 가요."

"너 혼자 가는 게 나을 거야."

"같이 가야죠."

"아니. 너 혼자 가서 얘기하는 게 승민 선배님한테도 좋을 거야.

내가 가 봐야 방해만 될 뿐이겠지."

현수는 세찬이 무슨 소리를 하는 건지 알 수 없었다. 현수 혼자 간다고 해서 승민에게 좋을 일이 뭐가 있단 말인가?

하지만 축 늘어진 세찬의 어깨를 보니, 더 닦달하기가 힘들었다. 현수는 세찬의 어깨를 두드려 주려다가 관뒀다. 실컷 화내 놓고 이제 와서 위로해 주는 것도 웃기는 일인 것 같았다.

"그럼…… 가 볼게요."

돌아선 현수의 등에 세찬의 작은 목소리가 부딪쳐왔다.

"정말 미안해. 너한테도, 승민 선배님한테도."

승민은 집에 오자마자 또다시 도화지를 펼쳤다. 이번에야말로 다른 것들을 그려야겠다. 현수가 아닌 다른 것들.

그런 각오로 연필을 들었지만 결국 도화지를 채운 건 현수의 얼굴이었다. 승민은 쓴웃음을 지으며 도화지 속의 현수를 바라봤다. 이놈의 손은 왜 이리 재주가 좋아서, 그려도 이렇게 똑같이 그려 사람 마음을 아프게 하는 걸까?

도화지 속의 현수는 환하게 웃고 있었다. 살짝 접힌 반달형의 눈, 오똑한 코와 부드러운 반원을 그리며 올라간 입술. 사랑스럽기 그지없는 이런 미소는 세찬에게나 보여 주는 미소일 것이다.

"나 정말 찌질하다. 그치?"

나름 멋지고 쿨하게 살아왔다고 생각했는데, 현수를 만난 후로는 바보가 되어 버렸다. 사랑을 하면 바보가 된다는데, 그게 짝사랑에도 적용이 되는 말인 걸까?

승민은 장롱을 열어 프라이팬을 꺼냈다. 낡은 프라이팬을 물끄러미 응시하다가 뭔가 생각난 듯 가위를 가지고 와 방금 그린 현수의 얼굴을 선을 따라 오렸다. 그리고 그 얼굴을 프라이팬에 붙였다.

"야, 정현수."

현수의 얼굴이 된 프라이팬에 대고 승민은 대화를 시도했다.

"왜 그랬냐? 그러지 말지. 이번 일만큼은 비밀 좀 지켜 주지. 그러면 난 그냥 네가 박세찬이랑 사귄다는 사실을 모르는 척, 널 사랑하는 마음에 들떠서 지냈을 텐데. 정말 그러지 말지."

어딘가 던져 둔 휴대폰이 울렸다. 귀찮아서 받지 않았다. 일 문제로 온 전화일지도 모르지만 이젠 아무래도 상관없었다. 그따위 회사, 자르려면 자르라지.

"정말 왜 그런 거야? 회사 일 얘기 아니더라도, 우리 팀 얘기 아니더라도 박세찬 그놈이랑 할 얘기 많잖아. 왜 군이 팀 얘기를 해서 이렇게…… 사람 힘들고 초라해지게 만드냐? 조금만 참아 주지. 몇 달만 참았으면 되는 건데……."

정신 나간 사람처럼 프라이팬에게 넋두리를 하던 승민은 결국 프라이팬을 부둥켜안았다. 모든 걸 망쳤어도 사랑스러워서, 사랑스러우니까 안고 싶어서.

차갑고 딱딱한 프라이팬은 현수를 안았을 때의 온기를 조금도 재현하지 못했다. 이 품에 안을 수 있는 것이 프라이팬 따위가 아닌 현수라면 얼마나 좋을까. 이런 상황에서도 욕망을 버리지 못하는 자신이 한심했다.

"나 진짜…… 바보 같다. 그치?"

박 교수의 집을 나온 후에야 현수는 자신이 승민의 집을 모른다는 걸 깨달았다. 이런 일이 생길 줄 알았으면 지난번에 내비게이션을 켰을 때 주소를 자세히 봐둘 걸 그랬다. 대략적인 주소조차 알지 못해서 어떻게 해야 할까 고민을 하다가 승민에게 전화를 걸었다. 승민은 전화를 받지 않았다.

예상하긴 했지만 정말로 받지 않으니 울적해졌다. 승민의 멱살을 잡고 외치고 싶었다.

이 인간아! 난 아무 짓도 안 했다고!

어쩌나 고민을 하다가 마 교수에게 전화를 걸었다. 반갑게 전화를 받는 마 교수에게 승민의 집 주소를 물었다. 마 교수가 껄껄 웃었다.

[드디어 거사를 치르려는 게냐?]

이상한 오해를 받은 것 같았지만 가만히 기다렸다. 마 교수는 승민의 집 주소뿐 아니라 빠르게 갈 수 있는 길까지 가르쳐 주었다.

[현수야.]

감사 인사를 하고 전화를 끊으려는데, 마 교수가 현수를 불렀다.

[사람들이 서로 다투고 멀어지게 되는 가장 큰 이유가 뭔지 아니?]

"……모르겠는데요."

[대화를 하지 않기 때문이란다.]

"대화요?"

[그래. 두려워서, 혹은 쑥스러워서, 민망해서 속마음을 감추니까 오해를 하고 멀어지게 되는 거지.]

마치 현수와 승민의 상황을 안다는 듯한 말이었다. 현수는 어떤 대답을 해야 좋을지 몰라서 입을 다물고 있었다. 마 교수는 현수의 대답을 들을 생각이 없는 듯 말을 이었다.

[승민이 그 녀석은, 내 아들이지만 참…… 소심한 녀석이야. 그렇지?]

마치 현수에게 '너는 대범하잖니. 네가 이끌어 주렴.'이라고 말하는 듯했다.

"네, 감사합니다."

뭘 감사하는지조차 모른 채 인사를 하고 전화를 끊었다. 마 교수는 뭘 알고 있는 걸까? 내 마음, 아니면 승민의 마음?

휴대폰을 물끄러미 응시하다가 정신을 차리고 서둘러 걸음을 옮겼다. 오해를 푼다거나 화풀이의 대상이 되어서 화난다거나 하는 생각은 사라지고 없었다.

그저 그를 안아주고 싶었다. 상처를 받았으면서도 아무에게도 말하지 못하고 속으로만 끙끙 앓고 있을, 그 소심한 남자를.

승민은 한 동짜리 오래된 아파트에 살고 있었다. 허영심이 많은 남자라서 브랜드 아파트나 신식 오피스텔에 살 줄 알았는데 의외였다. 집에 누군가를 데리고 올 일이 없어서일까?

승민의 집은 9층. 다행히 엘리베이터가 있었다.

덜컹거리는 엘리베이터를 타고 올라갈 때에야 승민을 만나러 왔다는 사실이 실감 나기 시작했다.

그를 만나러 왔어. 그가 전화를 받지 않는데도 막무가내로 그를 만나러 온 거야!

심장이 격하게 뛰었다.

무슨 말로 시작을 해야 할지, 어떤 식으로 오해를 풀어야 할지 아무것도 생각하지 못했다. 9층에 도착한 엘리베이터의 문이 열렸지만, 현수는 내리지 못한 채 복도를 응시했다. 기다리던 문이 도로 닫혔다. 현수는 다급히 열림 버튼을 누르고 엘리베이터에서 내렸다.

하아, 크게 심호흡을 했다.

용기를 내자. 그래, 대화를 해야지. 두려움도 쑥스러움도 민망함도, 지금은 잠시 접어 두자. 대화를 하는 거야. 그의 얼굴을 보면 무슨 말이든 떠오를 테니까.

휘적휘적 그의 집을 향해 걸어갔다. 닫힌 문 앞에 서서 현수는 호흡을 가다듬은 후, 초인종을 눌렀다. 잠시 기다렸지만 대답이 없었다. 혹시 집에 없는 걸까? 그럼 그냥 돌아갈까? 다음 주에 회사에서 만나서 얘기하면 되잖아.

피하고 싶은 유혹을 이기고 한 번 더 시도했다. 딩동.

[누구세요?]

이번에는 반응이 있다.

인터폰으로 들려오는 그의 음성은 평소보다 낮았다. 승민의 음성을 듣자 입 안이 바싹바싹 말랐다. 침을 삼키느라 대답이 늦어졌다. 다시 초인종을 눌러야 할지 고민을 하는데, 현관문이 열렸다.

"누구……."

신경질적으로 문을 연 승민은 현수를 발견하고는 입을 다물었다. 이곳에 없을 사람을 보는 것처럼 승민의 눈이 놀람으로 가득 찼다.

"서울은 눈 감으면 코 베어 가는 곳이라면서요."

현수의 말에 승민이 미간을 좁혔다.

"왜 누군지 확인도 안 하고 문을 엽니까? 강도면 어쩌려고."

멋도 없는 말이 흘러나왔다. 현수는 괜한 소리를 늘어놓는 자신의 입술을 때려 주고 싶었다.

"강도가 초인종을 누르진 않겠지."

바보 같은 말에도 승민은 대꾸를 해 주었다.

"들어가도 됩니까?"

"안 돼. 가라."

승민이 문을 닫으려 했다. 현수는 다급히 문 사이로 발을 밀어 넣었다. 현수의 발이 문 사이에 낀 걸 본 승민은 더 이상 문을 움직이지 못했다.

"뭐야?"

"얘기를 좀 하고 싶은데요."

"팀 회의 때문이라면 할 얘기 없다. 네가 들어올 필요가 없으니까 들어오지 말라고 한 거고, 번복할 생각 없어."

차가운 줄 알았던 승민의 목소리는 가늘게 떨리고 있었다. 조금 쉬어 있는 것 같기도 했다. 며칠 동안 잠을 못 자는지 얼굴은 초췌했고, 몸도 조금 말랐다.

현수는 문을 잡고 힘을 줬다. 문은 쉽게 열렸다. 승민은 포기했다는 듯 현수를 멀거니 쳐다봤다.

"허심탄회하게 얘기 좀 합시다."

현수는 한 발 안으로 들어가 등 뒤로 문을 닫았다.

"할 얘기 없다고 했을 텐데."

"오늘 출근했는데 부장님이 디자인에 대한 거 말씀해 주셨어요. 최 과장 팀이 마승민 씨 디자인을……."

"너랑 그 얘기 하고 싶지 않아."

승민이 현수의 말을 끊었다.

"왜 하고 싶지 않은데요? 얘기하는 게 힘든 일은 아니잖습니까?"

"네가 여기서 나에게 무슨 말을 하든, 난 가슴이 아플 거거든."

"네?"

"어떤 말이 나오든 내 가슴이 찢어질 것 같거든. 그러니까 하지 마."

"……."

"네가 날 배신했다는 거 알면 죽을지도 모르니까. 네 입으로 직접 듣지 않은 지금도 이렇게 죽을 것 같은데, 직접 듣고 나면 정말 죽겠지. 그러니까 그냥 가라. 제발."

승민은 자신이 무슨 소리를 하는지도 모르는 것 같았다. 현수 역시 무슨 말을 하는지 알 수 없어서, 승민의 열뜬 눈동자를 멍하니 바라봤다.

"가라고!"

현수가 움직이지 않자, 승민이 버럭 외치며 현수의 팔을 잡았다. 현수 너머로 문을 열려고 시도하는 승민의 행동 때문에 그와 상체가 밀착되었다. 현수의 턱이 승민의 어깨에 닿았다.

"왜요?"

"뭐가?"

"내가 배신했다고 왜 죽어요?"

문을 열려던 승민의 손이 멈췄다. 승민은 허리를 굽힌 자세로 나직하게 속삭였다.

"사랑하니까."

귓가에 스치는 목소리가 현실감 없이 들려왔다. 제대로 들은 게 맞을까?

"뭐라고요?"

"널 사랑한다고."

"날…… 사랑한다고요?"

"……그래."

승민의 음성에 자포자기한 듯한 한숨이 섞였다.

"네가 박세찬 사랑하는 거 알아. 사랑하니까 이런저런 얘기 하고 싶어 하는 것도 알고, 중요한 순간에 그놈을 선택하고 싶어지는 것도 알아. 이해해. 근데 이해하는 건 이 머리통이거든. 이 머리통만 알고 이 머리통만 이해하는 거잖아. 이 가슴은…… 그렇게까지 생각을 못 해. 그래서 상상하는 것만으로도 아프고, 떠올리는 것만으로도 멈출 것 같아."

갈라진 음성이 이토록 달콤하게 들릴 줄은 몰랐다. 현수는 승민에게 잡히지 않은 손을 올려 승민의 팔을 잡았다. 승민은 자신이 잡혔다는 것도 의식하지 못하고 계속해서 얘기했다.

"그러니까 현수야, 그냥 가. 아무 얘기 하지 말고, 그 어떤 진실도 밝히지 말고 그냥 가. 난 그냥 내 멋대로 널 사랑하고, 내 멋대로 널 믿을 테니까."

현수가 승민의 팔을 올려 자신의 어깨에 걸쳐 놓았다. 그제야 승민은 자신의 두 팔이 현수의 어깨에 올려져 있음을 깨달았다.

"이러지 마."

승민의 얼굴이 아주 가까운 곳에 있었다. 승민의 검은 눈동자는 오롯이 현수를 담고 있었다. 그녀 하나만 담을 수 있다는 듯이.

"계속 사랑하고 믿어 줄 겁니까?"

"그만 가."

"내가 아무 얘기 안 해도, 진실을 밝히지 않아도 계속 날 사랑하고 믿어 줄 수 있습니까?"

"……가라고."

승민은 말과 달리 현수를 뿌리치지 못했다. 그제야 현수는 승민이 자신에게 보여줬던 사랑을 깨달았다. 승민은 언제나 현수에게 약했다. 현수 자신이 승민에게 그런 것처럼.

아프면서도 밀어내지 못하고 속상하면서도 떨쳐내지 못하는 것이, 현수가 승민을 상대로 해 왔던 행동이랑 똑같았다. 현수가 승민을 사랑하는 것처럼 승민 역시 현수를 사랑하기에 그랬던 것이다. 충동적인 입맞춤도, 포옹도 전부 그런 마음이 있기에 가능했던 것이다.

승민은 뭔가를 단단히 오해하고 있었다. 그럼에도 현수에 대한 마음을 접으려 하지 않았다. 그런 승민이 사랑스러워서, 너무나 귀여워서 현수는 승민의 뺨에 살며시 손바닥을 댔다.

두근두근 울리는 박동은 손바닥에서 시작된 걸까, 아니면 승민의 볼에서 시작된 걸까?

현수의 다정한 행동에 승민의 얼굴이 괴롭게 일그러졌다.

"이러지 마."

"……."

"네가 싫어하는 행동을 하게 될지도 몰라."

"하세요."

"……뭐?"

"내가 싫어하는 행동, 하시라고요."

승민이 입술을 깨물었다가 마음을 먹고 현수에게서 떨어졌다.

"나 놀리지 마."

"놀리는 거 아닙니다."

"아니긴 뭐가 아니야? 내가 널 사랑한다는 걸 알게 되니까 내 마음을 휘둘러도 될 것 같……."

승민은 말을 잇지 못했다. 갑자기 두 팔을 뻗어 승민의 목을 끌어안은 현수가 입술을 부딪쳐 왔기 때문이다. 보드라운 입술이 겹쳐지고 따뜻한 체온이 온몸으로 전해졌다. 승민은 그 상태로 움직이지 못했다.

뭐지? 무슨 일이 일어난 거지?

승민이 의문에 대한 답을 내리기도 전에, 현수가 승민에게서 떨어졌다. 이런 와중에도 짧은 키스가 아쉬웠다.

"나도요."

현수의 연갈색 눈동자가 승민을 향하고 있었다. 현수의 두 팔은 여전히 승민의 목을 끌어안은 채였다. 현수와의 거리가 너무 가깝다고 느끼며 승민은 물었다.

"뭐가?"

"나도 마승민 씨랑 같은 마음이라고요."

"……뭐가?"

현수가 무슨 말을 하는지 몰라, 승민은 같은 질문을 반복했다. 현수의 작은 얼굴에 달콤한 미소가 번졌다. 아아, 정말 사랑스럽다.

"마승민 씨가 날 사랑하는 걸 알게 됐더니 그 마음 좀 휘둘러보고 싶어졌어요."

"너……."

"그런데 나도 마승민 씨 사랑하니까 마승민 씨도 내 마음 휘두르세요. 그럼 되는 거죠?"

"그게 무슨……."

뇌가 현수의 말을 따라가지 못했다. 현수는 상관없다는 듯 다시 승민의 목을 끌어당겨 입을 맞췄다. 두 번째 키스를 받고서야 승민은 깨달았다.

날 사랑한다고? 나랑 같은 마음이라고?

믿을 수 없었다. 현수는 분명 세찬과 사귀고 있는데, 세찬을 좋아한다고 생각했는데.

이번 키스는 조금 더 오래갔다. 현수는 농밀한 키스를 하고 싶은 듯했지만, 어떻게 이어가야 할지 모르겠다는 듯 입술만 조심조심 움직였다. 어색하고 조심스러운 움직임이 말도 못 하게 사랑스러워서 심장이 터져 버릴 것 같았다.

아무것도 생각하고 싶지 않았다. 현수와 세찬의 관계가 어떠하든, 디자인이 어떠하든 뭔 상관이란 말인가. 이렇게 사랑스러운 입술이 자신의 입술 위에 겹쳐져 있는데.

조심스럽게 움직이던 입술이 포기하고 떨어지려 하기에, 승민은 서둘러 현수의 허리를 한 팔로 감아 끌어당겼다. 현수의 상체가 승민과 밀착되었고, 갑자기 당겨진 현수의 입술에서 작은 신음이 흘러나왔다.

그래, 정말 다른 것들이 뭔 상관이란 말인가. 키스나 하자. 이 달콤한 입술을 조금 더 누리자.

긴 키스가 이어졌고, 숨이 벅찰 때쯤에야 두 사람은 서로에게서 떨어졌다. 승민은 발갛게 달아오른 얼굴로 숨을 몰아쉬는 현수를 물끄러미 내려다보다가 조심스럽게 물었다.

"그러니까…… 뭐라고?"

이 남자를 도대체 어떻게 해야 할까?

용기를 내서 사랑한다는 말을 몇 번이나 했는데, 할 줄도 모르는 키스를 두 번이나 시도했는데 승민은 물었다.

"뭐라고?"

아무것도 못 들었다는 듯 되묻는 그를 한 대 때려 주고 싶었다. 가슴이 벅차도록 사랑하는데도 때리고 싶은 마음이 든다는 게 신기했다.

"그러니까요."

현수는 차근차근 설명을 시작했다.

"왜 저랑 세찬 오빠랑 사귄다고 생각하셨는지는 모르겠지만, 저랑 세찬 오빠는 아무 사이 아닙니다."

"하지만…… 결혼할 사이라면서?"

"……그건 진혁이가 장난질을 한 거예요. 세찬 오빠는 거기에 동참한 거고요."

"아, 그러고 보니…… 그날 거기에 우진혁도 있었지."

"네. 어떤 자리든 우진혁이 끼어 있으면, 거기서 나온 대화는 전부 의심을 해 봐야 합니다. 겪어 봤으면서도 모르십니까?"

"……내가 생각이 짧았다."

"하여간 그래서……."

거기까지 말한 현수는 입을 다물었다. 격한 감정의 폭풍이 한바탕 휘몰아치고 지나간 후의 잠잠한 물결과도 같은 이 시간. 사랑한다는 말이 입 안에 맴돌 뿐, 밖으로 나오지 않았다. 아까는 어떻게 몇 번이나 사랑한다는 말을 하고, 먼저 키스를 해 댔는지 모르겠다.

승민의 시선이 느껴져서 고개를 들자 뭔가를 기대하는 듯 빛나는 눈동자가 보였다.

"왜…… 그렇게 보십니까?"

당황스러울 정도로 빛나는 눈동자 때문에 현수의 목소리가 떨렸다. 승민이 하얀 이를 드러내며 씨익 웃었다.

"그래서?"

"뭐, 뭐가요?"

"그래서…… 다음에 할 말이 있는 거 아니었어?"

"……없습니다."

"국어 배웠지? 그래서 다음에는 또 다른 문장이 와야 하는 거잖아."

"마승민 씨랑 국어 공부하려고 여기 온 게 아닙니다."

얄미운 남자 같으니.

"사랑해."

예기치 못한 고백에 심장이 쿵 내려앉았다. 승민이 부드럽게 웃으며 녹아내릴 듯 달콤한 목소리로 말했다.

"사랑해."

현수는 저도 모르게 엉덩이를 뒤로 빼 한 걸음 물러났다. 하지만 바싹 다가온 승민이 현수의 양쪽 어깨를 잡았다.

"그러니까 너도 말해 줘. 듣고 싶어."

심장이 뜨겁다.

현수는 이러다가 몸이 불타 버릴지도 모르겠다는 생각을 했다.

"나는……."

입술이 바싹바싹 말랐다.

"나는……."

입 안에 담긴 말이 입술에서 맴돌다가 사라지기를 여러 번. 꽤 긴 시간이었지만 승민은 재촉하지 않고 기다렸다. 그의 시선이 따갑게 느껴졌다.

"사랑해요."

"한 번만 더."

"사랑해요."

승민이 현수를 끌어안았다. 두 사람의 두근거림이 겹쳐졌다.

"나도. 나도 사랑해. 정말…… 널 얼마나 사랑하는지…… 넌 모를 거야."

"마승민 씨도 내가 얼마나 사랑하는지 모르잖아요."

"그래, 몰라. 몰라서 괴로웠어. 신기하지 않아? 내가 누군가를 이렇게나 사랑하게 되고 원하게 되다니……."

"신기하네요."

"널 이렇게 마음껏 끌어안을 수 있는 날이 오다니…… 정말 믿어지지 않는다."

"나도요."

승민도 같은 마음이라는 것이 신기했다. 몇 분 전까지만 해도 이런 일이 생길 줄은 몰랐는데. 꿈만 꿀 뿐, 현실로 일어나지 않을 일이라고 생각했었는데.

팔이 저릴 정도로 오랫동안 포옹을 했다. 굉장히 오랜 시간 대화 없이 같은 자세로 있었는데도 지루하지 않았다. 그저 평생 이렇게 있을 수 있기만을 바랄 뿐이었다.

"차 한 잔 할래?"

누가 먼저랄 것 없이 자연스럽게 떨어졌다.

"아뇨. 괜찮습니다. 그것보단…… 디자인 얘기를 하고 싶은데요."

"아아. 그거."

승민은 아까보다 훨씬 밝은 표정으로 고개를 끄덕였다. 디자인 도용이 큰 문제가 아니라는 듯한 태도였다. 현수도 조금 가벼운 마음으로 사정을 설명할 수 있었다. 세찬과 있었던 일을 얘기하자, 승민이 작게 신음을 흘렸다.

"난 네가 세찬이한테 디자인 얘기를 흘린 줄 알았어."

"그런 생각을 할 것 같았습니다."

"아마 세찬이가 직접 우리 팀 디자인을 빼낸 건 아닐 거야. 내 디자인인 줄 모르고 진행했다는 것도 사실일 거고. 그럼 누가 최 과장한테 우리 디자인을 줬을까?"

그 순간 현수의 머릿속에 채영이 떠올랐다. 지난번 회의실에 앉아 있을 때, 최 과장을 만난 적이 있다. 그때, 채영도 회의실로 찾아왔었다. 왜 지금껏 그 사실을 잊고 있었을까?

"김채영 씨…… 아닐까요?"

"김채영?"

승민이 눈을 크게 떴다.

"김채영이 최 과장한테 정보를 흘렸을 거라고?"

"……네."

"에이. 그럴 린 없지. 그런다고 김채영한테 득이 될 게 없는데. 걘 자기한테 득이 되는 일이 아니면 안 하거든."

"그거야 그렇겠죠?"

승민이 너무 확고하게 현수의 의심을 불식시키자 현수도 할 말이 없어졌다. 승민은 채영과 오래 일한 만큼 채영에 대해 잘 알고 있을 것이다. 그런 승민이 아니라고 하는데 계속 우길 수는 없는 노릇이다.

"뭐, 누가 빼냈든 이미 주사위는 던져졌어. 이제 모터쇼까지 두 달 남았어. 아마 최 과장 팀 신차도 모터쇼에서 소개될 거야. 대대적으로 광고를 하겠지."

"괜찮을까요?"

"안 괜찮을 건 뭐야. 이젠 어떻게 되든 괜찮아. 우리 자동차가 더 멋지면 더 많은 사람들이 와서 볼 거고, 그렇지 않으면 다음번에 더 대단한 자동차를 만들면 되는 거잖아. 안 그래?"

승민의 여유로운 모습에 마음이 놓였다.

"잘 받아들이시네요."

"응. 잘난 닭이니까 어떻게든 되겠지."

"맞아요. 잘난 닭이죠."

두 사람은 서로를 마주 보고 작게 웃었다.

"그럼 이제 가 보겠습니다."

시간이 많이 늦었다. 지금 잔다고 해도 몇 시간 못 잘 것 같다. 현수가 일어나자 승민이 현수의 손목을 붙잡았다.

"자고 가."

승민의 깜짝 발언에 현수는 당황했다.

"자, 자고 가라니요!"

"너무 늦었잖아."

"난 남자 집에서 안 잡니다."

"우진혁 집에서는 자면서."

"걔는 남자가 아니잖아요."

"그럼 걔가 여자냐?"

"하여간 집에 가서 잘 거예요."

"칫."

승민도 일단 던져 본 말이었는지 가볍게 혀를 차며 일어났다.

"데려다 줄게."

"됐습니다."

"말했지? 여자 혼자 보내는 거 아니라고 배웠다고."

"저녁은 먹었어요?"

"아직."

"말랐어요."

"응. 너 때문에 고민하느라 못 먹었거든."

그냥 하는 소리는 아닌 것 같다. 잘록해진 그의 허리가 안쓰러웠다. 그냥 용기를 내서 얘기를 했더라면 서로 이렇게 마음고생을 하는 일은 없었을 텐데.

"아까 오는 길에 포장마차 봤어요."

"그래?"

"거기 가요."

"거긴 왜?"

"우동 먹으러."

"난 아무 데서나 안 먹어."

"배고픈데……."

혹시나 해서 중얼거려 봤더니 승민이 멈칫했다. 잠시 망설이던 승민은 생각난 듯 방으로 들어갔다. 현수는 왜 그러는지 궁금해서 승민의 뒤를 따라 들어갔다. 승민의 방을 구경하고 싶은 마음도 있었다.

승민은 옷장에서 두툼한 옷을 꺼내고 있었다. 하지만 현수의 눈에 가장 먼저 들어온 것은 승민이 아니었다. 방바닥에 잔뜩 놓여 있는 도화지와 그 안을 채운…….

"우왓!"

현수가 따라 들어올 줄 몰랐는지, 승민이 소스라치게 놀라며 달려와 현수의 앞을 막아섰다. 하지만 현수는 이미 봐 버렸다.

"나……."

현수가 질문을 하려는데 승민의 커다란 손이 현수의 입을 막았다. 현수는 고개를 휘저어 승민의 손을 떼어 냈다.

"나네요?"

모든 도화지에 그려진 현수의 얼굴. 도화지 속의 현수는 현수 자신이 거울로 볼 때보다 더 예쁘고 부드러운 표정을 짓고 있었다.

승민의 얼굴이 붉어졌다. 귀까지 새빨개서 저러다가 얼굴이 불타는 건 아닌지 걱정이 될 정도였다.

"그래, 너다."

승민이 내뱉듯 대답했다.

"언제 이렇게…… 그린 겁니까?"

"너랑 연락 안 하는 동안…… 보고 싶어서 그렸다. 어쩔래?"

"어, 어쩌긴요. 나도 초상권이 있습니다."

"그럼 다 가지고 돌아가든가."

"제 얼굴 그린 거 가지고 가서 뭐 합니까? 내가 마승민 씨처럼 나르시시스트도 아닌데. 마승민 씨 얼굴 그려 주세요."

"뭐?"

"마승민 씨 얼굴 그려서 달라고요. 나도 내 방에 이렇게 펼쳐놓게."

"그, 그게 뭐야? 나보고 직접 내 얼굴을 그리라고?"

현수의 솔직한 말에 승민은 당황한 기색이 역력했다. 현수가 이런 식으로 나올 줄은 몰랐던 모양이다. 그런 승민을 보는 게 즐거웠다. 귀여운 남자 같으니.

"왜요? 마승민 씨는 자기 얼굴 잘났다고 좋아하잖아요."

"물론 최고의 모델이 될 수는 있겠지. 하지만…… 그래, 뭐. 이참에 내 자화상을 그려 보는 것도 좋겠어. 큰 종이에 그려서 색칠까지 한 후에 커다란 액자에 넣어 주지."

자기 얼굴 그릴 생각에 신이 난 승민을 놔두고 현수는 승민의 방을 둘러봤다. 겉은 낡은 아파트였지만 실내는 그렇지 않았다. 바닥에 늘어놓은 그림만 아니라면 깨끗하게 정리된 공간. 흐트러짐 없이 가지런히 놓인 이불은 승민의 결벽증의 일면을 보여 주는 듯했다.

그림 말고도 그런 방에 어울리지 않는 것이 또 하나 있었다.

"저건 또 뭡니까?"

침대 옆 벽면에 세워 둔 프라이팬엔 현수의 얼굴이 붙어 있었다. 승민은 그제야 그것을 눈치챈 듯 후다닥 달려가 프라이팬을 끌어안았다. 프라이팬의 뒷면을 보고서야 현수는 그것이 무엇인지 알 수 있었다.

"그거 설마……?"

"아니야!"

현수가 말을 꺼내기도 전에 승민이 부정했다. 승민의 얼굴이 또다시 붉게 물들었다.

"맞는 것 같은데……."

"아니라니까?"

"거기 그 왼쪽에 벗겨진 부분이요. 그거 하트랑 비슷한 모양이라서 기억하고 있거든요."

"때때로 비슷한 얼룩이 있는 프라이팬이 있을 수도 있는 거지. 세상은 넓고 프라이팬은 많으니까."

"……내가 어떤 프라이팬을 말하는 건지는 어떻게 아십니까?"

"……뭐, 뭐?"

거기까지는 생각이 미치지 않았나 보다. 현수는 침대 위로 올라가 무릎으로 걸어 승민에게 다가갔다. 현수가 다가갈수록 승민은 점점 뒤로 물러났지만 결국 침대 모서리에 닿고 말았다. 가까운 곳에서 현수가 승민을 지그시 응시하며 물었다.

"내가 말하는 프라이팬이 어떤 프라이팬인데요?"

"그, 그렇게 쳐다보지 마."

승민이 시선을 피했다.

"왜 말씀을 못 하십니까? 그 프라이팬, 전에 마승민 씨가 고물상에서 찾아낸 거 맞죠?"

"……."

"그거 분명 어떤 식당에 두고 왔었는데…… 그걸 어떻게 승민 씨가 가지고 있는 거죠?"

순수하게 궁금해서 물어본 것이었다. 다른 의도 따위는 조금도 담겨 있지 않았다. 하지만 승민은 그렇게 받아들이지 않았나 보다. 그럴 법도 한 것이, 승민의 앞에 무릎을 꿇고 앉아 그를 올려다보는 현수의 모습은 묘한 의도를 가지고 있는 듯 보였다.

"너…… 의외로 행동력이 있다?"

"네?"

"지금 그 포즈…… 나보고 덮쳐 달라고 하는 포즈 맞지?"

"네에에에에?"

"그럼 사양 않고………."

"으왓!"

전세가 역전되었다. 승민은 한 손에 프라이팬을 잡고 있으면서도 강한 힘으로 현수를 덮쳤다. 뒤로 넘어진 현수의 위에 승민이 올라탔다. 승민은 한 손으로 현수의 팔을 꽉 눌렀다. 빼내 보려 했지만 승민의 힘을 이길 수가 없었다.

이 남자, 원래 이렇게 힘이 셌나?

다른 남자가 이런 짓을 했더라면 무서웠을 것이다. 온 힘을 다해 발버둥을 쳤을지도 모르겠다. 하지만 그러지 않는 이유는, 승민의 눈동자에 담긴 장난기 때문이었다. 정말 무슨 짓을 저지를 생각으로 이런 행동을 하는 것이 아니라는 걸 현수는 알 수 있었다.

"마승민 씨, 되게 음흉한 사람이네요."

"응, 맞아."

승민은 군이 부정하지 않으며 현수의 깨끗한 이마에 입을 맞췄다.

"원래 남자는 음흉하거든. 사랑하는 사람이 눈앞에 있으면 어떻게든 하고 싶어지지."

"어떻게 하고 싶은데요?"

"호오. 정말로 설명을 듣고 싶단 말이야?"

"……됐습니다. 비키세요, 무거우니까."

현수의 예상대로 승민은 쉽게 옆으로 비켰다.

"그만 나갈까?"

"그래요."

승민이 아까 꺼냈던 코트를 현수의 어깨에 걸쳐줬다. 자기 입을 옷이 아니라, 현수 입혀 줄 옷을 챙기려고 했던 모양이다. 승민은 역시 다정하다.

현수가 신발을 신으며 말했다.

"프라이팬 설명이나 해 주세요. 그걸 왜 마승민 씨가 가지고 있습니까?"

"뭐, 어쩌다 보니……."

"그걸 다시 보게 될 줄은 몰랐는데."

"다시 보게 되니까 좋지?"

지나가듯 묻는 승민의 말에 현수가 미소를 지었다.

"네. 그때가 처음으로 마승민 씨를 귀엽다고 느꼈을 때거든요."

"언제?"

"마승민 씨가 그거 찾아낸 걸 자랑스러워했을 때."

"흐음. 그럼 우리의 추억을 위해 프라이팬은 너한테 줄까?"

"네. 마승민 씨 얼굴 붙여서 주세요."

"그래. 아침에 눈 떴을 때 잘난 얼굴을 보면 하루가 즐거워질 테니까."

여전한 승민의 잘난 척을 들으며 조용한 밤거리를 걸었다. 처음에는 짜증만 났던 승민의 잘난 척은 이제 사랑스러운 음악으로 변해 현수의 귀를 간질였다. 그래, 내 옆에 있는 사람이 잘난 척을 할 때가 좋은 거야.

오는 길에 봤던 포장마차에는 불이 밝혀져 있었고, 커플로 보이는 두 사람이 마주앉아 술잔을 기울이는 중이었다. 승민과 함께 안으로 들어가며 현수는 과연 자신들도 커플로 보일지 궁금해졌다.

포장마차에서 어묵과 오돌뼈, 주먹밥을 시켜 간단하게 끼니를 때우며 최 과장의 신차에 대해 이야기를 나눴다. 승민과 현수의 집은 자동차를 타고 20분 거리. 승민은 현수를 집까지 바래다줬다.

그동안 승민이 현수를 바래다준 적은 많았다. 하지만 이번은 그 의미가 다르다.

열쇠로 문을 열고, 들어가기 전 승민을 돌아봤다. 승민은 항상 그래 왔다는 듯 현수의 뒤에 서 있었다. 한참 같이 있었는데도 헤어지기 아쉽다. 원하면 언제든 만날 수 있는데 벌써 그립다.

"데려다 줘서 감사합니다."

"응."

"……조심해서 가세요."

"응."

"먼저 가세요."

"아니, 너 들어가면 갈게."

"네, 그럼 들어갈게요."

"응."

문고리를 손에 잡았지만 열지 않았다.

"저기……."

할 말도 없는데 보내고 싶지 않아 승민을 불렀다.

"응?"

"음…… 이번 주말에 본가 가십니까?"

"가고 싶어?"

"아뇨, 그런 건 아닌데……."

"너 내려가면 겸사겸사 가고. 갈 생각 있으면 말해."

"네. 그럼 들어가 볼게요."

복도에 비치는 불빛 아래에서 보니 승민의 눈 아래가 퀭했다. 그동안 잠을 못 잔 사람인데, 계속 세워둘 수는 없는 노릇이다. 더 같이 있고 싶지만 보내 주는 게 맞겠지. 마음을 다잡고 문을 열려는데, 이번엔 승민이 현수를 불렀다.

"돌팔이."

현수가 돌아보자 승민이 씩 웃었다.

"너 돌팔인 줄은 아나 보지?"

"그러는 노고 씨는요? 왜 불렀습니까?"

"잘 자라고."

"네, 잘 잘게요. 노고 씨도 잘 자요."

"응."

"그럼…… 들어갑니다?"

"응."

안 떨어지는 발을 겨우 움직여 집 안으로 들어가 문을 닫았다. 잠시 움직이지 않고 그 자리에 서 있었다. 승민이 돌아가는 발소리를 듣기 위해서였다. 하지만 발소리는 한참이 지나도 들리지 않았다.

혹시나 싶어 도로 문을 열었더니 그 자리에 여전히 승민이 서 있었다. 현수가 나올 줄 몰랐는지 승민이 눈을 크게 떴다. 가지 않고 가만히 서 있던 그가 사랑스러워서 현수는 두 팔을 벌려 승민을 끌어안았다. 머뭇거리던 승민의 팔이 올라와 현수를 꼭 끌어안았다. 승민의 손이 현수의 등을 부드럽게 쓰다듬었다.

"내일 또 봐요. 회사 끝나면."

현수의 말에 승민이 기다렸다는 듯 대답했다.

"응. 데리러 갈게."

부부동반 모임을 끝내고 집에 돌아온 박 교수는 불도 켜지 않은 거실 소파에 앉아 있는 세찬을 발견했다. 어두워서 실루엣밖에 보이지 않았지만, 그것만으로도 세찬이 괴로워한다는 것을 알 수 있었다.

어릴 적부터 자기 할 일은 스스로 해내며 부모 걱정을 시킨 적이 없는 세찬이었다. 한 번도 괴로운 심정을 겉으로 드러낸 적이 없었다. 하지만 최근 들어 세찬이 한숨을 쉬는 일이 잦았다. 무슨 일이 있는 거라는 생각은 들었지만 스스로 얘기를 해 줄 때까지 기다리기로 했다. 오늘이 바로 그날인 듯하다.

김 여사에게 먼저 방에 들어가라고 한 후, 박 교수는 세찬의 옆에 앉았다. 세찬은 박 교수가 옆에 앉는 걸 눈치챘으면서도 돌아보지 않았다. 박 교수는 구태여 말을 걸지 않고 세찬이 입을 열기를 기다렸다.

이윽고 세찬이 말했다.

"보여 드릴 게 있습니다."

"그래. 저거냐?"

아까부터 테이블 위에 놓여 있던 커다란 서류 봉투가 신경 쓰였다. 세찬이 고개를 끄덕였다. 박 교수는 봉투를 집어 그 안에 들어 있는 종이뭉치를 꺼내 한 장, 한 장 천천히 넘겨봤다. 세찬은 무릎 위에 두 손을 움켜쥐고 박 교수의 이야기를 기다리고 있었다.

박 교수는 디자인화를 도로 봉투에 집어넣었다. 세찬이 자신의 이야기를 기다리는 걸 알면서도 한참 동안 말을 꺼내지 않았다. 무겁고 힘든 침묵이 길게 이어졌다.

"어떠십니까?"

결국 참다못한 세찬이 먼저 입을 열었다. 박 교수는 답을 알면서도 물었다.

"이런 괴물은 대체 누구 머리에서 나온 게냐?"

"……제 머리에서 나왔습니다."

"그래."

"해 주실 말씀…… 없으십니까?"

"다시 그리라는 말밖에는 못 하겠구나."

"그럴 수가 없는 상황이라면요?"

박 교수는 대략적인 상황을 짐작할 수 있었다. 세찬이 최 과장의 팀에서 일하게 되었다는 건 알고 있었다. 최 과장은 아마 자기 욕심을 부렸을 테고, 세찬은 그를 따라줄 수밖에 없었을 것이다.

하지만 결국 그것은 세찬의 결정이고, 세찬이 선택한 일이었다.

박 교수의 대답이 없자 세찬은 두 손으로 얼굴을 가렸다.

"현수가 그러더군요. 뭐든 해도 되는 게 아니라고. 해도 되는 일을 해야 하는 거라고."

"……그래."

"사실…… 될 대로 되라는 심정이었습니다. 더 강하게 주장하고 밀어붙일 수도 있었겠죠. 그런다고 해도 최 과장이 쉽게 절 자르지는 못했을 테니까요. 그런데도 최 과장이 시키는 대로 한 건, 아마도…… 될 대로 되라는 마음이 더 커서였을 겁니다. 내가 어떻게 해도 마승민 선배님을 이기기가 힘드니까…… 사랑에서도, 일에서도……."

"……."

"정말 부끄럽습니다."

한숨 섞인 목소리가 갈대처럼 흔들렸다.

"부끄러워서 뭘 어떻게 고쳐야 될지도 모르겠어요."

박 교수는 세찬의 어깨를 살짝 두드렸다.

"일단 기다려 봐라. 기다리다 보면 답이 나오겠지."

"그게 최선일까요?"

"이미 제작 들어갔지 않니? 인제 와서 반대한다고 고칠 수 있는 부분이 아니니까……."

박 교수는 세찬의 어깨를 두드리며, 방금 본 디자인을 떠올렸다. 최민석의 팀은 서민형 자동차를 만든다고 들었었다. 그렇다면 저 자동차는 출시되자마자 큰 문제를 불러일으킬 것이다.

고민이 됐다.

힘들어하는 아들을 생각하면 이대로 모르는 척 문제가 생기기를 기다리는 게 나을 것 같다. 하지만 카르트 때문에 큰 사고라도 일어난다면 세찬이 상처를 받게 될 것이다.

어떡해야 하나. 모르는 척 할까, 아니면 팔을 걷고 나서 볼까.

한참 고민하던 박 교수는 결국 한숨을 쉬며 결정을 내렸다.

'내일 회사에 좀 가봐야겠군.'

하늘이 유독 파랗다.

그저 서로의 마음을 확인했을 뿐인데 풍경이 달라 보일 줄은 몰랐다. 사실 오늘의 날씨는 눈 오기 직전의 잿빛 하늘을 자랑하고 있었다. 그런데도 승민의 눈에는 하늘이 마냥 파랗게만 보였다. 하늘은 맑고 바람은 신선하구나. 앞차에서 내뿜은 배기가스가 창문으로 흘러들어왔지만 승민은 개의치 않았다.

어제의 현수는 말도 못 하게 사랑스러웠다. 또 보자고 수줍게 말하는 모습이 놀라울 정도로 여성스러웠다. 이 작고 사랑스러운 여인이 한때는 망치를 들고 위협하기도 했다는 것이 믿기지 않을 정도였다.

'얼른 퇴근했으면 좋겠네.'

이제 막 주차를 했을 뿐인데, 승민은 퇴근 후 만날 현수를 꿈꿨다.

엘리베이터를 향해 걸어가던 승민은 엘리베이터 앞에서 그리운 얼굴을 발견했다. 승민은 저도 모르게 달려가 그의 어깨를 잡았다.

"선생님!"

몇 년 만에 만나는 그가 천천히 고개를 돌렸다. 승민을 발견한 그의 얼굴에 다정한 미소가 떠올랐다.

"승민이구나."

"아…… 여긴 어떻게……."

"어떻게는. 차 타고 왔지."

"아, 아니요. 무슨 일로……."

반가움과 서운함이 섞여 말을 제대로 이을 수가 없었다. 굉장히 오랜만에 만나는 박 교수는 그때와 조금도 달라지지 않은 모습으로 승민의 머리를 쓰다듬었다.

"사장님을 좀 봬야 할 것 같아서. 아침은 먹었고?"

오랜만에 만났다는 느낌이 전혀 없는 박 교수의 말투에 승민은 정신을 차렸다.

"잘 지냈겠습니까? 그런 식으로 회사를 떠나 버리시고. 연락처도 바꾸시고."

"그래서 삐친 게야?"

"삐치다니요. 서운하다고 말씀드리는 겁니다. 선생님이 절 이 회사에 데리고 오셨으면서 자리 잡기도 전에 관두시는 게 어디에 있습니까?"

"나 없는 동안 최민석이가 많이 괴롭혔다면서?"

"그걸…… 어떻게 아셨습니까?"

"정보통이 있지. 최 과장이 괴롭히는데도 잘해 나가고 있다고 들었다. CM 시리즈도 네가 한 거지?"

"네. 그것도 정보통이 알려 줬습니까?"

"아니. 척 보면 알지. 최 과장은 그런 걸 만들어 낼 만한 인물이 아니거든. 그림이나 끼적이다가 사장 딸을 만나면서 진로를 이쪽으로 바꾼 거고, 애초에 자동차에 관심이 없으니 어디를 어떻게 해야 좋은 건지도 모르고…… 그런 인물이 CM 같은 자동차를 만들어 낼 리 없잖냐."

박 교수가 최민석을 신랄하게 비판했다.

누구보다도 존경하는 사람이 알아줬다는 생각에, 승민은 가슴이 뿌듯해졌다. 이러니저러니 해도 알 만한 사람들은 다 알아준다. 박 교수와 현수가 알아줬으니, 더 이상 CM에 대한 미련은 없다.

"그나저나…… 요샌 내년 모터쇼 콘셉트카를 준비한다면서? 서운하겠네. 신차가 안 돼서."

"아니요. 아주 즐겁습니다. 제 마음대로 만들 수 있다는 게, 무엇보다 좋고요. 아, 디자인 한번 보시겠습니까?"

"아니다. 모터쇼 가서 보지, 뭐. 이 나이가 되면 가슴 설레면서 기대할 만한 일이 별로 없거든. 네 자동차를 기대해 보는 것도 괜찮겠지."

승민의 실력을 인정한다는 뜻인 것만 같았다. 승민은 가슴이 부풀었다.

"그런데 사장님은 왜 만나러 오셨습니까?"

"이런 일로는 오고 싶지 않았는데……."

박 교수의 표정이 어두워졌다.

"아무래도 나도 평범한 애비인 모양이야. 자식 일이 걸려 있으면 가만히 있을 수가 없어지거든."

"자식 일이요?"

딩동.

엘리베이터가 승민이 내려야 할 층에 도착했다. 예전에 이곳에서 일했던 박 교수는 그립다는 듯 복도를 내다보며 중얼거렸다.

"그래, 세찬이 녀석이 괴로워하는 걸 두고 볼 수가 없더구나."

"……!"

"가봐. 밀린 이야기는 나중에 할 때가 오겠지."

박 교수가 채근하며 승민의 등을 밀었다. 멍하니 떠밀려 내린 승민은 가까스로 정신을 차리고 뒤를 돌아봤다. 엘리베이터 문이 닫히고 있었다. 승민은 좁은 문틈 사이로 보이는 박 교수에게 외치듯 물었다.

"선생님! 설마 박세찬이 선생님 아들이었습니까?"

박 교수의 대답은 들려오지 않았지만, 닫히기 직전 엷은 미소를 보았다. 그 미소는 승민에게 '그렇다.'고 대답하고 있었다.

승민은 사무실로 들어오자마자 세찬을 찾았다. 세찬은 보이지 않았다. 평소에는 승민보다 먼저 출근하던 세찬이다. 자리에 짐이 없는 걸로 보아 아예 출근을 하지 않은 걸로 보였다.

묻고 싶은 것이 많았다. 정말로 박 교수가 네 아버지냐, 네 아버지랑 나랑 아는 사이라는 걸 모르고 있었냐, 박 교수의 정보통이 너였냐. 그리고 왜 도용을 해 버린 거냐.

하명 자동차 수석 디자이너 박윤성.

그가 회사를 그만둔 건, 승민이 입사하고 오래 지나지 않아서였다.

사장 다음의 권력을 가지고 있다고 할 만큼 회사 내에서 입지가 굳은 그였는데, 너무나 갑작스럽게 회사를 그만둬 버렸다. 승민에게도 언질을 해 주지 않았고, 윗사람들도 자세한 사정은 모르는 듯했다.

여러 소문이 돌았다. 사장의 부인과 불륜을 했는데 그것을 들켰다는 둥, 비리를 저질렀다는 둥, 외국의 모 기업에서 스카우트를 했다는 둥, 자기보다 늦게 들어온 최민석의 기세등등한 꼴이 얄미워서라는 둥.

하지만 승민은 그 소문 중에 진실이 없다는 것만큼은 알 수 있었다. 뭔가 다른 이유가 있고, 그것 때문에 아끼는 제자이자 후배인 승민에게 언질조차 하지 않고 회사를 그만둔 것이리라.

연락을 해 보았지만 번호가 바뀌었고, 원래 살던 집에서 이사를 간 지 오래였다. 승민은 그를 찾을 방법이 없었다.

'박세찬이 선생님 아들이었다니……'

아주 가까운 곳에 박 교수와의 끈이 있었다. 어쩌면 박 교수는 승민이 스스로 알아봐 주기를 바랐는지도 모르겠다.

'그러고 보면 박세찬이랑 선생님이랑 닮은 것 같기도 해. 눈이라든가, 입매 같은 부분이……'

세찬은 출근 시간이 지났는데도 오지 않았다. 오늘 병가를 냈다는 소식을 채영이 전해 주었다. 승민은 사장실 앞에서 박 교수를 기다릴까 하다가 관두고 세찬에게 전화를 걸었다. 세찬은 전화를 받지 않았다.

고민 끝에 문자를 보냈다.

[디자인 건으로 만나고 싶다. 얘기 좀 하자.]

세찬이 정말로 아파서 병가를 냈을 리는 없다고 생각했다. 문자까지 보내자 피할 수 없다고 생각한 건지, 세찬의 답장이 도착했다.

[어디서 뵐까요?]

[너네 집으로 갈게.]

이참에 박 교수의 집을 알아낼 생각이었다. 답장이 조금 늦게 왔다.

[제가 회사 근처로 가겠습니다.]

세찬의 문자를 확인한 승민은 세찬이 자신과 박 교수의 관계를 알고 있었을 거라고 확신했다. 무슨 이유 때문인지 세찬은 그것을 알면서도 사실을 감추려 하고 있다.

승민은 세찬의 마음을 헤아려 줄 생각이 들지 않았다.

[박윤성 디자이너님이 네 아버지라는 거 알고 있어.]

이번엔 답장이 오기까지 더 오랜 시간이 걸렸다. 답장에는 집 주소와 함께 '기다리겠습니다.'라는 말이 쓰여 있었다.

"무서운 얼굴이네."

사무실에서 나가는 승민과 마주친 채영이 깜짝 놀란 듯 중얼거렸다.

"그래?"

"세찬 씨 보러 가는 거야?"

오래 알아왔기 때문일까. 가끔 채영은 승민의 얼굴만 보고도 다음 행동을 알아맞히곤 했다. 승민은 가볍게 고개를 끄덕였고, 채영은 별말 없이 옆으로 비켜섰다.

세찬의 집으로 향하며 승민은 옛날 생각을 했다. 미국에서 박 교수와 만났을 때의 일을.

승민이 그린 자동차를 본 박 교수는 '이 아저씨, 정신이 이상한 거 아냐?'라고 생각될 만큼 오버를 하면서 승민을 칭찬해 댔다. 그가 유명한 자동차 디자이너라는 것을 알게 된 것은 첫 만남으로부터 일주일이 지났을 때였다.

박 교수는 자동차에 대해 승민과 비슷한 생각을 품고 있었다. 박 교수와 디자인에 대해, 자동차에 대해 이야기하는 게 즐거웠다. 그래서 박 교수가 함께 한국에 가자고 했을 때 두말하지 않고 그를 따를 수 있었다. 그와 함께라면 모두가 놀랄 만한 자동차를 만들 수 있을 것 같았다.

하지만 그와 함께 일할 수 있는 시간은 길지 않았다.

자동차 회사에서 디자이너로 일하는 것은 승민이 꿈꾸던 것과는 달랐다. 화려하지도 않았고, 자기 마음대로 자동차를 만들 수도 없었다. 이것저것 따져야 할 것이 많아서 결국은 시중에서 판매되는 것과 비슷한 것들을 만들어 내게 되었다.

그래도 언젠가는 더 나은 디자이너가 되어 원하는 것을 만들 수 있을 거란 생각에 노력했다. 그러고 있을 때 박 교수가 말도 없이 회사를 관뒀고, 승민은 최민석이란 사람에게 휘둘리게 되었다.

만약 일주일만 전에 박 교수와 마주쳤더라면 그가 몹시도 원망스러웠을 것이다. 회사의 일이 안 되는 것도, 디자이너로서 더 큰 꿈을 펼칠 수 없는 것도 모두 그의 탓이라고 몰아붙였을지도 모르겠다.

하지만 지금은 아니다. 그것이 현수와 마음이 통했기 때문에 마음이 들떠서인지, 말하지 않아도 박 교수가 CM 시리즈를 알아봐 주어서인지, 그것도 아니면 그런 것들을 좋게 받아들일 수 있을 만큼 성장해서인지는 알 수 없었다. 어쩌면 셋 전부인지도.

세찬이 알려 준 주소에 도착해 집 외관을 확인한 승민은 저도 모르게 탄성을 내뱉었다. 땅값 비싼 동네라고 알고 있는데, 넓은 평수의 주택. 높은 담장 너머로 잘 지어진 2층 건물의 지붕이 보였다. 담장 너머의 풍경이 그려졌다. 아마도 텔레비전에서나 보던 부잣집의 잔디 깔린 마당 따위가 펼쳐져 있을 것이다.

'박세찬이 이렇게 잘사는 놈이었나?'

한 번도 그런 내색을 하지 않아서 승민과 비슷한 처지인 줄 알았다. 세찬이 끌고 다니는 자동차 역시 고가의 자동차가 아니었다. 입고 다니는 옷도 세련되기는 하지만 승민도 살 수 있을 정도의 브랜드였고, 구두나 시계 역시 마찬가지였다.

초인종을 누르고 잠시 기다렸다. 세찬이 직접 나와서 대문을 열어 주었다. 잠깐 봐도 세찬이 몹시 수척해졌다는 걸 알 수 있었다. 세찬도 마음고생이 심했을 거라던 현수의 말이 거짓은 아니었던 모양이다.

"선배님."

세찬이 꾸벅 인사를 했다. 승민은 가볍게 고개를 끄덕이고 세찬을 따라 안으로 들어갔다. 담 안의 풍경은 역시나 승민이 상상했던 그대로였다. 구석에 있는 커다란 창고만 제외한다면.

"저건 뭐지?"

호기심이 생겼다.

"차고입니다."

"차고?"

"네. 보시겠습니까?"

"……그래."

차고 구경을 하러 온 것은 아니지만 궁금했다. 세찬은 차고 밖의 버튼을 조작해 문을 열었다. 안은 어두웠는데 불을 켜자 놀라운 광경이 펼쳐졌다. 구하기 힘든 자동차 컬렉션. 가지런히 진열된 자동차들의 향연에 승민은 입을 다물 수가 없었다.

세찬은 자랑하는 기색 없이 담담히 말했다.

"아버지의 소장품입니다."

"굉장하군."

"그러게요."

세찬은 아무래도 좋다는 듯 대꾸했다. 승민은 구석에 놓여 있는 접이식 의자들을 가리켰다.

"여기서 얘기해도 되겠네."

"불편하시지 않겠습니까?"

"괜찮아."

세찬과 승민은 의자가 있는 쪽으로 향했다. 둘 다 의자를 펴고 나란히 앉았다. 승민은 단도직입적으로 말했다.

"넌 내 디자인을 가져다가 썼어."

"죄송합니다."

세찬이 바로 대답했다. 짧지만 진심이 담긴 목소리였다.

"그래. 용서하마."

"용서하신다고요?"

세찬이 고개를 돌려 믿을 수 없다는 듯 승민을 쳐다봤다. 승민은 세찬 쪽을 보지 않고 고개를 끄덕였다.

"응. 용서한다고. 네가 최 과장 팀에서 일한다고 할 때부터, 어쩌면 이런 일이 생길지도 모른다고 생각했던 것 같다."

"……."

"현수가 그러더라. 너도 많이 힘들어했다고. 꼭 네 잘못만은 아니라고."

"현수가…… 그렇게 말했다고요?"

"응. 그러니까 널 너무 미워하지 말라던데?"

"……그렇게 말해 줄지 몰랐습니다."

"의외로 상냥하거든."

"그러게요."

승민은 작게 웃었지만 세찬은 웃을 기분이 아닌 듯 허리를 구부렸다.

"정말 죄송합니다, 선배님. 선배님이 절 용서해 주셔도 전 저 자신을 용서할 수가 없습니다. 이런 짓을 저지르다니…… 같은 디자이너면서 남의 것을 가져다가 쓰다니……."

"최 과장이 시킨 거잖아."

"그래도요. 그래도 하지 말았어야 했는데……."

"뭐, 그 얘기는 지난 일이니까 그만두자. 어떻게든 되겠지. 궁금한 건 네가 왜 선생님의 아들이라는 사실을 숨겼는지야. 넌 분명 날 알고 있었을 거야. 맞지?"

승민이 날카롭게 물었다. 세찬은 작게 한숨을 쉬었다.

"네, 알고 있었습니다."

"그런데 왜…… 숨긴 거지?"

"여러 가지 이유가 있습니다. 첫 번째로는 아버지께서 부탁하셨습니다."

"선생님이? 대체 왜?"

"자세한 이유는 모르겠습니다. 아마 회사를 그만두신 것과 관련이 있겠죠."

"그 이유, 너도 모르나?"

승민의 질문에 세찬이 자조적으로 물었다.

"선배님도 모르시는 걸 제가 어떻게 알겠습니까?"

"하지만 넌 아들이잖아."

"아버지는 일에 있어서만큼은 저보다 선배님을 더 아끼고 믿었습니다. 일을 그만둔 이유를 선배님께 설명하지 않았다면, 아마 아무도 그 이유를 모를 겁니다."

세찬이 무슨 의도로 이런 말을 하는지 알 수 없었다. 박 교수는 회사를 떠나면서 승민에게 연락처조차 알리지 않았다. 몇 년이나 연락 두절로 지내 왔다. 세찬이 뭔가 단단히 오해를 하고 있는 것 같았다.

"두 번째 이유는?"

"선배님을 질투했습니다."

"질투……했다고?"

"네."

"날 질투할 이유가 없지 않나? 넌 나보다 늦게 입사했지만 실력을 인정받아서 곧 나랑 같은 직급이 될 거였어. 회사 내에서 인기도 좋고. 대체 왜 나를 질투하는 거지? 현수 때문에?"

세찬이 쓴웃음을 지었다.

"선배님을 알게 된 아버지는 집에 오면 늘 선배님에 대해 이야기를 했죠. 선배님 이야기를 할 때의 아버지는 정말로 기뻐 보여서, 본 적도 없는 선배님을 질투했습니다. 그때는 저도 어렸으니 아마 아버지를 뺏긴 기분이 들었던 것 같습니다. 그 생각이 저도 모르게 쭉 이어져 왔나 봅니다."

"……세 번째 이유는?"

"세 번째는…… 선배님을 존경하기 때문입니다."

"존경……한다고?"

"네, 존경합니다. 선배님을 존경하기 때문에 선배님에게 인정받고 싶었습니다. 제가 아버지의 아들이라는 걸 아셨다면 아마 저에게 잘해 주셨겠죠. 제 능력 이상으로 저를 평가했을지도 모르고요. 그래서 그냥 아무 배경도 없는 인간 박세찬으로서 선배님에게 인정을 받고 싶었습니다."

승민은 할 말을 찾을 수가 없었다.

세찬이 자신을 존경하는지 몰랐을뿐더러, 인정받고 싶다는 마음을 갖고 있었다는 것 역시 전혀 몰랐다. 누군가를 인정해 줄 만한 자리에 있지 않다. 그만한 성과를 낸 적이 없으니 당연한 결과다. 그런데도 세찬은 승민에 대해 '존경'이라는 마음을 품고 있었다.

왜? 왜 나를 존경하는데? CM 시리즈 때문에? 하지만 그 정도 되는 자동차는 널리고 널렸어. 네가 사랑하는 정현수조차 CM3를 비판했어. 그걸 빼면 아무것도 없는 나를, 너는 왜 존경하고 있는 거지?

묻고 싶었다. 하지만 정말 궁금한 것을 묻는 대신 다른 것을 물었다.

"네 번째는?"

"선배님을 존경하는 이유는 선배님이 그린 자동차 때문입니다."

세찬은 승민의 마음을 읽기라도 한 것처럼 말했다.

"처음에 입사를 해서 선배님의 디자인을 봤을 때, 아버지가 왜 선배님을 아끼는지 알 수 있었습니다."

승민의 미간에 깊은 주름이 생겼다.

"스스로 진화할 것 같은 자동차. 그런 느낌이었습니다. 선배님의 자동차는."

"……그런가?"

"네. 식상한 표현이지만 생명을 갖고 있는 것 같더군요. 질투가 나면서도 존경할 수밖에 없었습니다. 저는 그런 자동차를 그려낼 수가 없으니까."

"과찬이군. 그건 네가 나를 과대평가한 거야. 난 그냥 평범한 차 디자이너일 뿐, 생명이라든가, 진화라든가, 그런 걸 할 만한 자동차를 만들지는 못해."

승민이 딱 잘라 말했다.

"하지만 매료시키는 건 분명합니다. 가볍게 시작한 CM이 시리즈로 바뀐 것도 기대 이상의 성과를 냈기 때문이죠. 저였다면 그런 자동차를 만들지 못했을 겁니다."

승민은 당황했다. 세찬이 이렇게 열등감을 갖고 있을 줄은 몰랐다. 승민이 세찬에게 가졌던 감정을 세찬 역시 승민에게 느끼고 있었다는 걸 알게 되자, 그동안 두통에 시달리면서까지 고뇌하던 나날들이 우습게 생각되었다.

무언가 조언을 해 주고 싶은데, 이럴 때에 어떤 식으로 조언을 해 줘야 하는지 배운 적이 없다. 좌절한 한 남자에게 어떤 말을 해 줘야 기운을 차릴까.

고민을 하던 승민은 결국 조언해 주는 걸 포기하고 일어났다.

"알았다. 간다."

세찬이 고개를 들어 승민을 올려다봤다.

"그게 전붑니까?"

"뭐가?"

"선배님이 야심 차게 준비한 작품을 제가 망쳤습니다. 좀 더 저를 비난하실 줄 알았습니다."

"말했잖아. 이미 지난 이야기라고. 너한테는 미안한 일이지만 신차는 망할 거야. 그것 때문에 내 모터쇼가 타격을 받는 일은 없어."

"역시 망하겠죠?"

"그래. 문제는 최 과장이 그걸 너에게 덮어씌울지도 모른다는 거지. 정신 똑바로 차려. 그런 인간 때문에 네 디자이너 인생을 망치지 않게."

"저……."

세찬이 일어났다.

"제가 디자이너를 계속해도 될까요?"

어렵게 꺼낸 세찬의 질문에 승민이 피식 웃으며 세찬의 어깨를 두드렸다.

"그걸 왜 나한테 물어? 네가 하고 싶으면 하는 거고, 말고 싶으면 마는 거지. 누가 뭐란다고 관둘 거였으면 애초에 시작도 안 했어야 하는 거 아닌가?"

이야기 셋, 적당한 거리

　고층에 위치한 사장실은 터무니없을 만큼 조용했다. 사람들의 말소리도, 바깥의 소음도 전혀 들려오지 않았다. 가만히 앉아 있으면 무중력 공간에 들어온 것 같은 느낌이 들었다.

　박 교수와 최 사장은 말없이 서로를 마주 보고 있었다. 폭풍전야였다.

　께느른하게 앉아 있던 최 사장이 입을 열었다.

　"뭘 그렇게 날을 세우고 있나?"

　"단지 디자인팀의 과장일 뿐인 사람에게 너무 큰 권한을 준 것 같네요. 회장님도 아십니까?"

　최 사장이 피식 웃었다.

　"내가 딸을 아끼는 것보다 회장님이 손녀를 아끼는 마음이 더 크지."

"그래서 두고 보시는 겁니까?"

"그럼 어떡할까? 아버지한테 내 딸이니까 그만 좀 사랑하라고, 손주 사위라고 잘해 주지 좀 말라고 애원이라도 할까?"

"사장님! 장난치려고 온 게 아닙니다. 이번에 최 과장이 만드는 신차, 보셨습니까?"

"그래. 보고가 들어왔지."

"그걸 보셨으면서 제제를 안 하시겠다고요?"

"별문제가 없는 것 같던데?"

"못 뵌 동안 해태 눈이 되셨군요. 연세가 드시니 보는 눈도 사라진 겁니까?"

"박 교수. 말이 심한데?"

"누구든 자식 일이 걸리면 앞뒤가 안 보이는 법이죠. 사장님이 사위라는 이유만으로 최 과장을 감싸니, 저도 내 자식 지키기 위해 뭐든 해야겠습니다."

"왜? 신차가 엉망이 되면 세찬이 이름이 땅에 떨어질까 봐 걱정이 돼?"

"당연하죠!"

"걱정할 거 없어. 세찬이는 알려지지 않은 디자이너야. 이름도 없는 디자이너인데 팀에 속해 있었다고 해서 오명이 쓸 일은 없지."

박 교수의 미간에 깊은 주름이 생겼다. 박 교수는 형형한 눈빛으로 최 사장을 노려봤다.

"신차에 문제가 많다는 거, 알고 계시는군요."

"이래 봬도 자동차 회사 사장이잖아. 그 정도는 알지."

"그런데 왜…… 그 자동차는 정말 말도 안 되는 자동차입니다. 제작 단가 자체가 터무니없이 낮은데 쓸모없는 자동화 시스템이 들어가 있어요. 그 기능을 넣고 나면 어느 부분의 비용을 줄이겠습니까? 분명 안전 쪽에서 단가를 낮추겠죠. 나지 않아도 될 사고가 날지도 모르고, 사람들이 많이 다칠지도 모릅니다."

"그래, 그렇겠지. 그전에 끝나면 좋겠지만."

최 사장이 허무한 듯 중얼거렸다.

"무슨 꿍꿍이를 가지고 계신 겁니까?"

"꿍꿍이라니. 책략이라고 해 줘."

"형님!"

박 교수의 외침에 최 사장이 빙그레 웃었다.

"형님이라…… 자네한테 그렇게 불리는 것도 오랜만인데?"

"십 년 만에 만난 첫사랑 같은 소리 하지 마시고, 설명이나 해 주세요. 대체 무슨 생각이십니까?"

"흐음……."

박 교수의 닦달에도 최 사장은 여유롭게 담배를 꺼내 불을 붙였다. 한 대 피우겠냐는 제스처를 보였지만 박 교수는 거절했다.

"최민석이는 말이야, 처세술이 아주 뛰어나. 후배들에게는 어떤지 모르겠지만 윗사람들에게는 놀라울 정도지. 그놈이 회장님한테 하는 행동을 보면 감탄사가 튀어나올 정도야."

"그래서 사장님도 낚이신 겁니까?"

"……회장님은 나이를 잡수셨어. 연세가 너무 많으셔. 그런데도 여전히 정정하고 날카롭게 공사를 구분해 거대 기업을 움직인다…… 종종 그런 기사를 내는 이유가 뭘 것 같아?"

"……그렇지 않군요."

"그래. 세월에는 장사 없지."

박 교수가 씁쓸하게 웃었다.

"판단 능력이 약해지셨어. 공과 사를 구분한다, 그건 옛날이야기지. 현명한 왕도 나이를 먹다 보면 충신과 간신을 구분하지 못하게 돼. 최 과장의 처세술은 회장님의 마음을 녹였어. 그놈이 내 딸이랑 결혼한 후에 회장님이 그놈한테 한자리 주겠다고 제안했지. 그때 그놈이 뭐라고 했는지 알아? 자긴 바닥부터 기어 올라가서 실력을 인정받고 싶다고 하더군. 눈을 초롱초롱 빛내면서."

"……."

"아무리 그래도 손주 사위니까 직함이 있는 자리에는 있어야 한다면서 앉힌 게 디자인팀 과장인 거야. 회장님 눈엔 얼마나 귀엽겠어?"

"그런 흉물이 귀엽게 보일 수도 있군요. 아, 사위에 대해 이런 식으로 말씀드려서 죄송합니다."

최 사장이 껄껄 웃었다.

"뭐, 비슷한 생각이니까 사과는 됐네. 하여간…… 그놈은 사람을 부릴 타입이 아니야. 환관은 될 수 있어도 장군은 될 수 없는 놈이지. CM 때만 해도 회장님께 말씀을 드려서 그 녀석이 올라올 길을 막아 버리려고 했어. 하지만 소용없었지."

"그 정돕니까?"

"그래. 말도 못 해. 어쩌면 그놈이 회사를 물려받게 될지도 모르겠어."

"하지만 이사회는……."

"최민석이가 회사에서 일 안 하고 뭘 할 것 같아? 이사들도 최민석 사람이야."

"……."

"다른 사업들은 해성 그룹에 밀렸어도 자동차만큼은 우리가 최고야. 절대로 무너지게 할 수 없어."

최 사장의 눈이 차갑게 빛났다.

"나무가 병이 들었다면 과감하게 썩은 곳을 잘라 내야 돼. 그로 인해 어느 정도의 피해가 있더라도 감수해야겠지."

"그래서…… 신차의 몰골을 보고도 가만히 계시는 겁니까?"

"그래. 겉으로 드러날 정도의 피해가 있어야 회장님도 정신을 차리실 테니까. 그때가 되면 과감하게 썩은 부위를 도려낼 거야."

"하지만 우리 세찬이는……."

"걱정 마."

최 사장이 웃으며 박 교수의 어깨를 두드렸다.

"자네 아들을 빼내기 위한 방법은 준비해 뒀으니까. 자네 아들이 이번 일을 책임져야 하는 일은 절대로 생기지 않을 거야."

채영은 사무실에서 승민을 보자마자 '아아! 현수랑 잘됐나 보구나.'라는 생각을 했다. 아마 누구라도 승민을 보면 그런 생각을 했을 것이다. 저 남자, 막 사랑을 시작했구나.

질투, 쓸쓸함, 공허함이 찾아왔다. 그나마 다행인 것은 안도의 감정도 함께 찾아왔다는 것이다. 그래, 잘됐네. 두 사람 잘 돼서 다행이다. 마승민 당신, 행복해서 다행이야.

진혁이 말한 대로 질투나 쓸쓸함 같은 것은 시간이 흐르면 조금씩 사라질 것이다. 그때가 되면 자신을 향한 경멸도 역시 사라지겠지.

"현수 씨는 오늘도 안 들어와?"

지나가는 말로 물었다.

"응. 자동차 만드는 걸 처음부터 끝까지 다 보고 싶대."

"그렇구나. 현수 씨는 항상 참 열심이더라. 자동차를 정말 좋아하나 봐."

"응, 정말 그래."

승민이 부드럽게 웃었다. 현수를 떠올리며 웃는 승민은 몹시도 달콤했다. 역시 아까운 남자를 놓쳤다.

"주말은 현수 씨랑 보냈고?"

"그렇지, 뭐."

"뭐했어?"

"이태원에도 가고 산책도 하고……."

"행복하든?"

"응, 행복하네. 넌 어때?"

"나도 뭐…… 나쁘지 않아. 아, 오늘 홍보부랑 미팅 있다면서? 같이 갈래?"

"그래. 점심 때 만나서 식사 같이하기로 했어."

승민과 가볍게 대화를 나누고 있는데 최민석이 채영의 뒤로 다가왔다. 최민석은 승민을 본 체도 하지 않고 채영에게 인사를 건넸다.

"잠깐 좀 볼까?"

채영은 당황했다. 일이 끝날 때까지는 최민석과 따로 이야기를 나누는 모습을 승민에게 보일 생각이 없었다. 모든 것이 끝났을 때 말해 주려고 했는데.

당황하는 바람에 동요를 겉으로 드러내고 말았다. 별일 아닌 척 최민석을 따라갔어야 하는 건데, 낯빛이 변했다는 것을 자신도 느낄 수 있을 정도였다. 아니나 다를까, 승민이 미간을 좁혔다. 하지만 최민석의 앞이라 그런지 아무것도 묻지 않았다.

채영은 최민석과 함께 회의실로 향했다.

"마 대리 앞에서 이러시면 곤란해요."

회의실에 들어가자마자 채영이 날카롭게 말했다. 최민석은 자신이 잘못했다는 것도 모르는지 허허 웃었다.

"이제 다 된 거나 마찬가지인데 뭐 어때? 어차피 마 대리도 디자인 건을 알게 됐을 거야. 안 그래?"

"그래도 그걸 내가 빼돌린 거라는 건 모른단 말이에요. 아직 더 빼낼 게 있을지도 모르는데 이러시면 어떡해요?"

"어…… 그런가?"

최민석이 멍청한 표정을 지었다. 채영은 최민석을 한 대 때려 주고 싶었다.

"왜 부르신 거예요?"

"아아. 마 대리 쪽 모터쇼 준비는 어디까지 됐는지 좀 알고 싶어서 그래. 제작에는 어려움이 없니? 돈이 많이 들 텐데."

"뭐, 마 대리가 알아서 잘하고 있는 것 같아요. 조립 쪽은 절 데리고 다니질 않는 데다가 냄새를 맡은 건지 자세한 걸 말해 주지 않네요."

"흐음. 그래? 그럼 그건 내가 조립 쪽에 직접 알아보지. 그리고 모터쇼 자리 말이야. 오늘 정하러 가지?"

"네, 그런데요?"

"아마 마 대리는 행사장 들어오자마자 보이는 곳에 자리를 잡으려고 할 거야. 그걸 좀 방해할 수는 없나?"

"흐음. 그럼 이건 어때요? 과장님 작품, 모터쇼에 내지 말아요."

"뭐? 그게 무슨 소리야? 일부러 모터쇼 일정 맞춰서 제작하고 있는 건데."

"진정하고 들어 보세요. 모터쇼 전에 대대적으로 이번 신차를 광고하고 뽑아내는 거예요. 뭐가 어찌 되었든 먼저 알려지고 먼저 판매를 시작해 버리면 과장님 자동차가 우선이 되는 거잖아요. 대대적으로 홍보를 하는 거죠. 대한민국 사람이면 누구든 알 수 있게. 그리고 나서 모터쇼 때 마 대리 자동차가 공개가 되면 그건 누가 봐도 과장님 자동차의 디자인을 도용한 것이 될 거예요. 워낙 참신한 디자인이니까 확 티가 나겠죠."

"호오. 과연 그렇군."

최민석이 솔깃한 듯 고개를 끄덕였다.

"그러려면 마 대리의 차가 사람들 눈에 많이 띄어야 돼요. 그리고 그 자동차, 마 대리 이름을 떡하니 걸어 줘야죠. 마승민 디자이너의 콘셉트 카. 그것도 홍보를 하면 어떨까요? 그걸 이슈로 만들려면 과장님의 자동차를 홍보할 때 같이 실어 주는 거죠. 마 대리가 콘셉트 카를 전적으로 담당하고 있고, 회사 기밀이라서 직원들 역시 진행 상황을 모르고 있다고. 마 대리는 이미 하나의 기업이나 마찬가지라고. 그렇게 독자적인 노선을 만들어 줘 버리는 거예요. 그러면 나중에 공개됐을 때도 마 대리가 독단적으로 한 짓이고, 회사 내에서 아는 사람이 없었다고 발뺌할 수 있잖아요."

"그런데 같은 회사에서 디자인 비슷한 게 나왔다고 그렇게까지 이슈가 될까?"

"당연하죠. 다른 건 몰라도 디자이너들 사이에서는 의견이 분분할 거예요. 마니아들도 그럴 거고요."

"흐음. 채영 씨는 정말 머리가 좋아."

최민석이 만족스러운 듯 웃었다. 채영이 입꼬리를 살짝 올렸다. 남자들을 매혹시키기에 충분한 요염한 미소였다.

"뭐, 마 대리는 제 가장 큰 라이벌이니까요. 정공법이 안 되면 이렇게라도 해야죠."

"그래, 그래. 난 채영 씨 같은 타입이 좋아. 성공을 위해선 뭐든 해야지. 도의네, 뭐네 하는 소리를 하는 것들 치고 성공한 놈들을 못 봤다니까."

"……그나저나 최 과장님은 왜 그렇게 마 대리를 눈엣가시로 여기시는 거예요? 마 대리가 최 과장님을 밟고 올라갈 일도 없는데."

채영의 질문이 정곡을 찔렀는지 최민석의 표정이 굳었다. 최민석은 채영과 눈을 피하며 중얼거렸다.

"그거야, 그놈 디자인을 처음 봤을 때…… 아니, 그런 것까지 채영 씨가 알 건 없어. 그럼 들어가 봐. 너무 오래 있으면 오해할 테니까."

이미 오해는 했을 거라고 쏘아붙이고 싶은 마음을 억눌렀다.

최민석은 채영에게 자세한 이유를 설명해 주지 않았지만, 채영은 알 것 같았다. 이러니저러니 해도 최민석 역시 디자이너다. 승민의 디자인을 보는 순간 질투심을 느낀 것이 분명하다. 나이도 어리고 백도 없는 같은 성별의 인간이 가진 재능.

최민석은 그런 재능을 가진 사람을 자신의 사람으로 만들 그릇이 아니었다. 내 사람으로 만드느니 쳐내는 것이 낫다고 생각한 것이리라.

높은 자리에 앉았다고, 가진 게 많다고 그릇이 커지는 것이 결코 아니라는 걸 최민석을 통해 배웠다. 오히려 높은 자리에 있으면 그 자리를 잃을지도 모른다는 두려움 때문에 그릇이 점점 작아지게 된다. 최민석이 딱 그 상태였다. 능력이 아닌 백으로 올라간 자리니 더할 것이다.

채영이 사무실에 도착하자 승민이 다가왔다. 최민석과의 관계를 물어볼 줄 알고 긴장했는데, 승민은 가볍게 턱짓을 했다.

"슬슬 나가자. 식당까지 가려면 시간이 걸리니까."

현수는 기분이 좋았다. 승민의 자동차에서 차체의 용접을 담당하게 되었기 때문이다. 현수와 승민의 관계를 눈치챈 건지, 팀장은 현수에게 차체 용접을 전부 담당하라고 했다.

"잘하니까 시키는 거야. 특별해서 시키는 게 아니고."

"네, 압니다. 열심히 하겠습니다."

"열심히가 아니라 잘해내야지. 잘만 하면 그렇게까지 열심히 하진 않아도 돼."

"네! 잘하겠습니다."

"제작비가 많이 잡히지 않아서 실수는 용납 안 해. 어려운 부분은 반드시 도움을 받고. 알겠지?"

"네. 저…… 다 한 후에 연마 작업도 제가 하면 안 될까요?"

"연마를 하겠다고? 그건 작업공한테 맡기지, 왜? 여자 힘으로는 힘들 텐데."

팀장이 걱정스럽게 말했다. 여자 힘으로 힘들 거라는 말, 예전에 들었더라면 발끈했을 것이다. 하지만 이젠 그 말이 충격으로 다가오지 않았다.

"저 힘셉니다, 팀장님. 마 대리님 도와줄 수가 없으니까 차체만큼은 제가 완성하고 싶어요."

"흐음…… 그럼 한번 해 봐. 대부분 수작업으로 진행하는 자동차는 처음이라서 직원들 분위기도 썩 좋지만은 않으니까 자네가 담당해 준다고 하면 고맙지. 하지만…… 시간을 많이 줄 순 없어."

"이번 주 내로 하겠습니다."

"그래."

시트에 댈 가죽과 다른 부품 등은 이미 제작에 들어갔다. 현수는 하나하나 전부 구경하고 싶었지만, 그건 너무 큰 욕심이었다. 차체를 완성하는 것에 만족하기로 했다. 팀장이 인정할 만큼 잘해내면, 그때 눈치를 봐서 도색 작업도 구경하고 싶다고 말해 봐야겠다.

"아, 프레임 고정 작업은 도움을 받아야 할 것 같은데……."

어렵게 꺼낸 이야기인데 팀장은 대수롭지 않게 대답했다.

"그럼 주위에 선배들한테 도와 달라고 해. 힘 좋은 녀석들 많으니까. 그럼 수고하고."

바로 그 부분이 어려워서 얘기를 한 건데.

가장 말단인 현수가 혼자서 차체 하나를 용접하게 되었다는 걸 들으면, 선배들의 시선이 고울 리 없었다. 안 그래도 현수를 싫어하는 직원들이 많은데 잘해 주던 선배들까지 현수에게서 마음을 돌릴지도 모를 일이었다. 눈치가 보이는 일을 하면서 그들에게 프레임 고정이나 도와 달라고 말할 용기가 나지 않았다.

하지만 별생각 없이 나가는 팀장을 잡을 수가 없었다.

잠시 고민을 해 봤지만 뾰족한 수가 나오질 않았다. 재희는 애교에 안 넘어가는 남자 없다고 말했지만, 회사에서 선배들에게 애교를 부려댈 수는 없는 일이다. 애초에 애교도 없는 성격이고.

어쩔 수 없이 심호흡을 하고, 그나마 좋은 관계를 유지하고 있던 선배들을 찾아봤다. 하지만 다들 다른 일을 하고 있는지 눈에 띄는 사람이 없었다. 그때, 유독 현수를 괴롭히던 선배 용진이 다른 직원과 함께 다가왔다. 심호흡을 한 것도 소용없이 몸이 긴장했다.

"프레임 고정해야 한다며? 팀장님이 너 도와주래."

용진과 함께 온 다른 직원의 말에,

"네, 선배님. 부탁드립니다."

현수가 정중하게 고개를 숙여 보였다. 용진은 짜증 난다는 기색을 표정에 고스란히 드러냈다. 작업대로 향하는데 용진이 중얼거리는 소리가 들려왔다.

"이래서 백으로 들어온 것들은……."

시끄러운 작업장에서 들려온 작은 목소리였다. 하지만 비난의 말은 이상할 정도로 또렷하게 귀를 자극한다. 현수는 움찔했지만 돌아보지 않았다.

현수가 용접을 하게 된 것으로 선배들이 현수를 좋지 않게 봐도, 현수는 할 말이 없었다. 가장 말단인데도 도움도 안 받고 혼자서 담당하게 되었는데 누가 좋게 보겠는가. 팀장이 좋게 말해 주더라도 그들의 마음속에는 현수가 유독 예쁨을 받고 있는 것 같다는 생각이 싹터 오를 것이다.

그렇게 생각해서인지 문득 간간이 마주치는 시선들이 날카롭게 느껴졌다.

현수의 반응이 없자 용진의 투덜거림이 점점 심해지기 시작했다. 프레임 고정 작업을 하는 내내 욕설 섞인 비난이 들려왔다. 기집애가, 뭔 짓을 했기에, 저런 것도 여자라고, 몸이라도 어쩌고……
감정이 점점 격앙됨에 따라 비난에는 말도 안 되는 내용들이 담기
기 시작했다. 처음에는 별말 없던 다른 직원까지도 당황할 정도의
심한 이야기들이 현수에게 꽂혔다.

"야, 용진. 그만 해."

보다 못한 직원이 말렸지만 용진은 멈추지 않았다. 오히려 음란
한 말로 직원을 몰아붙이기까지 했다.

"왜? 너도 저걸 여자라고 감싸주고 싶냐? 한번 해 보고 싶어서 그
래?"

"야……."

작업 속도가 느려졌다. 현수는 감정을 겉으로 드러내지 않고 말
했다.

"선배님들. 이것도 부탁드립니다."

마지막 하나가 남았다.

용진은 먹잇감을 앞에 둔 뱀처럼 현수를 쏘아봤지만 현수는 눈
썹 하나 꿈쩍하지 않았다. 잠시 서로의 얼굴을 바라보던 세 사람은
마지막 프레임을 들어 틀에 고정시켰다. 승민이 구상한 근사한 뼈
대가 드디어 위풍당당한 모습을 드러냈다. 이제 각 프레임이 강한
충격에도 떨어지지 않도록 용접을 하면 된다.

가슴이 벅찼다.

작업이 끝났는데도 용진은 계속 옆에 남아 욕설을 내뱉었다. 이
쯤 되니 그저 불만을 털어놓는 게 아니라 현수의 반응을 보고 싶은
듯했다. 계집애처럼 울어 봐, 아니면 도망이라도 쳐 봐. 용진은 현

수를 도발하고 있었다.

현수는 용진을 향해 걸어갔다. 용진과 똑바로 눈을 마주친 채였다.

이런 반응은 예상하지 못했는지, 용진이 일순 입을 다물었다. 그러다가 한쪽 입꼬리를 올리며 비릿한 미소를 지었다.

"왜? 한 대 치시게? 그래, 생긴 꼴을 보니……."

"선배님."

현수는 평소보다 묵직한 목소리로 용진을 부르며, 그가 눈치 챌 새도 없이 두 손을 뻗어 용진의 손을 잡았다. 용진이 움찔했다.

현수는 그 상태로 용진을 응시하며 말했다.

"정말 열심히 하겠습니다. 모르는 게 많은데 많은 도움 부탁드립니다."

"……이게."

"정말로 잘하겠습니다."

"이, 이거 놔!"

용진이 거칠게 현수의 손을 뿌리쳤다. 용진의 얼굴이 새빨개졌다. 그것이 부끄러움 때문인지, 분노 때문인지 알 수 없었다. 용진은 무슨 말이 하고 싶은 듯 입술을 달싹거렸지만, 결국 현수를 노려보다가 휙 돌아섰다. 용진의 등을 향해 현수는 외쳤다.

"잘 부탁드립니다, 선배님."

용진의 대답은 돌아오지 않았다.

현수는 용접 작업 전에 전체적인 모습을 살폈다. 프레임 자동차를 만드는 일은 거의 없는 데다가 위용이 당당했기 때문에 몇몇 직원들이 관심을 가지고 다가왔다.

오오. 멋진데? 대단하다. 기대되네.

들려오는 칭찬에 현수는 자신이 칭찬을 받은 것처럼 기분이 좋아졌다. 여기에 승민이 있었다면, '역시 나란 남자는······.'이라며 잘난 체를 해 댔을 것이다.

주말에 했던 승민과의 데이트가 떠올랐다.

매주 서울의 명소를 구경시켜 주겠다며 첫 번째로 데리고 간 곳이 이태원. 복잡한 이태원 거리를 제집처럼 돌아다니며 승민은 계속 잘난 체를 해댔다. 이것 봐, 이게 서울이야. 어때? 온몸으로 그렇게 말하는 승민을 향해, '이 인간아, 나도 이태원 온 적 많이 있거든?'이라고 소리쳐 주고 싶었지만 참았다. 그래, 네 마음껏 잘난 척해라. 말린다고 하지 않을 잘난 척이 아니기에 현수는 반쯤 포기했다.

그날의 일 중 가장 좋았던 것은, 손을 꼭 잡고 거리를 돌아다녔다는 점이다. 조심스럽게 접근한 손이 현수의 손을 거머쥐었고, 어느새 두 사람은 서로의 손에 깍지를 끼고 걷고 있었다. 손바닥에 땀이 찰 정도였지만 손을 빼지 않았다.

그때의 감각이 여전히 손에 남아 있다. 현수는 아무것도 없는 허공을 손을 잡듯 살짝 쥐어 봤다가 이게 뭐하는 짓인가 싶어 얼른 상념을 떨쳐냈다. 시도 때도 없이 승민만 생각하다가는 일을 제대로 해내지 못할 것이다.

멋지게 해내자. 이 자동차가 승민의 잘난 척에 한몫할 수 있도록.

식당까지 가려면 시간이 걸릴 거라고 했지만, 그렇다고 해도 너무 이른 시각에 출발을 했다. 채영은 승민이 자신에게 할 이야기가 있어서 이른 출발을 했을 거라고 짐작했다. 둘만 있게 되면 무슨 말이든 할 줄 알았는데 승민은 아무 말도 하지 않고 그저 운전만 할 뿐이었다.

그러자 초조해지는 건 채영이었다. 느긋하게 앉아서 승민의 이야기를 듣고 반박할 생각이었지만 초조한 마음에 자꾸 엉덩이를 들썩거리게 됐다.

"자리 불편해?"

승민이 정면을 응시한 채 물었다. 채영은 화들짝 놀라 고개를 저었다.

"아니, 편해. CM이 불편할 리가 있겠어?"

기분 좋으라고 한 말인데 승민의 얼굴에는 예의상 짓는 미소조차 떠오르지 않았다. 무거운 침묵과 함께 약속 장소에 도착했다. 칸이 나뉘어 있는 일식집이었다. 홍보팀 담당자는 아직 오지 않았다.

둘은 방으로 들어가 나란히 앉았다. 음식도 나오지 않은 상태로 음식점에 앉아 있으면서 대화까지 없으니 죽을 맛이었다. 채영은 정종이라도 시킬까 하다가 아직 한낮이라는 것을 깨닫고 그만뒀다.

손목시계의 초침 소리가 천둥소리처럼 들릴 만큼 조용했다. 견디다 못한 채영은 결국 조심스레 손을 뻗어 승민의 팔을 건드렸다.

승민이 고개를 돌려 채영을 쳐다봤다.

"날 믿어, 승민 씨."

승민이 미간을 찌푸렸다. 냉정한 시선이었지만 채영은 아랑곳하지 않고 말했다.

"나는 언제나 승민 씨 편이야. 승민 씨가 누구의 남자이든지."

단호한 채영의 말에 승민은 작게 한숨을 쉬더니 고개를 끄덕였다.

"그래, 알았어."

세찬은 샤프 끝으로 책상을 톡톡 두드렸다. 의욕이 사라지자 무료함이 그 자리를 채웠다.

박 교수는 세찬을 비난하지 않았다. 승민 역시 세찬의 입장을 이해한다고 해 주었다. 그런데도 가슴에 구멍이 뻥 뚫린 것 같은 기분이 드는 이유는, 아마도 현수 때문이리라. 승민에게 세찬에 대해 좋게 말해 주었다고 해도 현수는 분명 세찬에게 실망했을 것이다.

현수의 마음이 승민에게 있다는 것은 안다. 저번의 분위기로 봐서는 승민과 현수가 서로의 마음을 알게 된 것 같다. 이젠 현수를 어떻게든 내 여자로 만들어야겠다는 생각은 없다. 하지만 현수에게 실망스러운 남자로 기억되고 싶지 않다는 욕심이 있었다.

'한심하군.'

제 모습이 한심해서 견딜 수가 없었다. 그 한심함을 떨치기 위해

할 수 있는 일이 없어서 더 괴로웠다.

"저, 세찬 오빠."

가느다란 목소리가 세찬을 불렀다. 고개를 돌려 목소리의 주인공을 확인했다. 오밀조밀한 이목구비의 귀여운 생김새. 아직 학생 티를 벗지 못한 얼굴을 물끄러미 응시했다. 누구더라? 잠시 고민을 한 끝에, 얼마 전 들어온 인턴이라는 걸 깨달았다.

친하지도 않은 회사 선배에게 '오빠'라는 호칭을 사용하는 것이 당황스러웠지만, 굳이 고쳐 줄 생각은 들지 않았다. 아직 대학 다닐 때의 습관이 남아 있어서 그런 거겠지.

"왜 그러죠?"

세찬의 시선이 오랫동안 닿아 있자 인턴이 얼굴을 붉히며 말했다.

"과장님이 부르세요."

"아, 그래요. 고마워요."

또 무슨 일로 부르는 걸까?

세찬은 두통을 느끼며 일어났다.

"저기요, 오빠."

과장실로 향하려는데, 인턴이 세찬을 불러 세웠다. 세찬이 돌아보자 인턴은 우물쭈물하다가 어렵게 말했다.

"오늘…… 회식이 있다고 하는데…….

회식? 그런 제안을 왜 인턴이?

의아한 마음에 둘러보자 사무실에 있는 몇몇 여직원이 황급히 시선을 돌리는 게 보였다. 세찬은 회식에 참석한 적이 별로 없었다.

여직원들이 제안을 할 때마다 거절을 하니, 가장 말단인 인턴에게 시킨 모양이다.

"미안하지만 오늘은 일이 있어서."

회식 같은 걸 할 기분이 아니었다. 기분을 드러낼 생각이 없었는데, 목소리가 조금 날카롭게 튀어 나왔다. 인턴의 얼굴이 귀까지 빨개졌다.

'위험하군.'

인턴이 울음을 터뜨릴 것 같아 세찬은 서둘러 돌아섰다.

"괜찮아?"

"울지 마. 세찬 씨 너무한다……."

여직원들이 인턴을 위로해 주는 목소리를 뒤로하고 과장실로 향했다.

최민석은 능글능글한 미소를 짓고 있었다. 불안하다.

"우리 카르트 말이야."

카르트는 신차의 이름으로 과거 페르시아 지방의 왕조 이름을 따온 것이었다.

"샘플이 언제 완성된다고 했지?"

"다음 달쯤에 나올 예정입니다. 그런데 왜……?"

"모터쇼 전에 출시하기로 했어."

불안한 예감은 맞아떨어졌다.

신차가 나올 때마다 모터쇼에 출품할 필요는 없다. 그러나 이번만큼은 반드시 모터쇼에 출품하기를 바랐다. 모터쇼에서 전문가들의 비판을 받으면 출시를 하지 않을지도 모른다는 작은 희망 때문이었다. 개발비며 제작비며 여러 가지로 손해가 크겠지만, 더 큰 피해를 입는 것보다는 나았다.

그런데 모터쇼 전에 출시를 한다니.

"크게 홍보를 하고 판매를 시작할 거야. 홍보비에 예산을 많이 투자하기로 했지. 이미 홍보처들과 미팅도 잡았어."

"저, 과장님."

"카르트 샘플을 서둘러 완성해야 돼."

"서둘러 완성하라니······. 안전 검사도 해야 하고 여러 가지로······."

"출시일은 모터쇼 시작하기 한 달 전으로 잡았어."

최민석이 세찬의 말을 끊으며 말했다.

"전문가 평가라든가, 점검을 받으려면 그렇게 빠르게 준비하지는 못합니다."

"전문가도 섭외해 뒀으니까 걱정할 거 없어."

"섭외를 해뒀다니요? 매수하신 겁니까?"

"매수라니····· 그런 식으로 말하면 서운해."

최민석의 표정이 굳어졌다. 하지만 세찬은 더 이상 참을 수가 없었다. 이 이상 현수에게 부끄러운 사람이 되어서는 안 된다.

"안전이 우선입니다. 안 그래도 제작비를 낮춰서 전체적으로 위험할지도 모르는 상황인데, 안전 검사를 등한시할 수는 없습니다. 그러다가 큰 사고라도 나면 어쩝니까?"

"제작비를 낮추긴 뭘 낮췄다고 그래? 다른 자동차 개발하는 것만큼 가져다가 썼으니까 그런 부분은 안심해."

"과장님!"

"이번 신차는 내가 전권을 위임받았으니까 문제될 건 아무것도 없어. 자넨 그냥 내가 시키는 대로 하고, 미팅이나 잘 따라다녀. 세찬이 자네, 그렇게 안 봤는데 너무 고지식해."

고지식한 문제가 아니다.

자동화 시스템에 돈을 투자하느라 다른 부품들의 단가를 줄여야 했다. 하명 자동차라는 이름을 내세워 저렴한 가격으로 좋은 부품을 구할 수는 있지만, 그것도 한계가 있다. 아마 많은 부분이 부족할 것이다.

쫓겨나듯 과장실을 나오며 세찬은 의아함을 느꼈다. 이번 신차 개발은 여러모로 이상한 점이 많다. 모든 것이 최민석의 손안에서 멋대로 굴러다니는데, 그걸 제재하는 사람들이 아무도 없다. 사장을 제외하면 최민석이 실질적인 지배자라는 건 맞지만 아무리 그래도 이렇게까지 최민석에게 모든 권한이 주어진 적은 없었다. 최민석은 하명 자동차가 자기 것이라도 되는 듯 휘두르고 있었다.

'대체 뭐가 어떻게 된 거지?'

큰 프로젝트 하나가 한 사람 손에 멋대로 놀아난다. 이건 대기업이 아니라 오합지졸이 모여 만든 작은 회사만도 못하다.

'신차 하나를 이런 식으로 출시하다니…… 이게 말이 되나? 위에서 아무 말도 없단 말이야?'

회사에 도착하자마자 승민은 팀원들을 불러 홍보부와의 미팅 내용을 전달하고 사무실로 돌아왔다. 채영은 어디를 간 건지 보이지 않았고, 세찬만 심각한 표정으로 자리를 지키고 있었다. 말을 걸어 볼까 하다가 관두고 자리에 앉았다.

'김채영…… 무슨 생각이지?'

채영은 승민에게 자길 믿으라고 말했다. 그 말을 했다는 건, 승민이 어떤 걸 의심하고 있는지 알고 있다는 뜻이다.

"선배님."

세찬의 부름에 승민이 고개를 들었다. 세찬이 굳은 표정으로 말했다.

"잠시 이야기 좀 하고 싶습니다."

"지금?"

"퇴근 후에도 괜찮으십니까?"

"흠…… 현수 만나러 갈 건데, 같이 갈래?"

"아……."

세찬이 망설이는 모습이 보였다. 그제야 승민은 세찬이 현수를 여자로서 좋아했다는 걸 떠올렸다. 세찬의 마음을 헤아리지 못하고 잔인한 질문을 하고 말았다. 미안하다고 하려는데 세찬이 답했다.

"네, 가겠습니다."

뭔가를 각오한 듯한 표정이다.

현수에게 문자를 보냈다.

[오늘 세찬이도 같이 갈 거야.]

답은 오지 않았다. 일하는 중이라 바쁜 모양이다. 올 때까지 해 주마 싶은 생각에 몇 개의 문자를 더 보냈지만, 여전히 답장은 없었다.

[일이 중요해, 내가 중요해?]

아무 생각 없이 마지막 문자를 보내 놓고 화들짝 놀랐다. 이게 뭔 짓이래? 가정에 소홀한 남편을 대하는 아내도 아닌데 멍청한 질문을 해 버렸다.

현수가 이 문자를 보면 얼마나 한심하게 생각할까? 그렇게 생각하자 마음이 조급해졌다. 퇴근 시간아, 얼른 와라. 현수가 보기 전에 문자를 삭제해야만 한다.

퇴근 시간인 6시가 되자마자 벌떡 일어났다. 승민의 기세가 사무실 안에 퍼졌는지 직원들이 깜짝 놀라 승민을 쳐다봤다. 하지만 승민은 부끄러움보다 얼른 현수의 휴대폰을 사수해 문자를 삭제해야 한다는 생각만 있었다. 일하는 중에는 휴대폰을 보지 않는 현수의 행동이 지금처럼 고마울 때가 없었다.

"가자!"

승민은 퇴근 준비를 하는 세찬을 납치하듯 끌어당겼다. 세찬이 한 팔을 재킷에 끼며 승민의 뒤를 따랐다.

"선배님, 무슨 일이라도……?"

"큰일이 생겼어."

"현수한테 무슨 일 생겼습니까?"

"……뭐, 그럴지도."

처음 사권 남자가 일과 사랑을 두고 집착하는 남자였다는 걸 알게 되기 직전이니 큰일이 생겼다면 생긴 거다. 승민은 세찬을 조수석에 욱여넣었다.

"다쳤답니까?"

"아, 그런 건 아니고…… 아무튼 간다."

승민은 서둘러 차를 출발시켰다. 현수의 휴대폰을 사수해야만 한다.

몇몇 직원들이 '먼저 가 보겠습니다.'라고 말하는 걸 듣고서야 퇴근 시간이 지났다는 걸 깨달았다. 하지만 현수는 좀 더 일을 하기 위해 남았다. 용접면을 오랫동안 쓰고 있었더니 이마에 맺힌 땀이 얼굴을 타고 흘렀다. 벗으면 엉망일 것이다.

한 면을 용접할 때는 한 호흡으로 한 번에. 중간에 쉬면 모양이 틀어지기 때문에 신경을 써야만 한다. 무거운 것을 들고 있는 데다가 긴장까지 해서 어깨고 팔이고 아프지 않은 곳이 없었다.

연습용 철판을 가지고 하루 종일 연습을 했다. 완벽하게 해내기 전까지는 승민의 자동차를 건드릴 생각이 없었다.

"어이."

또 하나의 용접을 시작했을 때, 승민의 목소리가 들려왔다. 오늘 온다더니 조금 일찍 도착했나 보다. 대답을 하려고 했지만 아직 용접 중이라 잠시 기다리라는 뜻으로 어깨를 으쓱했다.

"애인 왔는데 대답도 안 해 주냐?"

"……."

"너 보려고 엄청 달려왔다구. 회사 끝나자마자."

"……."

"나 안 보고 싶었어? 물론 보고 싶었겠지만 말로 듣고 싶어서 묻는 거야."

"……."

"매정하군. 내 목소리가 어떤 목소린 줄 알아? 미국에 있을 때는 백만 불짜리 목소리라고 하는 목소리였어. 그런 목소리를 계속 들려주고 있는데 대답도 안 해 주시겠다?"

이 남자는 진짜…… 하다하다 목소리 자랑까지 하는구나.

"그나저나…… 휴대폰은 어디 있어?"

"……."

"네 휴대폰 말이야. 그것만이라도 대답해 줘."

승민 때문에 이번 용접은 망쳤다. 현수는 용접기를 끄고 일어났다. 한참 쭈그리고 앉아 있어서 무릎이 아팠다.

용접면을 벗고 이마에 고인 땀을 손등으로 닦으며 승민을 노려봤다. 승민은 뭐에 놀란 건지 눈을 크게 떴다.

"뭘 그렇게 놀랍니까? 땀투성이 얼굴 처음 봅니까?"

"섹시하다."

"……뭐, 뭐요?"

"너, 땀에 젖으니까 섹시하다고. 볼도 발갛고…… 좋은데?"

이 남자는 부끄러움도 없는 걸까?

현수는 얼굴을 붉히며 고개를 옆으로 돌렸다.

"휴대폰은 왜요?"

"아, 맞다. 그것 좀 보자."

"남의 휴대폰을 왜 보려고 합니까?"

"검사할 게 있어서 그래."

"검사요? 문자 검사라도 하시게요?"

"문자 검사라니! 내가 그렇게 집착하는 남자인 줄 알아? 난 단
지……."

승민의 말이 빨라지는 걸 보니, 뭔가 켕기는 게 있는 것 같았지만
일단은 장단에 맞춰 주기로 했다.

"단지?"

"조사 결과에 의하면 휴대폰의 전자파가 여성에게 아주 위험하
다고 하더라고. 네 휴대폰은 문제없는지 살펴보려고 그러지."

"마승민 씨 눈에는 전자파가 보입니까?"

"몰랐어?"

"……그런 괴물 같은 시력을 가지고 있는지는 미처 몰랐네요. 아
무튼 휴대폰은 놔둬요."

"왜? 왜 안 보여 주는데? 나 몰래 딴 남자랑 문자라도 주고받는
거야?"

현수는 삐딱하게 서서 승민을 응시했다. 원래 이 정도만 해 줘도
창피함을 깨닫고 입을 다무는데 승민은 막무가내였다.

"얼른! 네 휴대폰을 내놓으란 말이다!"

"아, 진짜. 대체 왜 그러는데요?"

현수는 주머니에서 휴대폰을 꺼냈다. 승민에게 건네주려다가 보

니 문자가 와 있다는 표시가 있었다. 그래서 내밀던 손을 거둬 휴대폰 액정을 클릭했다. 문자를 확인하기 전, 승민이 현수의 휴대폰을 빼앗았다. 하지만 현수도 가만히 있진 않았다.

승민의 손목을 잡아 가볍게 비틀자, '으아아악!' 비명을 지르며 휴대폰 잡은 손에서 힘이 빠졌다. 현수는 도로 휴대폰을 빼앗아 승민에게서 한 걸음 뒤로 물러서며 문자함을 열었다. 가장 먼저 보인 것은 제일 마지막에 도착한 문자.

[일이 중요해, 내가 중요해?]

보낸 사람은 당연히 마승민.

현수는 깊은 한숨을 쉬며 승민을 쳐다봤다. 승민이 얼굴을 붉혔다. 그래, 부끄러움은 아는 사람인 것에 만족하자.

"지우자."

승민이 심각한 어조로 말했다.

"안 지울래요."

"지우자."

"안 지울래요. 평생 약점으로 삼을 수 있는데 왜 지웁니까?"

현수의 말에 승민이 씩 웃으며 현수의 손목을 잡았다.

"평생? 나랑 평생 살 모양이지?"

이번에는 현수가 얼굴을 붉힐 차례였다. 현수는 잡힌 손목을 빼내려 했지만, 이럴 때의 승민은 늘 현수보다 강했다. 어쩌면 현수의 몸에서 힘이 빠져서 이길 수 없는 건지도 모르겠다.

활짝 웃으며 대답을 기다리는 승민의 모습이 조금 얄미울 정도였다. 현수는 어쩔까 하다가 눈을 가늘게 뜨고 물었다.

"왜요? 마승민 씨는 날 적당히 상대하다가 버릴 생각이었습니까?"

"버, 버리긴 누가 누굴 버려? 네가 쓰레기도 아니고."

"그럼 평생 데리고 있으시게요?"

"당연하지! 난 한 번 손에 쥔 건 절대 안 놔."

"기대할게요."

현수는 피식 웃으며 남은 문자들을 확인했다. 그리고 가장 위에 있는 문자를 발견했다.

[오늘 세찬이도 같이 갈 거야.]

"혹시…… 세찬 오빠, 같이 온 거 아닙니까?"

"어? 그걸 네가 어떻게 알아?"

현수는 작게 한숨을 쉬며 승민이 보낸 문자를 보여 줬다.

"어디 있어요?"

"차에서 기다려."

"왜 빨리 말 안 했어요? 오래 기다리게 했잖아요."

그제야 현수는 옷을 갈아입기 위해 급히 탈의실로 향했다. 뒤에서 승민이,

"나보다 세찬이를 더 좋아하는 거 아냐?"

라고 중얼거리는 소리가 들렸지만, 굳이 대답할 가치를 느끼지 못했다. 세찬에게는 상처가 되는 소리를 많이 했다. 마지막으로 만난 이후, 그 일에 대해 생각을 해 보니 자신이 너무 심하게 말한 것 같단 생각이 들었다. 세찬에게도 세찬만의 상황이 있을 텐데.

세상일이라는 게 항상 옳은 선택만 할 수는 없다. 세찬에게 너무

이상적인 선택만 하도록 요구했던 것 같다.

옷을 갈아입고 나와 승민과 함께 주차장으로 향했다. 찬바람이 얼굴에 흐르는 땀을 식혀 으슬으슬 몸이 떨렸다. 자연스레 걸음이 빨라졌다.

세찬은 승민의 차 옆에 서 있었다. 오랫동안 나와 있었는지 코끝이 빨갰다.

"오빠!"

현수가 다가가자 세찬의 얼굴에 희미한 미소가 떠올랐다. 힘없는 미소에 가슴이 아팠다.

"오랜만이네."

"네, 저기…… 그때는 제가 죄송했습니다."

"아냐. 맞는 말만 했는데, 뭐. 네가 날 경멸한대도 할 말이 없다."

"아니요. 경멸이라뇨. 절대 그런 마음 없습니다!"

현수의 강한 어조에 세찬은 놀란 듯 눈을 크게 떴다.

"그렇다면 다행이고."

뒤따라온 승민이 현수의 어깨에 손을 얹었다.

"이산가족 상봉은 그만 하고 이동하자. 춥다."

다들 밥 생각이 없다고 했다. 하지만 현수는 몹시 배가 고팠다. 공장 근처에 밥도 파는 커피숍이 있다는 걸 떠올리고 거기로 가자고 했다. 그때까지만 해도 두 사람이 심각한 문제 때문에 찾아온 거라고는 생각하지 못했다.

커피숍에 앉아 승민과 세찬은 차를 시키고, 현수는 후식까지 딸려 나오는 볶음밥을 시켰다. 음식과 차는 금방 나왔다.

우걱우걱 밥을 먹는데 승민이 입을 열었다.

"그래서, 할 이야기가 뭔데?"

현수의 밥 먹는 모습을 지켜보던 세찬이 퍼뜩 정신을 차렸다.

"아…… 이번에 나올 신차 얘기인데요."

세찬은 생각을 정리하려는 듯 잠시 말을 멈췄다.

"제가 들으면 안 되는 얘기 아닙니까?"

현수가 잠시 먹던 것을 멈추고 물었다. 세찬이 고개를 저었다.

"아니야. 상관없어. 계속 먹어도 돼."

"네에……."

눈치가 좀 보이긴 했지만 갑자기 밥 먹는 걸 멈추면 세찬이 부담
스러울까 봐 더 열심히 먹었다. 그동안 세찬은 이야기를 시작했다.

"선배님, 아무래도 이상하다고 생각하지 않으십니까?"

"뭐가?"

"신차 개발을 두고 돌아가는 모든 상황이요. 최 과장한테 너무
많은 권한이 주어진 것 같습니다."

"예를 들어?"

"일단 디자인이 검토도 없이 샘플 제작에 들어간 것부터가 그렇
습니다. 전 분명 다른 쪽에서 제재를 할 거라고 생각했는데…… 게
다가 샘플 제작 후에 바로 상품을 만들어서 출시할 겁니다."

"모터쇼에 안 내놓고?"

"네. 이미 홍보처와 미팅을 잡았다는 걸 보니, 바로 출시하는 게
기정사실인 것 같습니다. 샘플을 만드는 것도 의미가 없는 거죠. 그

냥 절차대로 하느라 샘플 제작을 하라고 한 것 같습니다."

"그게 가능한가? 아무리 그래도 그저 디자인팀 과장일 뿐인데…… CM 때도 안 이랬잖아. 게다가 이번엔 기능만 약간 강화한 게 아니라 새로운 시리즈의 출발점이 될 수도 있는 고유 모델을 출시하는 건데…… 위에서 아무 말도 안 한다는 거야?"

"네. 정말 이상하지 않습니까? 마치 하명 자동차가 최 과장님 놀이터라도 된 것 같습니다."

"정말 그렇군……."

"그 자동차가 출시되면 하명 자동차의 이름이 바닥을 칠 겁니다."

"그래. 생각해 보면 모터쇼에서 내 마음대로 해 보라고 한 것도 이상했어. 만약 평소대로였다면 이번에 내가 만드는 자동차가 모터쇼에 나가는 일은 없었을 거야."

"……너무 획기적이긴 하죠."

"그래. 게다가 전부 수작업이라서 한 대만 제작할 뿐인데도 꽤 많은 돈을 사용했어. 그런데도 아무 말 안 하고 지원을 해 주더라고."

"도대체 무슨 일이 벌어지는 걸까요? 설마…… 회사 측에서 사장님을 내치고 최 과장한테 전권을 위임하려고 이러는 건 아니겠죠?"

도저히 밥을 먹을 수 있는 분위기가 아니었다. 현수는 반쯤 먹은 밥을 포기하고 숟가락을 내려놨다.

"선배님. 이런 말씀 드리기 좀 그렇지만…… 저는 김채영 선배의 행동도 좀 의심스럽습니다."

"채영이가 왜?"

"최 과장을 따로 만나는 일이 많은 데다가…… 아무리 생각해도 선배님 팀에서 디자인을 빼올 만한 사람은 채영 선배밖에 없어요."

"흠…… 그랬을지도 모르지."

"그렇다면 왜…….."

"하지만 걔가 무슨 짓을 했든, 난 걔를 믿어."

"믿으신……다고요?"

"그래."

둘의 대화를 듣던 현수가 승민의 팔을 잡았다. 승민이 왜 그러냐는 듯 현수를 돌아봤다.

"정말입니까? 정말 김채영 씨를 믿어요?"

"그래. 믿어. 걔는 내 편이야."

"……그래요."

현수는 승민의 팔을 잡았던 손에서 힘을 뺐다. 뭔가 오해를 했는지 승민이 서둘러 덧붙였다.

"물론 직장 동료로서야. 연애 감정이 남아 있다든가 하는 건 아냐."

"……압니다. 제가 그런 걸로 질투할까 봐 그럽니까?"

"질투 좀 해 주면 어때서."

"아, 엄청 질투 나네요."

"국어책 읽듯이 그런 말 하지 마."

"하여간 끼어들어서 죄송합니다. 계속 대화 나누세요."

하지만 그걸 주제로 한 대화는 거기서 끝났다. 둘은 현실에서 눈을 돌리고 싶은지 최근 근황 같은 잡담을 나누었다. 그동안 현수는 남겼던 밥을 전부 먹어치웠다.

세찬과는 어색한 분위기에서 헤어졌다. 문제에 대한 답을 내리지 못해서인지 세찬의 표정은 헤어지기 직전까지 어두웠다.

승민은 현수를 집까지 데려다 줬다. 돌아가기 전, 승민이 말했다.

"나랑 채영이는 정말로 직장 동료일 뿐이야."

"알아요."

"내가 걔 믿는다고 해서 삐친 건 아니지?"

"……절 뭘로 보는 겁니까? 그런 걸로 안 삐쳐요. 얼른 가세요."

"귀염성이 없어졌어. 얼마 전까지는 날 안 보내고 싶어 하더니."

"그, 그런 적 없거든요. 빨리 가세요!"

현수는 집으로 들어오려는 승민의 등을 밀어냈다.

"왜 자꾸 보내려고 해? 집 구경 좀 하자."

"여자 혼자 사는 집에 남자 들이는 거 아니라면서요?"

"난 네 연인이잖아."

"됐거든요."

"그리고 우린 성인이고."

현수의 양어깨를 잡은 승민이 눈을 맞추고 진지하게 말했다.

"……그, 그래서요?"

"성인이니까…… 괜찮지 않겠어?"

"음흉한 인간 같으니……."

"뭐가? 어차피 볼 꼴, 못 볼 꼴 다 본 사이에."

"못 볼 꼴 보여 준 건 마승민 씨만이죠. 난 못 볼 꼴 보여 준 적 없습니다."

맞는 말이었기에 승민은 결국 포기하고 돌아섰다. 승민을 보내고 난 후, 현수는 집 청소를 하고 침대에 누워 오늘 승민과 세찬이 나눈 대화를 떠올렸다.

확실하진 않지만 현수는 지금 상황이 어떻게 돌아가고 있는 건지 대충은 알 것 같았다.

주말인데 만날 사람이 없다는 건 참 쓸쓸한 일이라는 걸 이제야 알게 되었다. 날은 춥지만 창문으로 들어오는 햇볕은 따뜻했다. 채영은 아메리카노를 한 잔 가지고 와 창가에 섰다.

'아아, 외롭다.'

최근 들어 혼자라는 생각이 끊이질 않는다. 외롭다는 생각을 하게 될 줄은 몰랐다. 늘 화려한 인생이었다. 끊임없이 사람을 만나고 끊임없이 고백을 받는 삶. 전화 한 통에 달려올 남자들은 얼마든지 있었다. 그러나 그뿐이다. 그들 중 누구를 만나도 공허함은 사라지지 않는다. 그들에게는 보여 줄 수 없는 마이너스적인 감정들. 어두운 부분을 드러낼 수 없는 사람들과의 일회용 만남은 이제 즐겁지 않다.

현수는 아마도 다를 것이다. 마이너스적 감정을 드러낼 수 있는 사람들이 그녀의 주위에 얼마든지 있다. 승민도, 세찬도, 진혁도…… 현수에게는 그런 존재이리라. 그렇게 배출해 낼 수 있으니까 평소에 반짝반짝 빛이 나는 거겠지.

'난 또 그 애 생각이구나.'

모르는 사람들이 본다면 현수와 사랑에 빠졌다고 생각할 것이다. 승민을 잃었는데 승민에 대한 생각보다는 현수를 더 많이 생각하게 된다. 현수와 자신을 비교하게 되고, 현수가 더 나은 부분을 찾아낼 때마다 더 울적해진다.

휴대폰이 울렸다. 또 그렇고 그런 남자들 중 하나겠지. 귀찮은 마음으로 휴대폰을 들었다. 무심코 확인한 액정엔 '정현수'라는 이름이 빛을 내고 있었다.

'얘가 왜……?'

채영은 의아하게 생각하며 전화를 받았다.

"네, 김채영입니다."

현수의 번호라는 걸 알지만 마지막 남은 자존심 때문에 모르는 척했다.

[안녕하세요, 저…… 현수입니다. 정현수요.]

채영이 번호를 저장해 놓지 않았을 거라고 생각한 현수가 자세하게 이름을 밝혔다.

"아아, 현수 씨? 내 번호는 어떻게 알았어?"

[그냥 좀 알게 됐습니다.]

"승민 씨 휴대폰 뒤졌니?"

짓궂은 마음에 안 해도 될 말을 하고 말았다. 아차 싶었지만, 현수는 기분 나쁜 기색 없이 대답했다.

[그런 건 아닙니다. 전에 팀 회의 때 명단에 적힌 걸 봤어요.]

"아아, 그래."

질투심을 너무 고스란히 드러냈다는 생각에 얼른 전화를 끊고 싶었다. 얘는 왜 전화를 한 거람? 연인들의 날이라고 해도 좋을 햇살 쨍쨍한 주말에 애인의 옛 여자에게 전화를 하는 현수의 생각을 이해할 수가 없었다.

[잠깐 뵐 수 있을까요?]

"만나자고? 나를? 언제?"

[오늘이요. 아, 물론 김채영 씨 시간 괜찮으시면요.]

"무슨 일인데?"

[묻고 싶은 게 있어서요.]

"……전화로는 할 수 없는 얘기?"

[만나서 묻고 싶습니다.]

휴대폰을 잡은 손에 힘이 들어갔다. 예감이 안 좋다.

마음 같아서는 선약이 있다고 하고 끊어 버리고 싶었다. 그런 한편으로는 현수가 무엇을 물어보려고 하는지 호기심이 일었다. 승민에 대해 물어보려는 걸까? 현수를 만나기 전의 그가 어땠는지 알아보려고? 아니면 채영과 승민의 사이에 무언가 남아 있는지 확인하려는 걸까?

하지만 그건 현수와 어울리지 않는 행동이었다. 현수를 알게 된지 얼마 되지 않았는데도, 현수는 그런 행동을 하지 않으리란 확신이 있었다.

"우리 둘이 만나는 거야?"

[네.]

"알겠어. 어디서 볼래?"

토요일의 거리는 붐볐다. 예상보다 길이 막혀서 약속 시간이 다 되어 가는데 반이 넘게 남았다. 신호 대기에 걸렸을 때 현수에게 늦는다고 문자를 보내 둘까 하다가 관뒀다. 현수의 질문이 궁금하기는 하지만 그녀와의 만남을 피하고 싶기도 했다. 만약 기다리다가 지쳐 돌아갔다면 중요한 질문도 아니라는 뜻일 것이다.

꽉꽉 찬 주차장에서 겨우 빈자리를 찾아 차를 세우고, 만나기로 한 커피숍으로 향했다. 평일에도 사람이 많은 명동이기에 주말인 오늘은 앞으로 걸어가는 것조차 힘겨울 정도였다. 인산인해라는 건 이런 걸 두고 하는 말이겠지.

그러고 보면 시골에 사는 사람들이 유독 마음이 넓고 여유로운 것도 이해가 된다. 고즈넉하고 조용한 거리. 특히 현수가 사는 그 마을의 사람들은 서울로 올라가게 된 현수를 위해 다 같이 모여 잔치를 열어 줄 만큼 마음이 넉넉하고 정이 깊었다. 그런 곳에서 살았기에 그렇게나 순수할 수 있는 걸까?

똑바로 바라보기가 힘들 정도로 맑은 눈망울이 떠올랐다. 사슴 같은 눈망울.

채영은 피식 웃고 말았다.

사슴 같은 눈망울이라니. 이런 진부한 표현을 하게 될 줄이야.

하지만 그 이외에 어울리는 표현이 없다. 조금 색이 옅어서 어릴 적에 가지고 놀던 유리구슬을 떠오르게 하는 눈동자였다.

이런저런 생각을 하며 커피숍에 도착했다. 넓은 커피숍인데도 손님들이 자리를 꽉 채우고 있었다. 들어가자마자 현수가 보였다. 현수는 커피숍 구석에 있는 2인용 좌석에 앉아 있었다.

"늦어서 미안해."

채영이 현수의 맞은편에 앉으며 말했다.

"아닙니다. 사람이 되게 많네요. 원래 저기 가운데 자리였는데 자리 빌 때마다 옮겨서 이 자리를 차지했어요."

"그래. 구석 자리가 얘기하기는 편하니까. 커피 좀 시키고 올게. 자기는 그걸로 되겠어?"

"네, 전 이걸로 됩니다."

현수의 앞에는 반쯤 남은 카페라테가 놓여 있었다. 채영은 카운터에 가서 아메리카노를 한 잔 시키고 나올 때까지 기다렸다. 진동벨이 있어서 자리로 돌아가 기다려도 되지만, 현수와 마주앉는 시간을 될 수 있도록 늦추고 싶었다.

커피를 들고 돌아가자 현수가 말했다.

"춥네요."

"응, 정말 춥다. 주말인데 승민 씨 안 만나?"

"네, 뭐…… 주말에 꼭 만나기로 정해진 건 아니니까요."

"그래 봬도 외로움 많은 사람이야. 안 만나 주면 삐칠걸."

"에이, 설마요."

현수가 작게 웃었다. 승민을 떠올리니 그저 웃음이 나는 모양이다. 사랑에 빠져 있다는 걸 알고 봐서 그런지, 처음 봤을 때보다 여성스럽게 보였다. 그때는 언뜻 보면 작은 소년처럼 보였는데, 지금의 현수는 누가 봐도 사랑스러운 여자다. 여자라기보다는 소녀에서 막 여인이 된 풋풋한 여성.

질투와 사랑스러움을 동시에 느꼈다. 현수를 대할 때면 늘 모순되는 감정이 함께 찾아온다.

"왜 보자고 한 거야?"

채영의 질문에 현수는 웃음기를 지우고 진지한 눈으로 채영을 응시했다. 또 그 눈동자다. 사람을 똑바로 직시하는, 투명한 유리구슬 같은 눈동자. 다른 말로는 사슴 같은 눈망울.

"제가 보자고 한 건……."

현수의 도톰한 입술 사이로 채영이 생각지도 못한 말이 흘러나왔다.

"최민석 과장님 팀에서 진행하고 있는 신차, 카르트 때문입니다. 그것에 대해 묻고 싶은 게 있습니다."

현수가 채영을 만나고 있을 때, 승민은 소파에 누워 뒹굴거리는 중이었다.

어제 회사에서만 해도 주말에 현수와 뭘 할지 고민하며 즐거운 시간을 보냈다.

퇴근 시간이 다 되어 갈 무렵에 현수에게서 문자가 왔다. 현수가 먼저 문자를 보내는 일은 거의 없었기 때문에 격한 행복을 감추지 않고 오두방정을 떨며 문자를 확인했다. 주위에 있던 여직원들이 '미친 거 아냐?'라는 시선을 보냈지만 개의치 않았다.

하지만 문자를 확인하는 순간, 승민은 절망했다.

[오늘, 내일은 못 만날 것 같습니다. 일요일에 만나요.]

이 얼마나 일방적인 통보란 말인가! 못 만난다는 얘기를 하려면 적어도 일주일 전에는 언질을 줘야 하는 거 아닌가. 마음을 대비시킬 틈도 주지 않고 이런 충격적인 통보를 하다니!

금방이라도 날아갈 듯하다가 세상 짐 모두 짊어진 듯 주저앉아 휴대폰을 노려보는 승민의 모습은 상당히 오랫동안 여직원들의 술안줏거리가 되었다.

―마 대리님 말이야. 좀 변한 것 같지 않아?

―그치, 그치? 요새 뭔가 좀 달라졌어. 예전에는 무슨 칼날 같았는데…… 요새는 꼭 두부 같아.

―맞아. 저번에 문자 확인할 때 있잖아. 엄청 좋아하더니 갑자기 풀이 죽어서는…… 휴대폰이랑 눈싸움하는 것처럼 보였다니까?

―주식이라도 하는 거 아냐? 주가 오른 줄 알았는데 떨어져서.

―설마…… 아무리 주식을 해도 그렇지, 그렇게까지 바보처럼 행동할 건 없잖아.

─아아, 진짜 요새 마 대리님은 내 꿈속의 왕자님처럼 보이질 않아.

하지만 여직원들이 하게 될 뒷담화 역시 승민이 알 바 아니었다. 승민의 머릿속엔 오로지 주말에 현수를 만날 수 없는 이유에 대해서만 가득 차 있었다.

[대체 왜! 오늘은 몰라도 내일은 만나야지!]

서둘러 문자를 보냈지만 답장은 오지 않았다. 현수의 행동이 생생하게 그려졌다. 아마도 휴대폰은 문자를 보낸 후에 대충 주머니에 쑤셔 넣어 두고 다시 일에 집중했을 것이다.

주름 하나 없는 미간을 살짝 좁히고, 입술을 내밀고 일에 집중할 현수를 떠올리니 가슴이 간질거렸다. 일에 집중하고 있는 현수는 사랑스러워서 견딜 수가 없다.

'아니, 사랑스러움 따위가 문제가 아니야! 네가 아무리 사랑스러워도 이건 용납 못 하겠다고! 주말은 연인의 시간이잖아!'

안 그래도 평일에는 잠깐밖에 못 봐서 현수와의 만남에 대한 갈증을 해소할 길이 없다. 그런데 유일하게 하루 종일 볼 수 있는 주말에 만날 수 없다니.

현수가 있는 공장으로 달려가고 싶은 충동이 생겼지만 너무 집착하는 것처럼 보이고 싶지 않아서 꾹 참았다. 승민은 자기가 수십 개의 문자를 연달아 보내는 것이 더 집착하는 것처럼 보인다는 걸 미처 깨닫지 못하고 있었다.

[이유를 말해!]

[못 만나는 이유에 대해 설명이라도 해 봐. 날 납득시켜 보란 말이야.]

[그런 거냐? 요새 젊은이들 마음이 빨리 변한다더니, 너도 젊은이라 그거냐?]

[변했어. 정현수, 변했어.]

퍼뜩 정신을 차린 승민은, 자기가 또 삭제해 버리고 싶은 문자들을 보냈다는 걸 깨달았다. 현수가 문자를 확인하면 또 얼마나 비웃을까.

"선배님. 무슨 일 있습니까?"

자리에 앉아 휴대폰을 노려보며 혼자 붉으락푸르락하는 승민을 보다 못해, 세찬이 다가왔다. 승민은 잔뜩 분노한 표정으로 세찬을 노려보다가 심각하게 말했다.

"얘기 좀 하자."

"아…… 네."

신차 개발에 대한 이야기일 줄 알고 서둘러 승민을 따라 나간 세찬은 생각지도 못한 승민의 말에 입을 쩍 벌리고 말았다.

"그러니까…… 현수가 주말에 안 만나겠다고 했다고요?"

"그래. 그것도 바로 오늘 갑자기. 마음의 준비를 할 여유도 없이!"

세찬의 황당하다는 표정은 승민에게 아무런 문제도 되지 않았다. 자신을 존경하던 후배가 혼란을 느낀다는 걸 모르는 승민은 계속해서 말했다.

"뭔가 있어. 그치?"

"뭐가 있을까요?"

"숨겨 둔 남자?"

"현수가 그런 여잡니까?"

"네가 현수에 대해 뭘 그렇게 잘 아는데?"

"잘 알죠. 적어도 선배님보다 먼저 현수를 알았으니까요. 몇 년 전의 현수는, 정말 작고 귀여웠죠."

그제야 세찬이 자신을 도발하고 있다는 걸 눈치챘다.

"미안하다. 너도 현수 좋아했었지? 내가 갑자기 나타나서 뺏은 꼴이 됐네."

"너무 담백하게 사과를 하시니까 오히려 할 말이 없어지네요. 사과, 받아들이겠습니다."

"그래. 그럼 우리 이제 서로한테 빚진 거 없는 거다?"

"……."

"왜 그런 표정을 지어?"

"감사합니다, 선배님."

세찬이 깊이 고개를 숙였다. 승민의 속셈을 눈치챈 모양이다. 승민은 세찬이 이렇게나마 마음의 짐을 덜어내기를 바랐다. 어깨를 가볍게 두드리자, 허리를 편 세찬이 빙그레 웃었다.

"전 역시 선배님을 이길 수가 없네요."

"바다 같은 아량을 가진 사나이거든."

"이런 캐릭터인지도 몰랐습니다."

"그래? 현수만 아는 거야. 그리고 나 역시 넌 모르는 현수의 모습들을 알고 있지."

"예를 들자면요?"

"음…… 현수는 말이야…… 화가 나면 망치를 드는 습관이 있어."

"……그렇습니까?"

"게다가 자기보다 두 배는 큰 우진혁을 한 번에 제압하고 밟아 버리는 재주도 있지."

"그거…… 정말 놀랍네요."

"그치?"

상담을 하려고 끌고 나왔는데, 결국은 애인 자랑을 하는 꼴이 되어 버렸다. 세찬과의 가벼운 수다를 끝내고 다시 자리로 돌아가 남은 업무를 처리했다. 퇴근하는 길에 현수에게서 전화가 왔다.

[마승민 씨. 병 있습니까?]

"갑자기 무슨 병?"

[무슨 문자를 열 개씩이나 연달아 보내요? 한 번만 보내도 알아 봅니다.]

"한글 제대로 모르는 줄 알았지. 문자 한 통 휙 보내 놓고 답도 없기에."

[일하는 중에는 문자 안 보는 거 아시잖아요.]

"내일 왜 못 만나는데?"

[만날 사람이 있습니다.]

"만날 사람? 대체 누구! 우진혁?"

[아뇨. 하여간 만나고 와서 얘기해 드릴게요.]

"누군데? 켕기는 게 없으면 말해 줘도 되잖아."

[켕길 게 뭐가 있습니까? 내가 누구 만날 때마다 누구 만난다고 일일이 보고해야 합니까?]

"그래! 해야지. 내가 너한테 보고도 없이 누구 만나러 다니면, 네 기분은 어떻겠어?"

[전 상관없습니다. 마승민 씨 믿으니까.]

"……그런 말로 마음 약해지게 만들지 마."

[말 못 하는 건 이유가 있어섭니다. 만나고 와서 전부 설명해 드릴게요.]

"넌…… 정말 얄미워."

[네. 얄미운데도 사랑해 줘서 고마워요.]

달콤한 목소리로 고맙다고 하는데 더 이상 따질 수 있으면, 그 사람은 심장이 얼음으로 만들어진 게 분명하다. 현수의 목소리에 살살 녹은 승민은 결국 일요일에 만나자고 약속하고 전화를 끊었다.

'얄미운데도 사랑해 줘서 고마워요.'

그 말을 떠올리며 어젯밤에는 잘 잘 수 있었다. 하지만 아침에 눈을 뜨자마자 어제 회사에서 떠올랐던 의문이 다시 승민을 뒤덮었다.

대체 왜! 주말은 연인의 날이잖아!

승민의 뒤끝이 보이지 않을 정도로 길다는 걸 모르는 현수는 승민에 대한 부담을 전혀 갖지 않고 채영을 응시하고 있었다.

"카르트…… 그걸 왜 나한테 물어? 세찬 씨한테 물어보는 게 더 빠를 텐데. 잊었어? 난 자기랑 같은 팀이야."

채영이 싱긋 웃으며 물었다. 현수에게서 '카르트' 얘기가 나올 줄은 몰랐다. 당황했지만 다행히도 겉으로 드러내진 않았다.

"디자인 도용 사건이 있었던 건 알고 계시죠?"

"응, 알지. 승민 씨, 그것 때문에 많이 힘들어했으니까. 최 과장 그 사람…… 정말 끔찍해. 얼마나 승민 씨를 괴롭혀야 직성이 풀리는지……."

"정말로 최 과장을 끔찍하다고 생각하세요?"

"응. 당연하지. 디자이너라면 누구라도 그 사람 싫어할 거야. 디자이너이면서도 디자인을 엿으로 아는 사람이니까."

현수가 고개를 끄덕였다.

"그러게요. 그렇겠죠."

"그게 정말 궁금한 거면 세찬 씨한테 물어보지그래? 자기, 세찬 씨랑도 친하잖아. 자기가 물어보면 다 알려 줄걸?"

"네. 다 들었습니다. 일단 제가 들어서 알고 있는 것들을 요약해서 들려 드리고 싶어요."

"그런 거라면 다음 주에 회사에서 얘기해도 될 텐데?"

"전 본사에 안 가니까요. 그리고 이건 김채영 씨한테만 얘기하고 싶어서요."

"……그래?"

불안한 예감이 맞았다. 현수는 승민의 일 같은 사소한 일 때문에 채영을 만나자고 한 게 아니었다. 채영은 당장이라도 이 자리에서 일어나 도망치고 싶었지만, 도망치는 대신 커피를 한 모금 마셨다. 강렬한 쓴맛이 입 안에 돌자 조금 정신을 차릴 수가 있었다.

"얘기해 봐."

현수가 진상을 알 거라는 생각은 들지 않았다. 대학도 나오지 못했고, 이제 막 사회생활을 시작했을 뿐인 어린 여자일 뿐이다. 최민석도, 승민도, 세찬도 모르는 진상을 현수가 알 리 없다. 수박 겉핥기식으로 알고 있는 것뿐이리라.

그럼에도 긴장이 되는 이유는 현수의 시선 때문이었다. 현수는 커피숍에 들어온 이후, 단 한 번도 채영의 얼굴에서 눈을 떼지 않았다. 사람이 대화를 하다 보면 몇 번쯤은 시선이 비켜가기도 할 법한데, 현수는 얼굴을 보면 생각을 읽을 수 있다는 듯 채영의 얼굴을 뚫어져라 응시했다.

약한 속마음을 드러내지 않기 위해 거만한 척 다리를 꼬고 시선을 살짝 내리깔았다. 그러나 현수는 조금도 동요하지 않고 입을 열었다.

"처음 이상하다는 생각이 든 건 김채영 씨가 이유도 없이 최 과장과 따로 만나는 걸 봤을 때였습니다. 전에 회의실에서요. 그때 의아하다고 생각했습니다."

"같은 회사 사람이고, 다른 팀이기는 해도 디자인부 책임자니까 그럴 수도 있지."

"네. 그래서 그때는 그냥 의아하게 생각했을 뿐, 깊이 생각하진 않았습니다. 그리고 아시다시피 얼마 지나지 않아 마승민 씨의 디자인이 최 과장 팀에 유출되었죠."

"내가 최 과장을 따로 만났다고 해서 날 의심하는 거라면……."

"쭉 설명 드릴게요, 조금만 더 들어주세요."

자신도 모르게 초조함을 드러낸 모양이다. 훨씬 어리면서도 침착하고 어른스럽게 대처하는 현수의 모습에 부끄러움을 느꼈다. 채영은 아랫입술 안쪽의 살을 살짝 베어 물었다.

"그래. 다 얘기할 때까지 아무 말 안 할게."

"네. 하여간 디자인이 유출되었다는 걸 알게 됐습니다. 그리고 그 후에 세찬 오빠를 통해서 디자인을 봤습니다. 평면 디자인도 보고 3D 작업한 것도 보고요. 그 자동차는 괴물이었습니다."

현수는 자신이 한 말의 여파를 확인하려는 듯 잠시 입을 다물었다. 채영은 하고 싶은 말이 많았지만 참았다.

"자동차를 조금만 아는 사람이라면 그 자동차가 도저히 탈 것이 못 된다는 걸 알 겁니다. 게다가 들어가는 쓸모없는 기능들에 비해서 제작 단가가 터무니없이 낮고요. 그렇다면 엔진이나 내구성 같은 중요한 부분에서 제작비를 빼게 되겠죠. 아무리 봐도 그 자동차는 답이 없습니다. 마니아들도 기피할 만큼 형편없는 자동차입니다."

현수의 비판은 가차 없었다.

"그런데도 자기 이름을 걸고 자동차를 내려고 하는 걸 보면, 최 과장이라는 사람은 자동차에 대한 이해도가 높지 않은 사람인 것 같습니다. 쓱 봤을 때 멋있는 기능들, 있어 보이는 외관을 중요시하는 거죠. 김채영 씨가 좀 전에 말씀하신 것처럼 디자이너이면서도 디자인을 엿으로 아는 사람인 것 같습니다."

"……."

"저번에 세찬 오빠가 뭔가 이상하다는 말을 했습니다. 이상할 정도로 최 과장에게 전권을 위임했다고. 회사가 최 과장 놀이터인 것처럼 돌아가고 있다고. 게다가 샘플을 내서 제대로 된 확인 절차도 밟지 않고 바로 출시를 할 거라고 하더군요."

또다시 불안감이 가슴을 적셨다. 현수가 단지 '당신이 스파이지?' 따위의 말을 하려는 게 아니라는 걸 깨달았다. 입술이 바싹바싹 말랐다.

"마승민 씨는 김채영 씨를 믿는다고 했습니다. 그렇다면 저도 김채영 씨를 믿습니다."

"……무슨 소리를 하고 싶은 거야?"

"김채영 씨를 믿으니까 그걸 전제로 생각을 했습니다. 마승민 씨는 어차피 던져진 주사위니 우리 자동차 모터쇼나 생각하면 되는 거라고 했지만…… 제 생각에도 제가 나설 일은 아닌 것 같지만……."

현수는 작게 한숨을 쉬었다.

"후회하실지도 몰라요, 김채영 씨."

"뭘 후회해? 난 후회할 일을 한 적 없는데?"

"지금이라도 늦지 않았어요. 지금 그냥 털어 놓고 무산시키세요. 김채영 씨가 후회할 일이 생길지도 몰라요."

"……내가 뭘 후회한다는 거야? 날 믿는다더니, 내가 스파이라는 걸 믿어 의심치 않는다는 얘기였어?"

"디자인 유출 같은 건 그저 겉으로 보이는 일일 뿐이잖습니까. 디자인 유출이네, 스파이네…… 그런 문제가 아닙니다."

역시 현수는 알고 있는 게 분명하다.

단둘이 있는 상황을 만드는 게 아니었다. 아까 전화가 왔을 때 호기심 따위 던져 버리고 무시했어야 했던 건데. 계속 피했으면 이걸 주제로 대화를 하는 일도 일어나지 않았을 텐데.

모든 일이 끝날 때까지 누구에게도 말하지 않을 생각이었다. 이건 두 사람만의 비밀. 채영과 최 사장만의 비밀이었다.

"허영심이 많고 보여지는 걸 좋아하는 최 과장. 게다가 마승민 씨를 눈엣가시로 여기는 최 과장이라면, 분명 마승민 씨의 디자인에 침을 흘리리라는 걸 김채영 씨는 알았을 겁니다. 저도 알 정도인데 더 오래 봐 온 김채영 씨는 더 잘 알겠죠. 최 과장이 만드는 자동차는 제작 단가가 저렴한 서민형 자동차. 고급화를 노린 마승민 씨의 콘셉트 카 디자인이나 부품이 그 자동차에 쓰일 수 없는 건 김채영 씨가 더 잘 알았을 겁니다. 김채영 씨가 정말로 최 과장을 도와주고 싶었다면 마승민 씨의 자동차 디자인을 넘겨 주지 않았을 겁니다."

"……."

"회사 사정은 잘 모르지만, 회사 내에서 무언가가 진행이 되고 있다는 건 알겠습니다. 최 과장의 놀이터가 되어 버린 회사. 그러니 신차 개발도 자기 마음대로, 출시도 자기 마음대로. 김채영 씨가 어디까지 관여했는지는 모르겠지만…… 최 과장은 서둘러서 신차를 출시하려고 합니다. 반응도 보지 않고 대대적인 홍보를 거쳐서 출시. 자동차 업계에서 최고인 하명 자동차에서 어마어마한 홍보를 한 자동차라면, 게다가 가격까지 저렴하다면 아무리 불황이어도 구매자가 많겠죠. 게다가 그 자동차, 얼핏 봤을 때는 뭔가가 있어 보이니까요. 저가 자동차인데 자동문이라니…… 말 다했죠."

현수는 기가 막힌다는 듯 쓴웃음을 지었다.

"문제는 금방 발견될 겁니다. 어쩌면 큰 사고가 있을 수도 있고, 인명 피해가 있을지도 몰라요. 그럼 그 자동차의 최종 책임자인 최 과장에게 책임이 돌아가겠죠."

현수가 못을 박듯 덧붙였다.

"김채영 씨가 도우려고 한 건 최 과장이 아니에요. 마승민 씨를 도우려고 한 거죠."

아무리 부정해도 소용없을 거라는 단호한 말투였다.

졌다.

채영은 커피잔을 향해 손을 뻗었다. 뜨거운 아메리카노를 시켰는데, 잔은 이미 식어 있었다. 커피가 식은 것처럼 마음에 담고 있던 열기도 식었다. 긴장이 사라지자 몸에서 힘이 빠졌다.

이 일을 누군가에게 들키면 빈껍데기 같아질 줄 알았다. 남은 것은 땅콩 껍질처럼 와스스 부서진 파편뿐일 줄 알았다.

하지만 그렇지 않았다. 가장 들키고 싶지 않은 사람에게 들켰는데도, 누군가 마음을 알아준다는 안도감과 든든함이 빈자리를 채웠다.

"현수 씨는…… 똑똑하구나."

"똑똑한 게 아닙니다. 그저…… 마승민 씨가 김채영 씨를 믿는다고 했으니까, 저도 믿은 것뿐입니다. 믿으니까 답이 보였고요."

"어떻게 믿을 수가 있지? 잊고 있나 본데, 난 승민 씨의 전 연인이야. 게다가 헤어졌으면서도 자기를 질투하고 괴롭히기까지 했잖아."

"그런 건 당연한 거고…… 마승민 씨가 사람 보는 눈은 있는 것 같거든요."

현수의 말에 채영은 작게 웃었다.

"자길 사랑하게 됐으니까?"

"뭐…… 그런 것도 있고요."

잘난 척이 익숙지 않은지, 현수의 하얀 볼이 분홍빛으로 물들었다. 아아. 정말 사랑스러운 여자다. 못 따라가겠다, 저 풋풋함은.

"일이 다 끝났을 때, 깜짝 선물을 해 주고 싶었어. 짜잔, 승민 씨. 당신을 위해 준비한 거야. 사랑을 하게 된 거 축하해. 축하 선물이야. 뭐, 이런 식으로."

"……거하네요, 너무. 그리고 이건 김채영 씨도 상처를 받는 방법입니다. 인명 사고라도 나면 괴로울 겁니다."

"그래, 괴롭겠지. 하지만 너무 멀리 왔어."

"아무리 멀리 왔다고 해도 그렇지, 앞이 뻔히 보이는데 계속 진행을 하시겠다고요?"

"인명 사고는 최악의 사태일 뿐이야. 그전에 많은 문제가 생길 거야. 급히 조달된 자동문이 주인 마음대로 여닫히기나 할까? 누수

관리는 잘될까? 엔진은? 시트는? 에어컨은? 그런 문제들이 모이고 모여서 사고가 나기 전에 끝날 가능성이 훨씬 더 높아."

"하지만……."

"현수 씨. 세상은 말이지…… 참 슬프게 돌아가는 부분들이 많아. 달래고 어르고 가르치고 사랑으로 품어 줘서 교화를 시킨다. 그게 안 되는 부분이 더 많지. 그리고 변하는 걸 기다릴 만큼 여유롭지도 않고. 썩은 부분은 잘라내야 하고, 그러기 위해서는 희생이 필요한 거야. 더 나은 것을 위해 대가를 치러야 하는 거지."

"최 과장을 밀어내는 게 그렇게 어려운 일인가요?"

"그래. 어려워. 너무 큰 백을 가진 사람은 큰 이슈가 될 만한 사건을 벌이지 않는 이상 자기 자리를 지킬 수가 있어. 최 과장의 카르트는 큰 이슈가 될 거야. 사회에선 그저 한 자동차 디자이너가 만든 최악의 자동차라는 평가를 받고 금방 잊히겠지만, 회사에선 안 그렇지. 최 과장은 자신이 벌인 모든 일에 대해 책임을 져야 할 거야."

"그렇다면 김채영 씨는 뭐에 대한 책임을 지려는 건데요?"

"나?"

"네. 김채영 씨요. 최 과장은 혼자 죽으려고 하지 않을 거예요. 김채영 씨가 개입했다고 말하겠죠. 그때가 돼서 김채영 씨가 변명을 해도 믿지 않는 사람들이 더 많을 거예요. 왜 그런 걸 책임지려고 하는 거죠? 뭣 때문에요? 왜 그런 걸 감당하려고 하는 거죠?"

걱정하는 눈빛은 진짜였다. 연갈색 눈동자 가득 채영을 걱정하는 마음이 넘치도록 담겨 있었다. 현수는 비난을 하거나 파헤치기 위해 채영을 만난 것이 아니었다. 채영을 걱정했기 때문에, 걱정된다는 그 이유 하나만으로 채영과 만나 이 모든 이야기를 한 것이다.

눈물이 날 것 같은 이유는, 저번에 현수와 대화를 하고 나서 울 뻔했던 것과 같은 이유였다.

걱정해 줄 리 없다고 생각했던 사람의 걱정. 알아주지 않을 거라고 생각했던 사람의 이해.

생각지도 못한 현수의 마음이 절절히 전해졌고, 그동안 가슴을 채우고 있던 외로움과 부딪쳐 파동을 일으켰다. 채영은 현수가 눈치채지 못하도록 손등으로 가볍게 눈가를 닦았다.

"승민 씨는 좋은 남자야. 알지?"

"……네."

"모든 면에서 완벽하잖아. 정말 완벽한 남자지."

현수는 그 말에는 동의할 수 없다는 표정이었지만 말을 끊진 않았다.

"나랑 사귀는 동안 승민 씨는 정말 완벽한 남자친구로 있어 줬어. 아, 이건 질투심 유발하려고 하는 소리가 아니야. 그냥 그 사람은 항상 다정하고 신뢰해 주고…… 따뜻했지. 그런데 내가 왜 승민 씨랑 헤어졌는지 알아? 얘기 들었어?"

"아뇨, 못 들었습니다."

"그래. 우리 사이엔 아무 문제가 없었는데, 어느 날 갑자기 내가 헤어지자고 했어. 승민 씨는 아마 자다가 봉변을 당한 기분이었을 텐데, 그 순간에도 미소를 지으면서 그러자고 했지. 내가 왜 헤어지자고 했을 거라 생각해?"

"……모르겠는데요."

"난 조건이 좋은 남자랑 인생을 함께하고 싶었어."

"조건······이요? 승민 씨도 조건은 좋지 않나요?"

"승민 씨 자체는 괜찮지. 나쁘지 않아. 어쨌든 직장도 있고, 외모도 좋고. 하지만 승민 씨 뒤에는 아무것도 없잖아. 부모님은 시골에서 텃밭 가꾸신다고 하니······ 아아, 이 남자는 아니구나, 그런 생각이 들더라."

현수는 전혀 모르겠다는 표정이었다. 왜? 단지 그런 이유로? 텃밭을 가꾸는 게 어때서? 현수의 의문이 들려오는 듯했다.

"현수 씨는 모르겠지만······ 어떤 여자들은 그런 이유로 헤어지기도 해. 그 어떤 여자들에 내가 포함되어 있었던 거고. 그런 여자와 사귀는 동안 변함없이 잘해 준 승민 씨에게 고맙더라. 그래서 선물을 주고 싶었어. 일종의 속죄야. 이걸로는 대답이 안 될까?"

다행히 현수는 더 이상 캐묻지 않았다. 그만두라는 소리도 하지 않았다.

말해야 할 때와 빠져야 할 때를 아는 사람은 싫지 않다. 채영은 현수가 그런 사람이라서 다행이라고 생각했다.

그러고 보니 현수의 친구인 진혁도 그랬었다.

위이이잉.

테이블 위에 있던 현수의 휴대폰이 울렸다. 흘긋 본 휴대폰 액정에 '진상'이라는 이름이 떠 있었다.

"진상이 누구? 승민 씨?"

"아뇨, 친구요. 진혁이."

"아아, 그래? 전화 받아 봐."

"아닙니다."

하지만 진혁은 끈질겼다. 현수가 받지 않자 두 번, 세 번…… 결국 현수는 한숨을 쉬며 전화를 받았다.

"왜? 전화 안 받으면 좀 나중에 다시 할 수 없냐?"

[쑤! 쑤! 어디야? 보고 싶어! 승민 형님이랑도 오늘 안 만난다며? 나랑 만나고 있냐고 전화 왔었어!]

진혁의 목소리는 우렁차서, 맞은편에 앉은 채영의 귀에도 들렸다. 진혁의 장난스러운 얼굴이 떠올라 웃음이 나왔다.

"그 인간은 진짜…… 너한테까지 전화했어?"

[현수야. CM3를 모는 남자는 나한테까지 전화를 해도 아무 문제가 없는 거다.]

"끊어."

[어딘데? 나한테도 말 안 해 주게? 보고 싶다고!]

"됐어. 나 지금……."

"오라고 해."

채영은 차라리 진혁이 오는 게 편할 것 같았다. 더 이상 현수에게 속마음을 내비치고 싶지 않았다. 현수는 좋은 여자지만 그렇다고 해서 모든 것을 보여 주고 싶진 않다. 적당한 거리를 지키는 적당한 관계, 그게 딱 좋다.

"와도 돼요?"

현수가 수화기를 막고 의아하다는 듯 물었다.

"응. 뭐, 승민 씨도 초조해하는 것 같은데 같이 오라고 해. 간만에 다 같이 술이나 마시자."

"그럼…… 네, 그럴게요. 진혁아, 마승민 씨한테 얘기해서 같이 만나자. 여기 명동이야."

[응, 쑤! 형님 만나면 연락할게.]

소란스러운 통화가 끝난 후, 현수가 진저리를 치며 전화를 끊었다.

"죄송합니다. 친구가 너무 진상이라서."

"좋은 친구더라. 재미있고."

"뭐…… 어떤 사람들 눈엔 그렇게 보일 수도 있겠죠."

"승민 씨한테도 얘기 안 한 거야? 내 얘기."

"네. 일단 김채영 씨랑 얘기를 해 보고 싶었어요."

"그럼 승민 씨한테는 비밀로 해 줄 수 있을까?"

"깜짝 선물…… 해 주게요?"

"응. 그리고 내가 이런 걸 하고 있다는 걸 알면…… 무슨 수를 써서든 막을 테니까."

"저도 막고 싶어요."

"하지만 안 그럴 거잖아."

"어떤 게 옳은 건지 모르겠습니다."

"옳은 일은 없어. 더 나은 일이 있는 거지. 최 과장만 빠져도 하명 자동차는 더 나아질 거야. 한동안 안 좋은 이미지를 벗기 어려울 수도 있지만, 그걸 위해 더 열정적으로 노력하게 될 테니까. 내가 바라는 건 그것뿐이야."

현수는 한동안 테이블을 노려보며 침묵을 지키더니 결국 고개를 끄덕였다.

"네, 그럼…… 그럼 비밀 지키겠습니다. 적어도 이 일이 제 입을 통해 마승민 씨 귀로 들어가는 일은 없을 거예요."

"그래, 고마워. 어려운 부탁인데."

어색한 침묵이 흘렀다. 무슨 얘기를 해야 할까, 고민을 하는데 현수가 입을 열었다.

"저기 아까 말씀하셨던 거요."

"아까?"

"네. 어떤 여자, 그런 이유…… 뭐, 그런 거요."

"아아. 응."

"전 어떤 여자, 그런 이유…… 나쁘지 않다고 생각합니다."

"응?"

"만약 그게 비난하는 의미로 사용하신 거라면요, 전 어떤 여자, 그런 이유…… 비난할 필요 없다고 생각해요. 어떤 사람들은 배경을 보고, 어떤 사람들은 외모를 보고, 어떤 사람들은 능력을 보고, 또 어떤 사람들은 성격을 보고 상대를 선택하잖아요. 텃밭이 싫은데 결혼해서 다투는 일이 생기고 멀어지느니, 뒷배경 든든한 남자와 결혼해서 서로 행복하게 살 수 있다면 그걸로 좋은 거 아닌가요? 다들 그런 이유가 있고, 또 이런 이유가 있어서 사랑을 하고 결혼을 하는 건데…… 그런 것 때문에 자책하지는 않았으면 좋겠어요."

현수의 조심스러운 말을 들으며 채영은 생각했다.

적당한 거리, 적당한 관계. 애랑은 그걸 못 지키겠구나.

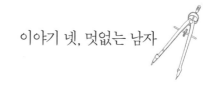

이야기 넷, 멋없는 남자

"만난다는 사람이 채영이였어?"

가볍게 저녁을 먹고 술을 한 잔 했다. 승민이 술 마실 생각에 자동차를 가져오지 않았기 때문에 둘은 전철을 타고 집으로 향했다. 거의 막차를 탔더니 취객들이 많아서 냄새가 나고 소란스러웠다. 사람들에 치여 이리저리 밀리는 현수를 승민이 한 팔로 꽉 안았다.

"네."

"근데 왜 말을 안 해 준 거야? 채영이 만나는 게 어때서."

"그냥요."

"그냥? 흐음…… 그냥이 아닌 것 같은데……."

승민이 눈을 가늘게 뜨고 현수를 바라봤다. 초승달 모양으로 휘어진 눈 모양이 예뻐서 현수는 힘겹게 손을 올려 승민의 눈가를 만졌다. 현수의 손길에, 굳어 있던 승민의 표정이 풀렸다. 승민은 주인의 손길을 즐기는 고양이처럼 눈을 감았다.

"속눈썹이 기네요."

"응. 뭐 하나 빠지는 구석이 없지."

"마승민 씨는 정말…… 칭찬해 주기 싫은 사람이에요."

"왜?"

"칭찬만 해 주면 잘난 척이잖아요."

"'척'이 아니지. 실제로 잘난 거지. 나 잘난 걸 잘났다고 말하는데 뭐가 문제인지 모르겠네."

"문제 많죠. 진짜 얄밉거든요. 우진혁보다 얄미운 남자는 처음 봤습니다."

"그런 얄미운 남자랑 왜 사귀는데?"

"그러게요. 나도 몰랐는데 얄미운 남자가 내 이상형이었나 보죠."

승민이 눈을 뜨더니, 여전히 자신의 뺨 위에 올라와 있는 현수의 손을 꼭 잡았다.

"키스하고 싶어졌어."

"여기 사람 많아요. 공공장소에서 이러지 맙시다."

현수가 가볍게 대꾸하며 승민의 손을 떼어 내려 했지만, 이럴 때의 승민은 정말이지 힘이 세다.

"단둘이 있는 곳에서는 키스만으로 안 끝날 것 같거든."

"키스만으로 안 끝나면 도대체 뭘 더……."

거기까지 말한 현수는 승민의 말에 담긴 의미를 깨닫고 입을 다물었다. 키스 이상의 스킨십에 대해 떠올리는 현수의 얼굴이 붉어지자 승민이 짓궂은 미소를 지었다.

"단둘이 있는 데서 할까? 우리 집? 아니면 너네 집?"

"……관둬요."

"왜? 사람 많은 데서는 싫다며?"

현수는 작게 한숨을 쉬며 가까이 오라고 고갯짓을 했다. 승민이 허리를 살짝 굽혀 현수의 얼굴 가까이 자신의 얼굴을 가져갔다. 현수는 이쪽을 보는 사람이 없다는 걸 확인한 후, 승민의 입술에 가볍게 입을 맞췄다.

"됐죠?"

"너무 짧아."

승민이 허리를 굽힌 채로 말했다.

"욕심도 많으시네."

"한 번 더."

"그만 좀 해요."

"얼르은."

한 번 더 해 주지 않으면 도착할 때까지 이 상태일 것 같다. 현수는 한 번 더 입을 맞췄다. 이렇게 투정 많고 스킨십 좋아하는 남자일 줄은 몰랐다.

승민은 기분이 좋아졌는지 작게 흥얼거리며 두 팔로 현수의 허리를 꽉 끌어안았다. 몸이 너무 밀착되었다는 생각이 들지만, 사람이 많아서 빠져나오기 위한 시도를 할 수 없었다.

"자, 이제 솔직하게 말해 봐. 채영이는 왜 만난 거야?"

승민이 빠져나갈 수 없도록 현수를 가두고 물었다. 현수는 시선을 돌려 몇 정거장이 남았는지 확인했다. 아직 다섯 정거장. 말해 주지 않으면 이 오묘한 자세로 다섯 정거장을 가야만 한다.

"그게……."

망설이던 현수는 결국 입을 열었다.

"연애 상담을 하려고요."

생각지 못한 말이었는지 승민의 눈이 커졌다.

"연애 상담?"

"네, 뭐…… 누굴 사귀는 거 처음이라서 조언을 얻고 싶은 데…… 아무래도 우진혁한테 얘기하기는 좀 그렇고…… 그래서요, 뭐……."

거짓말은 역시 힘들다. 분명 들켰을 거라고 생각하며 승민의 표정을 살폈다. 승민은 싱글벙글 웃고 있었다. 저 웃음의 의미는 뭐지?

"그랬어?"

승민이 두 손으로 현수의 뺨을 감싸며 물었다. 사랑스러워서 견딜 수 없다는 눈빛과 목소리. 승민의 간질간질한 마음을 현수도 느낄 수 있을 정도였다.

"그런 걸 물어보려고 만난 거였어?"

승민이 의심 없이 너무 좋아하는 모습을 보이자 죄책감이 생겼다.

"그런 거 몰라도 괜찮아. 지금도 딱 좋아."

승민이 싱글벙글 웃으며 현수를 끌어안았다. 승민의 품에 안겨 현수는 결심했다.

다음에 채영이든, 누구든 만나면 진짜로 연애 상담을 받아야지.

자동차를 괜히 끌고 나왔다. 술을 마시게 될 줄은 몰랐다. 대리를 부를까 하다가, 다른 사람이 자기 자동차를 운전하게 두는 게 싫어서 관뒀다. 하루 주차 비용쯤 내면 내는 거지.

눈치껏 승민과 현수를 먼저 보냈다. 현수와 함께 있는 승민은 그 어느 때보다도 밝게 빛났다. 처음 하명 자동차에 입사를 했을 때, '우리 동갑이네요.'라며 인사를 건네던 승민의 파릇파릇한 모습이 떠올랐다. 그때는 둘 다 참 젊었었다.

"우리도 그만 가야지."

옆에서 어정거리는 진혁에게 말했다. 눈치 없는 애인 줄 알았는데, 이제 막 시작한 커플을 먼저 보내 줄 정도의 눈치는 있었나 보다.

"내가 확 따라가서 방해할 걸 그랬나 봐요."

채영의 심정을 고려한 듯한 진혁의 말에 채영은 피식 웃었다.

"됐어. 보기 좋던데, 뭐."

"누님, 좀 홀가분해 보이네요."

"그래?"

"네. 전에 만났을 땐 광장히 괴로워 보였거든요."

"질투심이 좀 사라졌나?"

"아뇨. 질투심 같은 게 아니라…… 뭐랄까…… 하여간 뭐, 보기 좋습니다."

"그러니?"

채영은 문득 자신과 진혁의 모습이 다른 사람들에게는 어떻게 보일지 궁금해졌다. 연인처럼 보일까, 아니면 누나 동생처럼 보일까?

"집으로 가실 거예요?"

"그래야겠지?"

헤어짐이 아쉬웠다. 조금 더 대화를 하고 싶은데.

하지만 진혁이 아무리 친근하게 대해 줘도 현수의 친구일 뿐이라는 자각은 있었다. 진혁을 붙잡을 만한 이유가 없기에, 채영은 아쉬움을 감추고 전철역으로 향했다. 승민과 현수는 이미 전철을 타고 떠났겠지? 혼자서 쓸쓸히 전철을 타는 모습을 두 사람에게 보이고 싶지 않았다.

"술 한 잔 더 하실래요?"

뒤따라오던 진혁의 질문에 채영은 걸음을 멈췄다.

"많이 늦었는데."

"전 자취라서 상관없어요. 누님은 빨리 들어가 보셔야 됩니까?"

"아니, 그런 건 아냐. 그래, 한 잔 더 하자."

순간 진혁에게 남의 마음을 읽는 재능이 있는 건 아닌지 의심이 들었다.

"바에 가실래요?"

"음…… 아니. 소주 먹자."

"오, 소주 좋죠. 제가 소맥을 기가 막히게 말아요."

"기대할게."

취하고 싶은 기분이다. 술집은 진혁이 골랐다. 대학생들이 자주 갈 법한, 저렴한 가격에 안주를 제공하는 술집이었다. 토요일 밤이라 그런지 사람이 많았고, 귀가 울릴 정도로 시끄러웠다.

다른 때라면 시끄러운 술집은 사양하겠지만, 오늘만큼은 시끄러운 공간에 섞이고 싶었다. 혼자라는 기분이 들지 않도록.

자리를 잡고 앉아 소주와 맥주를 한 병씩, 마른안주와 볶음 안주를 하나씩 시켰다. 잔과 술이 나오자마자 진혁은 능숙하게 소맥을 만들었다. 투명한 유리잔 안에서 찰랑거리는 연주홍빛 액체를 채영은 물끄러미 응시했다.

"정말 능숙하구나."

"컴공 소맥남이라고 불리죠."

"컴퓨터 공학과야?"

"네. 딱 봐도 공돌이 같아 보이지 않아요?"

그러고 보니 진혁에 대해 아는 것이라고는 '현수의 친구', '웃는 얼굴이 근사한 남자'라는 것밖에 없었다.

"공돌이보다는 체대생 같아 보이는데."

"이 호기심 넘치는 눈동자를 보고도 그렇게 생각이 된단 말입니까?"

"그런 걸 호기심 넘치는 눈동자라고 하나?"

"그럼요. 어릴 적부터 호기심 넘치기로 유명했죠. 자자. 어서 쭈욱 들이켜세요."

진혁은 보약을 권하는 사람처럼 말했다. 채영은 잔을 들어 진혁의 것과 살짝 부딪친 후 한 번에 쭉 들이켰다. 소주와 맥주가 섞인 알싸한 맛이 식도를 타고 내려가는 게 또렷하게 느껴졌다. 사람의 마음이라는 것도 이렇듯 또렷하게 느껴졌으면 좋겠다. 사라지는 것도, 생겨나는 것도.

"내가 아주 나쁜 짓을 했어."

소맥 두 잔에 취할 만큼 술이 약한 것은 아니지만, 술에 취한 척 입을 열었다. 술기운에 볼이 발개진 진혁은 열심히 고개를 끄덕거리며 잘 듣고 있다는 제스처를 취했다.

"이유가 있는 나쁜 짓이었어. 이유를 밝혀도 이해받지 못할 나쁜 짓. 그래서 이해를 받을 거라 생각하지도 않았고, 누가 알아줄 거라고 생각하지도 않았거든. 그런데 그 이유를 현수는 알아주더라. 말하지도 않았는데…… 정말…… 그 애가 알아줄 거라고는 생각해 본 적도 없는데……."

"아아, 그거 어떤 건지 알아요."

연신 고개를 끄덕이던 진혁이 손가락을 총 모양으로 만들며 말했다.

"현수가 그런 건 기가 막히게 캐치하죠."

"그래?"

"네. 제가 어릴 때 쓰레기통에 불을 낸 적이 있거든요. 현수 고구마 구워 주려고요. 그런데 정작 고구마를 안 가지고 온 거예요. 그러니까 주위 어른들은 제가 아무 생각 없이 불을 냈다고 생각하고는 절 엄청 혼냈죠. 그 상황에서 현수가 아저씨들 팔을 붙잡고 저 대신 말해 주더라고요. 제가 고구마 구우려고 하다가 고구마만 빼

놓고 온 걸 거라면서…… 크흑. 감동이었죠. 말하지 않아도 알아주는 그 우정!"

장난기는 조금도 담기지 않은 진지한 말투였지만, 채영은 그만 웃음을 터뜨리고 말았다.

"아하하하하하."

진혁은 이 감동적인 사연에 웃음을 터뜨리는 이유를 모르겠다는 듯 고개를 갸우뚱했다. 하지만 채영은 웃음을 멈출 수가 없었다.

진혁의 이야기를 듣고 나니, 지금껏 자신이 해 온 고민이나 괴로움 따위가 전부 별일이 아닌 것처럼 느껴졌다. 어린애가 고구마를 굽기 위해 쓰레기통에 불을 낸 사연. 딱 그 정도의 가볍고 유쾌한 이야기.

어째서 그리 힘들어했는지 알 수 없을 정도로, 가슴을 억누르고 있던 고민들이 한 번에 사라진 듯한 기분이 들었다.

그냥 그 정도의 일인데 뭐가 그리 대단하다고 괴로워했을까. 누구에게든 털어놓고 말했더라면 이해해 줬을 텐데. 누구라도 웃으면서 어깨를 두드려 줬을 텐데.

긴장이 풀리자 취기가 확 올라왔다. 방금 전까지만 해도 깨끗했던 머릿속에 안개가 낀 듯 알딸딸해졌다. 눈을 깜빡이며 정신을 차려 보려고 했지만 어지럼증이 밀려왔다.

"아, 진혁아. 어떡하지?"

채영은 꼬인 혀를 바로잡으려 노력하며 말했다.

"나 취한 것 같은데……?"

진혁은 테이블에 팔꿈치를 대고 손에 턱을 괬다.

"아, 이걸 어쩐다?"

채영이 이렇게 빨리 취할 줄은 몰랐다.

"하긴…… 아까도 꽤 마셨으니까……."

취한 것 같다고 중얼거린 채영은 테이블에 얼굴을 기대더니 바로 잠이 들었다. 방금 전까지만 해도 괜찮은 것 같았는데, 취기가 올라오는 걸 참고 있었던 모양이다.

"이거 곤란한데……."

진혁은 난감해서 머리를 벅벅 긁었다. 채영의 집도 모르는 상황에서 잠이 들어 버렸으니, 어떻게 해야 좋을지 모르겠다.

늘 단정한 모습만 보이던 채영은 취해서 자는 모습도 단정했다. 가지런히 정돈되어 있던 단발머리가 흐트러져 얼굴을 가린 것 빼고는 자세도, 옷매무새도 흐트러짐이 없었다. 자는 척하는 게 아닌지 의심이 될 정도였다.

진혁은 채영의 옆으로 자리를 옮겨 채영의 둥근 어깨를 살며시 흔들었다.

"누님. 자요?"

채영은 미동조차 없었다. 혹시나 싶어 코 아래에 손가락을 대보았다. 숨결이 느껴지는 걸 보니 죽은 건 아닌 모양이다.

승민이나 현수에게 도움을 청하기 위해 휴대폰을 꺼냈지만, 번호를 누르는 게 망설여졌다. 채영이 두 사람에게만큼은 취해서 잠든 모습을 보이고 싶지 않을 것 같았다. 내일 눈을 떴을 때 현수의 집이면 굉장히 당황할 것이다.

"현수야, 나 어쩌냐?"

여자와 단둘이 술을 마시다가 상대가 잠이 드는 경우는 처음이었다. 게다가 그 상대가 누가 봐도 혀를 내두를 만한 미인인 것 역시 처음 있는 일이다. 촉촉하게 물기 어린 입술이 시선을 잡아끌었지만, 진혁은 힘겹게 눈을 뗴었다.

"저기요, 누님. 제가 아무리 누님보다 어리다지만 알 거 다 아는 남자거든요. 그런데 이러면 곤란합니다."

고민을 하던 진혁은 다시 제자리로 돌아가 남은 술을 마셨다. 그러다 보면 채영이 깰지도 모른다는 생각에서였다. 하지만 채영은 남은 술을 다 마실 때까지 깨지 않았다. 똥 마려운 강아지처럼 안절부절못하던 진혁은 결심한 듯 일어나 채영을 업어 들었다. 그리고 전투에 나가는 사람처럼 진지한 표정으로 중얼거렸다.

"그래요. 갈 데까지 가 봅시다!"

"추워……."

"춥죠. 겨울인데……."

잠결에 들을 리 없는 목소리를 들었다. 그래서 꿈인 줄 알았다.

"너무 추워……."

"더 이상 덮어 줄 게 없어요. 사람 많은 데서 벌거벗을 수는 없잖아요."

꿈치고는 또렷한 목소리였다. 채영은 눈을 번쩍 떴다.

눈을 뜨자마자 보이는 건 자신을 내려다보고 있는 진혁의 얼굴. 그리고 그 뒤로 펼쳐진 희끄무레한 새벽하늘. 상체를 벌떡 세우다가 진혁과 이마가 부딪쳤다.

"으앗……."

"아얏!"

둘 다 비명을 지르며 이마를 감쌌다. 굉장히 아픈 걸 보니 꿈이 아닌 것만은 확실하다.

"대체……."

채영은 아픈 이마를 문지르며 주위를 둘러봤다. 낯선 풍경이 눈앞에 펼쳐져 있었다. 그런데 그 낯선 풍경이 실내가 아닌 실외.

"여긴…… 어디지……?"

"공원 이름은 모르겠는데…… 명동 근처입니다."

"고, 공원?"

"네."

"대체 왜…… 공원엘……?"

"어제 일 기억 안 나세요?"

"어제……?"

어제 현수를 만났고, 그 후에 승민과 진혁이 합류했다. 같이 술을 마시고, 그다음에 진혁과 남아 또 술을 마셨다. 술에 취한 것 같다고 말한 것까지는 기억이 난다.

"나…… 잠들었니?"

"네, 잠들었어요."

"하아."

채영은 작게 한숨을 쉬며 두 손으로 얼굴을 감쌌다.

"폐를 끼쳤네."

"뭐, 노숙은 몇 번 해 봐서 괜찮습니다."

"그냥 어디 넣어 두지 그랬어. 모텔도 상관없는데."

"술 취한 여자를 모텔에 데려다 주고 그냥 나올 만큼 인내심이 강한 남자가 아니라서요."

진혁의 대답에 정신이 들었다. 몸을 바로 하고 앉으려던 채영은, 자신의 몸 위에 덮여 있던 두툼한 파카를 발견했다. 어젯밤 진혁이 입고 있었던 파카였다.

"이거……."

"이불 대용이요. 그래도 추웠죠?"

그제야 진혁이 니트만 입고 있다는 걸 깨달았다. 진혁의 코끝이 빨갰다.

"추웠겠다. 이런 거 안 덮어 줘도 되는데……."

"추운 데서 자면 얼어 죽어요."

"너도 춥잖아."

"난 안 잤으니까 됐어요."

"아…… 미안해."

진혁을 볼 낯이 없었다. 채영을 따뜻하게 해 주느라 진혁은 밤을 꼴딱 새운 모양이다. 그러고 보니 눈이 충혈되어 있었다.

"계속 덮고 계세요. 다리 춥잖아요."

서둘러 건넨 파카를 진혁이 도로 채영의 무릎 위에 덮어 주었다. 진혁의 다정한 행동에 심장이 죄어 왔다. 고개를 들 수가 없었다.

"정말 못 볼 꼴 보였네. 정말 미안해."

"미안한 게 아니라 고마운 거겠죠. 여자한테 미안하다는 말 듣는 거, 별로 안 좋아해요."

"으응. 고마워."

"훨씬 낫네요."

밤새 잠도 못 자고 추위에 떨었으면서도 진혁은 환하게 웃었다. 충동적으로 손을 뻗어 진혁의 뺨을 감쌌다. 꽁꽁 언 뺨을 보니 지난 밤 진혁이 얼마나 추웠을지 짐작이 됐다.

"정말 어디든 집어넣어 주고 가지 그랬어? 너무 고생시켰네."

"말했잖아요. 술 취한 여자랑 밀폐된 공간에 들어갔는데 그냥 나올 정도의 인내심은 없다고."

채영이 진혁을 빤히 응시하며 물었다.

"내가 여자로 보이나 보지?"

"그럼 남잡니까?"

"내가 현수였어도 그랬을까?"

"에이. 현수랑은 어릴 적에 냇가에서 발가벗고 뛰놀던 사이예요. 환상이라고는 없는 몸인데 그런 생각이 들 리가 없죠."

"그래……."

"게다가 누님은 예쁘잖아요. 상대가 저라서 다행인 겁니다. 다른 남자였으면 기회로 삼았을걸요."

예쁘다는 말은 수시로 들어왔는데 진혁이 지나가듯 던진 말에 심장이 뛰었다. 아무래도 술이 덜 깬 모양이라고 생각하며 벌떡 일어났다. 진혁의 파카를 건네줬지만, 진혁은 그걸 도로 채영의 어깨에 걸쳐 주었다.

"어디 들어갈 때까지 걸치고 계세요."

진혁의 파카에서는 진혁의 향기가 묻어나왔다. 어쩐지 얼굴이 달아올라서 채영은 파카를 한껏 끌어올려 얼굴을 가렸다.

"슬슬 전철 다니겠네요. 아니면 자동차 끌고 가실 거예요?"

"전철 타고 가면…… 데려다 줄래?"

생각지도 못한 말이 튀어나왔다. 채영은 아차 싶어서 얼른 입을 다물었다. 내가 대체 왜 이러지?

연인에게도 하지 않는 말을 하고 말았다. 집까지 데려다 달라니. 안 그래도 홑껍데기만 입고 밤을 지새운 사람한테.

"아니, 저기……."

"그러죠, 뭐."

서둘러 말을 바꾸려는데, 진혁이 어깨를 으쓱하며 아무렇지도 않게 대답했다. 채영은 멍하니 진혁을 올려다봤다. 무심히 채영을 응시하는 진혁은 채영이 만난 그 어느 남자보다도 남자다웠다. 채영은 마른침을 삼키며 고개를 숙였다.

"그래, 고마워."

얼마나 염치없는 여자로 보일까.

걱정이 됐지만 그래도 거절하고 싶지 않았다. 이기적이라는 건 알지만 진혁의 파카를 돌려주고 싶지도 않았다. 파카의 따스함보다 거기에 묻어 있는 진혁의 향기가 좋았다.

진혁과 나란히 서서 전철역을 향해 걸어가며 채영은 속으로 주문처럼 되뇌었다.

'얘는 여섯 살이나 어리고 현수 친구야. 다른 마음 품지 마. 절대로.'

재우는 슬슬 미국으로 돌아갈 준비를 했다. 친구의 하는 꼴이 재미있기도 하고, 오랜만에 휴식도 즐기고 싶어서 휴가를 냈는데, 그 휴가 기간도 끝나가고 있다. 미국에 돌아간 후 처리해야 할 일거리를 생각하니 한숨이 먼저 나왔다.

'그나저나 승민이 녀석은 잘하고 있나?'

승민이 그 감정을 사랑이라고 인정한 후 연락을 주고받지 못했다. 사랑을 인정한 승민이 어떤 식으로 행동을 하고 있을지가 궁금했다. 진상을 부리며 상대를 힘들게 만들까 봐 걱정이 되지만, 남의 연애에 끼어들고 싶은 마음은 없었다.

'그 여자, 한번 만나보고 싶었는데 말이야.'

아쉬운 마음이 들었지만 단지 즐겁다는 이유로 계속 일을 미룰 순 없다. 가기 전에 승민이나 보고 가야겠다고 생각하고 있는데, 승민에게서 전화가 걸려 왔다. 상담하고 싶은 것이 있으니 만나자는 얘기였다.

무슨 일이 생긴 건가 싶어서 서둘러 약속 장소로 향했다. 승민은 변함없는 모습으로 재우를 기다리고 있었다.

"또 무슨 일이냐?"

"나 현수랑 사귄다."

"호오. 그래?"

생각보다 빨리 사귀게 된 것 같아서 놀랐다. 지금까지의 행동으로 봤을 때는 몇 개월쯤 더 쩔쩔맬 줄 알았는데.

"서로 마음이 통했지. 나한테 사랑한다고 말할 때의 현수가 얼마나 사랑스러운지 모를 거다."

"……알고 싶지도 않다."

"아니, 알고 싶을걸. 볼에 홍조가 돌고 입술은 촉촉하게 젖어서……."

내가 무슨 부귀영화를 누리자고 한국에 남아 있었을까?

재우는 깊이 후회하며 담배에 불을 붙였다. 현수의 생각에 푹 빠진 승민은 담배 피우지 말라는 말도 하지 않고 주절주절 떠들어 댔다. 현수가 얼마나 사랑스러운지, 얼마나 귀여운지에 대해서.

"상담하고 싶은 게 뭔데?"

시간 가는 줄 모르고 떠들어 대는 승민의 말을 끊었다. 승민은 그제야 정신을 차리고 자세를 바로 했다.

"현수는 정말 사랑스러워."

"……그러냐?"

"그런데 문제가 하나 있어."

"뭔데?"

"……너무 ……워."

"뭐?"

"너무…… 다고."

말하기 부끄러운 걸까? 너무 웅얼거려서 단어를 알아들을 수가
없었다.

"제대로 좀 말해."

"그러니까! 너무 차갑다고."

"차갑다……라. 어떻게 차가운데?"

"일단 일할 때는 절대로 연락을 안 해. 내가 문자 보내도 다 씹
고. 만나면 좀 더 같이 있고 싶은데 출근해야 된다고 서둘러서 들어
가. 밤에 통화를 할 때도 길게 통화하는 법이 없어. 보통 사귄 지 얼
마 안 됐을 때는 서로 끊기 싫어서 계속 통화하고 그러잖아. 그런
게 일절 없다니까?"

"보통은 반대 아닌가? 여자 쪽에서 그런 고민들을 하던데."

"그치? 그런데 우리는 안 그런다니까. 내가 먼저 문자를 보내도
답을 안 하니까…… 아주 죽겠어."

역시 사랑에 빠진 승민은 놀라울 정도로 바보스럽다.

"그럼 헤어져."

툭 던지듯이 한 말에 승민이 소스라치게 놀라며 외쳤다.

"야! 농담이라도 그런 소리는 하지 마라. 내가 현수랑 얼마나 어
렵게 사귀게 됐는데…… 절대 못 헤어져."

"그럼 별수 있냐? 그게 현수 씨 성격이려니 하고 그냥 사귀어야
지."

"방법 없냐? 연락 자주 오게 할 방법."

"연락 자주 오는 게 뭐가 좋은데? 아침에 일어나자마자 일어났다고 문자하고, 점심 먹는다고 문자하고, 화장실 간다고 문자하고…… 그렇게 일일이 보고하면 좋을 것 같냐?"

"엄청 좋을 것 같은데?"

"……그러시겠지. 내가 너랑 무슨 말을 하겠냐."

"어떤 기분일까? 일일이 보고를 받는 건. 도대체 남자들이 왜 그런 걸로 귀찮아하는지를 모르겠다니까?"

"막상 당해 봐라. 귀찮지."

"절대. 네버. 1분마다 한 번씩 문자를 받아도 좋을 것 같아."

"그럼 현수 씨한테 그랬으면 좋겠다고 얘기해 봐."

"얘기해 봤지!"

"현수 씨는 뭐래?"

"정신에…… 병 있냐고…….."

"널 아주 정확하게 보고 있구만."

"난 심각하다."

승민은 정말로 심각해 보였다. 사람을 사귀고, 사랑을 하면 이런 문제로도 심각해질 수 있다는 게 신기했다. 저런 부분으로 고민을 하면서도 사귈 수 있다는 것이 행복할까?

"부럽다."

재우는 소파에 등을 기대며 중얼거렸다.

"뭐가? 문자가 잘 안 오는 게?"

"아니. 일거수일투족을 보고받고 싶을 만큼 사랑하는 사람이 생겼다는 게. 나도 그런 사람 만나서 결혼이나 하고 싶다."

"결혼……?"

"그래. 그런 사람 만나기가 쉽냐? 난 여자랑 사귀면 그 연락 문제 때문에 힘들더라고. 보고받고 보고하고…… 그거 바쁠 땐 정말 귀찮은 일이거든."

"결혼이라……."

승민은 이미 다른 세상에 가 있었다. '결혼'이라는 단어를 처음 들은 사람처럼 승민은 골똘히 생각에 잠겼다. 재우는 다음에 들려 올 말이 무엇인지 짐작이 갔기에, 빙그레 웃으며 승민이 말하기를 기다렸다.

"그래. 현수랑 결혼해야겠다."

"결국 그거냐?"

"엄청 행복할 거야. 그치?"

"글쎄다. 한 가정을 만든다는 게 그렇게 쉬운 건 아니거든. 공과금이며 뭐며…… 지금보다 돈이 더 들 거고, 애도 키워야 하고……."

"얼마나 사랑스러울까? 현수 닮은 딸."

"웬일이냐, 너 닮은 딸을 원할 줄 알았는데."

"물론 나 닮으면 좋지. 하지만 현수를 닮으면…… 와…… 리틀 정현수라니. 사랑스러워서 심장을 떼어 줄 수도 있을 거야."

역시 사랑에 빠진 마승민은 바보다. 하지만 보는 사람의 기분까지도 즐겁게 만드는 바보였다.

이것저것 따져 가며 계산적으로 결혼을 진행하는 일들이 많아지는 이때에, 단지 사랑해서 다른 건 생각하지 않고 결혼을 결심하는 남자가 몇이나 될까. 자신의 친구가 그런 남자들 중 하나가 될지도 모른다는 사실이 기뻤다.

"난 다음 주에 미국으로 돌아간다."

"어? 내 결혼식은?"

"프러포즈한다고 바로 결혼을 하게 되는 게 아니잖아. 양가 허락도 받아야 하고, 식장도 잡아야 하고…… 설마 혼인 신고서부터 작성하려는 건 아니겠지?"

"에이, 아니지. 결혼식은 최대한 여자에게 맞춰 주는 거라고 배웠어. 최고의 결혼식을 선물해 줄 거다."

"프러포즈는 어떻게 할 건데?"

"그거야…… 현수가 가장 좋아할 방식으로 해 줘야지. 새 망치를 사 줄까?"

"……관둬라. 일이랑 관련 있는 걸로 프러포즈하지 마. 멋없으니까."

황당무계한 프러포즈 계획을 떠들어 대는 승민의 이야기를 들어 주다가 늦은 시간이 되어서야 헤어졌다. 돌아가는 발걸음이 즐거운 이유는, 아마도 승민이 느끼는 행복이 전염되었기 때문일 것이다.

비록 지금은 미국으로 돌아가지만, 얼마 안 있어 다시 한국에 오게 되리라고 확신했다. 두 손에 결혼 축하 선물을 가득 들고서.

한 면을 용접할 때는 숨을 멈추고 흔들림 없이. 한 면의 용접이 끝나면 심호흡을 하고 모양새를 살피고, 다시 용접을 시작하고…… 그렇게 몇 번의 작업을 거친 끝에 모든 프레임을 고정시킨 틀이 완성되었다.

모든 것을 수작업으로 처리해야 하기 때문에, 완성까지는 아직도 작업이 많이 남아 있다. 하지만 현수에게 주어진 작업은 막바지에 이르렀다. 이제 사포로 문질러 용접면을 매끄럽게 만들면 끝이다.

사포 작업에 들어가기 전, 현수는 의자를 틀 옆으로 가지고 와 앉아서 숨을 돌렸다.

틀도 중요하지만 그만큼 중요한 것은 실내 인테리어. 탑승자의 편안함과 안정성을 위해 설계팀과 디자인팀 모두가 머리를 짜냈다. 시트와 가죽, 계기판과 글러브 박스 등등…… 자신이 차를 탔을 때 불편함을 느꼈던 것들을 하나하나 점검해서 탑승자 맞춤형으로 만들었다.

아버지의 정비소에서 일할 때, 자동차를 만들어 보려고 했었다. 현수가 신경 쓴 부분은 엔진과 튼튼한 차체. 자동차에 관심이 많아서 만드는 방법은 막연히 짐작할 수 있었지만, 이렇게나 많은 부분을 신경 쓰고 점검해야 할 줄은 몰랐다.

일이 진행되어갈수록, 자신이 이쪽의 일에 얼마나 무지했는지 깨닫게 된다. 자동차 디자이너가 단순히 자동차의 외관만 신경 쓰는 것이 아니라는 것도 이번 일을 통해서 알게 되었다.

승민도, 아버지도, 진혁도…… 현수를 아끼는 사람들은 현수에게 넓은 세상에 발을 담가 보라고 조언했다. 그 조언을 이제야 이해할 수 있을 것 같다.

정비소를 떠나 보니, 우물 안에 있을 때보다 훨씬 넓은 하늘과 세상이 펼쳐져 있었다. 자동차에 대한 기술들도, 현수를 대하는 사람들도 좁은 정비소 안에서 접하던 것들과는 달랐다.

너무 신선해서 두렵지만, 그렇기에 극복해 나갈 때의 즐거움이 컸다.

"선배님!"

마침 앞을 지나가던 용진이 눈에 띄었다. 용진이 움찔하며 멈춰 섰다.

"왜?"

지난번 열심히 하겠다고 말한 이후, 용진은 현수를 없는 사람 취급해 왔다.

"저…… 용접 끝냈습니다."

"그래서?"

"한 번 봐주세요."

"뭘 봐 달라는 거야? 내 담당도 아닌데……."

용진은 투덜거리면서도 다가와서 고정한 프레임을 꼼꼼히 살폈다. 만져 보고 두드려 보고 얼굴을 대 보고…… 한 번 봐달라고 한 것치고는 꼼꼼히 검사한 용진이 물었다.

"사포질은?"

"이제 시작하려고요."

"도와줘?"

"……도와주시게요?"

"그러려고 부른 거 아냐?"

"가, 감사합니다!"

현수가 꾸벅 인사를 하자 용진이 얼굴을 붉혔다.

"뭘 자꾸 감사하대? 같은 직원끼리……."

'같은 직원'이라는 단어가 현수의 가슴에 박혔다. 지금껏 용진은 현수를 같은 직원이라고 인정해 준 적이 없다. 이번이 처음이다.

현수가 환하게 웃자 용진이 인상을 찌푸렸다.

"왜 웃어?"

"그냥 좋아서요."

"조, 좋긴 뭐가 좋아?"

"선배님이 같은 직원이라고 인정해 주신 거요."

"……내 인정받아서 뭐 하려고? 쥐뿔도 없는 놈인데……."

"제 선배님이시잖아요."

"……배알도 없다. 그렇게 욕을 먹었으면서도 선배님이라고 하고 싶냐? 그런 식으로 순진한 척하면서 남자 꼬시나 보지?"

"저한테 넘어오셨습니까?"

"넘어가긴 뭘 넘어가! 난 절대로 사내 커플 같은 건 안 하는 주의야."

"그럼 이런 식으로 순진한 척한다고 남자 꼬실 수 있는 건 아니네요, 뭐. 용접은…… 어떤가요?"

"잘했네. 처음 한 것치고는."

"정말요? 튼튼하게 됐나요?"

"안전 검사할 때 얼마나 튼튼한지 알 수 있겠지. 사포질 바로 시작해?"

"점심 먹고 하려고요."

"알았다."

용진이 손을 휘휘 젓고는 자리를 떠났다. 현수는 다시 의자에 앉아 자신이 용접한 프레임을 물끄러미 응시했다.

모터쇼의 콘셉트 카로 나온 자동차이니 도로를 달릴 일은 없을 것이다. 하지만 저 자동차가 도로 위를 달리는 모습을 상상했다. 럭셔리한 외관을 자랑하는 자동차. 도로를 달릴 때마다 사람들의 시선을 끄는 자동차.

승민이 왜 그리도 자신의 자동차에 목을 매는지 알 것 같았다. 그저 자동차를 만드는 한 부분에 일조를 했을 뿐인데도, 그 자동차가 도로를 달리면 가슴이 뿌듯할 것 같다. 그것이 사람들의 칭찬을 받는다면 도로에 나갈 때마다 가슴이 설레리라.

"아, 얼른 완성된 거 보고 싶다."

12월은 연말에 있는 송년 파티로 떠들썩하다. 본사의 몇몇 팀이 함께 진행하는 송년 파티는 매년 커다란 호텔의 레스토랑을 빌려서 크게 진행해 왔다. 올해의 송년 파티 공지가 내려오자 여직원들은 어떤 드레스를 입고 갈지 의논하느라 바빠졌다.

"난 한 벌 사려고. 봐 둔 게 있거든."

"나도, 나도. 이럴 때 아니면 드레스 입을 일이 없으니까."

"연예인들은 좋겠다. 시상식이며 뭐며…… 예쁜 옷 입을 일이 많잖아."

"선배님은 뭐 입으실 거예요? 이번에도 빨간 드레스?"

여유롭게 다리를 꼬고 앉아 있던 채영에게 질문이 날아들었다. 작년에 채영은 허벅지까지 파인 차이나풍 빨간 드레스를 입어서 화제가 됐다. 그때 찍은 사진이 한동안 회사 내에서 공공연히 돌아다녔다.

"글쎄. 뭐 입을까 생각 중."

"선배님은 몸매도 좋고 얼굴도 예쁘니까 뭘 입어도 잘 어울리겠죠. 아아, 부럽다."

"이번에도 마 대리님이 에스코트해 주시는 거예요?"

"아니."

채영이 가볍게 고개를 젓자, 휴게실에 모인 여직원들의 눈이 동그래졌다. 어쩌면 하나같이들 관심을 보이는지. 그들의 호기심이 우스워서 채영은 속으로 웃었다.

"왜요? 마 대리님이랑 선배님이랑 사귀시잖아요. 아, 마 대리님은 이번에 못 오신대요?"

"하긴…… 모터쇼 준비로 바쁘시니까……."

"그래도 송년 파티 땐 오시지."

채영이 설명을 하기도 전에 자기들끼리 멋대로 떠들어 댔다. 다른 때였다면 모르는 척 넘어갔을 것이다. 승민과 이별을 했어도 승민을 다른 여자에게 내주고 싶지 않았으니까. 하지만 이젠 그럴 생각이 없다.

"마 대리님이랑 나랑 헤어진 지 오래됐어."

"정말요?"

그들로서는 깜짝 고백이었을 것이다. 불과 얼마 전까지만 해도 승민과 채영은 딱 달라붙어서 연인 같은 모습을 보여 왔다.

"왜요? 언제 헤어지셨는데요?"

"선배님이 차셨어요?"

"설마…… 마 대리님, 바람피우셨어요?"

남의 연애사에 왜 이리 관심이 많은지 모르겠다. 하지만 승민이 오해를 받는 건 싫었기 때문에, 둘 다 합의하에 헤어진 거라고 말했다.

그래도 그들은 믿는 눈치가 아니었다. 채영이 뭐라고 한들, 그들 사이에서는 이러저러한 소문이 돌아다닐 것이다. 이별 사실을 밝히지 않은 이유 중엔 이런 이유도 있었다.

같은 여자이기는 하지만, 여직원들 사이의 파벌 형성이나 험담은 채영을 피곤하게 만들었다. 앞으로는 사내 커플 따위는 절대로 하지 않으리라.

"마 대리님도, 나도 마음이 안 맞아서 자연스럽게 헤어졌을 뿐이야. 마 대리님한테는 좋은 사람이 생겼고, 더 이상 나와의 관계로 오해를 받게 되는 건 싫어. 괜한 소리들 하지 마."

단호하게 말하자마자 질문이 쏟아져 나왔다.

"마 대리님, 애인 생겼어요?"

"누구요? 선배님도 아는 사람이에요?"

"예뻐요?"

"우리 회사 다녀요?"

이런 질문이 돌아올 줄은 몰랐다. 아마 이들 중 몇몇은 승민을 노리고 있었을 것이다. 채영이라는 벽이 있어서 감히 노릴 생각은 못 했겠지만, 채영이 헤어졌다는 걸 알리자마자 속으로 딴생각을 품었을 테지.

'죄 많은 남자 같으니.'

승민이 선택한 여자가 이곳에 있는 여직원들 중 한 명이 아니라서 다행이다.

"내가 아는 사람이고 좋은 여자야. 마 대리님이랑 잘 어울리고…… 자기들도 아는 사람일걸?"

"우리들이요? 우리 회사 사람?"

"넓은 의미에서 우리 회사 사람이지. 본사 근무는 아니지만."

"누군데요? 여기 온 적 있어요?"

"현수 씨."

"현수 씨……가 누구지?"

현수가 본사에 오간 시간은 짧았던 데다가, 디자인팀 사무실 쪽에는 자주 오지 않았기 때문에 이름만으로는 다들 모르는 눈치였다. 고개를 갸우뚱하던 여직원 한 명이 '아아.'라며 아는 체를 했다.

"나 누군지 알 것 같아. 그…… 저번에 마 대리님 팀에 왔던…… 그 남자애 같은 그…… 걔 이름도 현수였던 것 같은데…… 김현수였나? 강현수였나?"

"아……! 누군지 알겠다. 남자 같은…… 머리 짧고. 정현수였어.

정현수. 설마 걔예요? 걘 아니죠?"

"걔 맞아."

채영의 대답에 다들 경악을 금치 못했다.

"에이, 농담도. 선배님이랑 헤어지고 그런 여자랑 사귄다고요?"

"마 대리님이랑 진짜 안 어울리던데."

"너무 어린애 같던데요? 생긴 것도 그렇고, 옷 입는 것도 그렇고……."

"진짜 별로던데. 너무 남자 같고……."

"그치? 난 그냥 마 대리님 아는 동생인 줄 알았어. 마 대리님 스타일은 진짜 아닌데."

여직원들이 잘 걸렸다는 듯 현수의 험담을 시작했다. 말투가 너무 딱딱하다는 둥, 일부러 털털한 척하려고 하는 것 같다는 둥, 촌스럽다는 둥. 과거에 승민의 연인이던 채영이 듣고 있어서 더 심하게 말하는 것일지도 모르겠다.

몇 주 전이었다면 그들이 현수를 험담하는 걸 듣는 게 즐거웠을지도 모르겠다. 하지만 지금은 조금도 즐겁지 않다.

제 욕을 들은 것도 아닌데 속이 부글부글 끓었다.

그 애가 마승민 스타일이야. 니들처럼 사람 없는 데서 남 욕하고, 외모만 치장할 줄 아는 그런 여자가 마승민 스타일일 줄 알았니? 아니야. 자기 할 말은 다 하면서도, 사실은 남 생각을 먼저 해주고 아픈 곳을 다독여 줄 줄 아는 그런 여자가 마승민 스타일이야.

니들은 나랑 매일 붙어 있으면서도 내가 무슨 짓을 하는지 모르지? 나랑 몇 번 보지도 않은 그 애는 알더라. 내가 얼마나 고통스러운지, 그 촌스러운 애는 알아주더라. 그래서 마승민이 그 애를 사랑하는 거야. 잘 빠진 몸매에 예쁜 옷을 입고 다니는 니들이 아니라, 대충 걸치고 다녀도 반짝반짝 빛이 나는 그 애를 사랑하는 거야. 나도 그렇고.

'나도 그렇다고?'

자신이 한 생각에 퍼뜩 놀라 정신을 차렸다.

불과 얼마 전까지만 해도 '그런 애'라고 생각했다. 촌스럽고 남자 같은 애. 어린 티를 벗지 못한 애. 여자라고 생각할 수 없는 애. 지금 눈앞에서 욕을 해 대는 여직원들보다 더 심하게 생각했었다.

하지만 이제는 아니다. 촌스러운 옷도, 털털한 행동도 현수에게서 뿜어져 나오는 빛을 감추진 못했다.

'여자답다'라는 건 과연 무엇을 보고 정의를 내리는 걸까? 예쁜 옷? 조심스러운 행동거지? 부드러운 말투? 풍만한 몸매?

그런 것들로 정의내릴 수 없다는 걸 현수를 보면서 알게 되었다. 한 남자를 진심으로 매혹시키고 사랑에 빠뜨릴 수 있다면, 그것이 바로 여자다운 것이다.

현수가 아무리 남자처럼 행동한들, 현수의 여성성은 사라지지 않았다. 그러니까 승민이나 세찬처럼 멋진 남자들이 현수에게 빠져드는 거겠지.

하지만 채영은 그 이야기를 여직원들에게 해 주지 않았다. 말한다고 한들 알아들을 리도 없다.

다만 채영은 뱃속에서부터 끓어오르는 승부욕을 가라앉히기 위해 노력하지 않았다.

현수가 촌스럽다고? 두고 봐. 그 말, 쏙 들어가게 해 주지.

"승민 씨. 나 좀 봐."

모니터로 최근의 자동차 동향에 대해 살펴보던 승민은 채영의 부름에 고개를 들었다가 깜짝 놀랐다. 이유는 모르겠지만 채영의 기세가 너무나 형형해서 목이 졸리는 듯한 기분이 들었다.

'뭐, 뭐지?'

채영의 내부에서 무언가 끓어오르고 있다는 것을, 승민은 알 수 있었다. 그것이 무엇인지는 모르겠지만 조금 무서웠다.

"얼른!"

채영의 닦달에 승민은 군대 선임에게 명령을 받은 것처럼 벌떡 일어났다. 지나가던 세찬이 심상찮은 두 사람의 모습을 보더니 황급히 시선을 피했다.

'날 존경한다더니!'

승민이 도와줄 생각은 전혀 없는 듯한 세찬에게 원망스러운 눈빛을 보냈지만, 세찬은 승민을 돌아보지 않았다. 하지만 승민의 시선이 어디로 향하는지 눈치챈 채영이 세찬에게 손짓했다.

"세찬 씨도 같이 좀 봐야겠어."

"저, 저도요? 전 일이 있는데…….."

"일은 나도 있어. 잠깐 미뤄 두고 따라와."

결국 두 남자는 기세에 밀려, 주춤주춤 채영의 뒤를 따랐다.

채영은 빈 회의실에 두 남자를 밀어 넣었다. 두 남자는 마른침을 꿀꺽 삼키며 채영을 바라봤다.

"무, 무슨 일이야?"

승민이 입을 열었다.

"연말 파티 때문에 할 이야기가 있어."

"아아, 연말 파티. 난 다른 계획이 있어."

"저도요."

연말 파티 때문이라는 걸 알자 승민과 세찬은 긴장을 풀었다.

"아니, 자기들한테는 다른 계획 같은 건 없어. 자기들은 연말 파티에 와야 돼. 현수 데리고."

"현수 데리고?"

"현수 데리고요?"

승민과 세찬이 동시에 대답하고는 서로의 얼굴을 쳐다봤다.

'이 여자 왜 이러냐? 난 전혀 모르겠다.'

'저도 전혀 모르겠습니다. 왜 이러는 걸까요?'

서로 눈빛 교환을 하는데, 채영이 말했다.

"연말 파티, 올해도 사람 많이 올 거야. 현수 자랑하고 싶지 않아?"

"숨겨 두고 나만 보고 싶은데……."

팔불출 같은 발언에 채영의 한쪽 눈썹이 올라갔다. 승민은 움찔하며 뒷걸음질을 쳤다.

"예쁜 애인이잖아. 자기, 아직도 나랑 자기랑 사귄다고 오해받는 거 알지? 그 소문 계속되면 아무리 현수 씨라도 기분 상할 거야. 그리고 여자들은 원래 남자친구가 자기를 여기저기 데리고 다니고 소개시켜 주고 그러기를 바라. 여자 마음 정말 모르네."

승민이 세찬에게 '정말이야?'라는 눈빛을 보내자, 세찬은 자기도 잘 모른다는 듯 어깨를 으쓱했다.

"나도 같은 여자니까 알아. 내 애인이 날 자랑스럽게 여기고 사람들한테 소개시켜 주면 뿌듯하고 기쁘지. 하지만 꼭꼭 숨겨 두고 아무한테도 안 가르쳐 주면, 이 남자가 날 부끄럽게 여기나…… 그런 생각이 들어. 게다가 그 남자가 회사에서 다른 여자랑 사귀고 있다는 소문까지 돌아봐. 더 속상하지. 현수 씨가 아무리 멀리서 일해도 같은 회사야. 거기까지 소문 돌아갈지 누가 알아?"

채영의 설명이 승민의 마음을 움직였다.

"그럼…… 데리고 오지, 뭐."

"그런데 저는 왜 부르신 겁니까?"

세찬이 물었다.

"그거야 승민 씨 혼자서는 못 데리고 올 것 같으니까. 현수 씨, 파티 같은 자리 싫어할 것 같거든. 그래서 세찬 씨 도움이 필요해."

"제가 가잔다고 가진 않을 텐데……."

"그렇겠지. 하지만 두 남자가 가자고 하면 싫다고는 안 할걸. 두 사람이 같이 현수 씨를 에스코트해. 현수 씨가 돋보이게."

"네에?"

"어이, 김채영. 현수는 내 애인이거든? 에스코트는 나로도 충분해."

"맞아요, 선배. 제가 어떻게 현수를 에스코트합니까? 승민 선배

님이 계시는데. 전 그냥 현수한테 파티 가라고 부추기기만 할게
요."

"아니. 승민 씨로는 부족해. 세찬 씨도 같이해 줘야겠어. 이건 부
탁이 아니야. 명령이야."

황당한 명령이었다. 두 남자는 채영의 속을 도무지 짐작할 수가
없었다. 무슨 꿍꿍이일까?

쉽게 대답하지 못하는 두 남자를 보며 채영이 눈을 가늘게 뜨고
웃었다. 은밀하고도 계획적인 눈웃음이었다.

꼼짝 못 하는 두 남자에게 다가선 채영은 두 남자가 절대 거절할
수 없게 만드는 한 마디를 내뱉었다.

"두 사람, 현수 씨가 드레스 입은 모습을 보고 싶지 않아?"

드레스!

이 얼마나 아름다운 단어인가.

드레스!

이 얼마나 여성스럽고 달콤한 단어인가.

그 어떤 사랑의 미사여구보다도 은밀하고 달고 사랑스러운 마법
의 단어, 드레스.

'드레스 입은 걸 보고 싶어!'

채영과의 대화가 끝난 후 승민의 머릿속은 드레스로 꽉 차 있었
다. 현수가 드레스를 입은 모습이라니. 상상도 해 본 적이 없다. 현

수와 드레스는 너무도 어울리지 않아서, 현수와의 결혼을 꿈꾸면서도 웨딩드레스를 입은 현수를 꿈꾸진 못했다.

'그래, 드레스…… 파티에는 드레스지.'

드레스는 고사하고 치마조차 입지 않는 현수다. 아니, 그 흔한 블라우스 한 번 입은 적 없다. 전에 승민이 사 준 원피스는 현수의 방 벽면에 잘 장식되어 있는 걸 확인했다. 그런 현수가 드레스라니.

'정말 예쁠 거야.'

드레스를 입은 모습을 상상해 보려 했지만, 잘 그려지지 않았다. 상상력을 동원해서 그려 내 보려고 하면 어느새 뚱한 표정의 현수가 후드 티셔츠를 입고 등장했다.

'드레스 입은 걸 봐야만 돼!'

현수의 드레스 차림은 누구에게도 보여 주고 싶지 않지만, 파티라는 이유가 없으면 현수가 드레스를 입을 리도 없었다.

게다가 '여자는 애인이 자기를 여기저기 데리고 다니고 소개시켜 주는 걸 좋아해.'라는 채영의 말이 승민의 마음을 흔들어 놨다. 그런 걸 좋아한다면 질릴 만큼 해 줘야지.

공장 주차장에 차를 세우자마자 공장 건물을 향해 빠르게 걸음을 옮겼다. 빨리 현수를 만나서 파티 이야기를 할 생각뿐이었다.

그런 승민의 눈에 현수와 한 남자가 함께 걸어 나오는 모습이 보였다. 현수의 옆에 서 있는 남자는 가끔 공장에 들를 때마다 보던 사람으로, 인상이 별로 좋지 않은 남자였다.

"정현수."

승민이 부르자 현수가 멈춰 섰다.

"마승민 씨?"

그러고 보니 오늘 공장에 들르겠다는 얘기를 안 해 됐다.

"그래, 마승민 씨다. 네 애인."

옆에 있는 남자에게 들리도록 큰 소리로 말했다. 남자는 우습다는 듯 콧방귀를 뀌었다.

"안녕하쇼. 마승민 대리."

인사를 하는 말투가 마음에 들지 않았다. 울컥했지만 표정 관리를 하며 정중하게 인사했다.

"안녕하십니까. 우리 현수, 잘 부탁드립니다."

"흥. 먼저 간다. 수고해."

"네, 오늘 도와주셔서 감사합니다. 내일 봬요."

남자가 떠났다. 현수가 쪼르르 달려오기에 두 팔을 벌렸다. 현수는 자연스럽게 승민의 품으로 파고들었다.

"누구야?"

"선배님이요. 오늘 사포질하는 거 도와주셨어요."

"흐음. 그래? 친한가 보지?"

"힘든 일 도와주셨으니까요. 저녁 대접이라도 하려고 했죠."

"같은 직원끼리 무슨 놈의 대접이야?"

"……왜 그렇게 까칠해요? 질투합니까?"

"질투는 무슨 질투. 난 질투 없는 남자로 유명해."

현수가 승민의 배를 쿡 찔렀다.

"질투 엄청 많은 것 같은데. 그나저나 온다는 말도 없이 웬일입니까?"

"좀 오면 안 돼?"

"안 되는 건 아니지만 야근이라도 있었으면 기다렸어야 되잖아요. 날도 추운데."

"널 기다리는 건 안 힘들어. 못 보는 게 힘들지."

승민은 현수의 손을 잡고 주차장으로 이끌었다.

"저 선배, 예전에 절 되게 싫어했었어요. 근데 그게 다 이유가 있었더라고요."

"무슨 이유?"

"아까 일하면서 얘기했었는데…… 예전에 전철에서 치한으로 고소를 당했대요. 아무 짓도 안 했는데 여자가 막무가내로 밀어붙였나 봐요. 그런데 나중에 알고 보니까 그 여자가 그런 식으로 남자들 등쳐먹는 꽃뱀이었대요."

"별일이 다 있군."

"그쵸? 그래서 여자라면 치가 떨린다고 하더라고요."

"그렇다고 모든 여자를 싫어하는 건 말이 안 되지."

"난 이해할 것도 같던데요. 마승민 씨 때문에 모든 자동차 디자이너가 싫어질 뻔했거든요."

"……넌 가끔 내가 네 애인이라는 걸 잊는 것 같아."

"사실은 사실이니까요. 첫인상은 진짜 최악이었는데…… 팬티차림이라니, 도대체 뭔 생각으로 팬티만 입고 돌아다닌 겁니까?"

"내가 팬티만 입고 돌아다니는 남자는 아니야. 그땐 다 이유가 있어서…….."

"그 이유 좀 들어봅시다."

"그게 말이지…….."

승민은 그날의 일을 차근차근 설명했다. 고장 난 면도기, 신차 디자인 공모에 대한 정보, 분노의 발길질, 바지에 튄 더러운 담배꽁초.

"……단지 그것 때문에 바지를 벗었다고요?"

"남의 타액은 최악이야."

"물티슈로 닦았다면서요. 굳이 벗어야 될 이유가 있습니까?"

"물티슈로 닦는다고 완전히 깨끗해지는 건 아니잖아. 으으, 지금 생각해도 끔찍하다. 정말 처참했지."

현수가 갑자기 걸음을 멈추더니 뭔가 생각하는 듯 승민의 바지를 물끄러미 응시했다. 그러다가 손가락에 자기 침을 묻혀서 승민의 바지에 슥 문질렀다.

승민은 현수가 뭘 하나 싶어서 멍하니 처다봤다. 현수가 고개를 들었다.

"바지 안 벗습니까?"

"왜?"

"내 침 묻혔잖아요."

귀여워!

현수의 생각지도 못한 행동이 가슴을 두드렸다. 승민은 저도 모르게 현수를 꽉 끌어안았다.

"왜 이래요?"

"네 침은 괜찮아."

"타액은 끔찍하다면서요."

"네 건 괜찮아. 온몸에 묻혀도 돼."

"온몸이라니…… 그건 또 무슨 소립니까?"

"왜? 야한 생각 했어?"

"야한 생각은 마승민 씨가 하는 거겠죠!"

현수가 버둥거리며 승민을 떼어 냈다. 승민은 싱글싱글 웃으며 두 팔을 벌렸다.

"자, 더 묻혀도 돼. 아…… 옷이 두껍네. 아예 벗을까?"

"……됐습니다."

현수는 황당하다는 듯 승민을 쳐다보다가 걸음을 옮겼다. 승민은 현수를 따라가며 물었다.

"내가 벗은 걸 보고 싶었던 거 아냐? 오랜만에 내가 바지 벗은 걸 보고 싶었어?"

"마승민 씨가 바지 벗은 걸 왜 보고 싶겠습니까? 끔찍한 소리는 하지도 마세요."

"솔직해져 봐. 너무 참고만 살면 병나."

"병은 마승민 씨 머리에 난 것 같네요."

"마승민 씨 말고 오빠라고 불러 봐."

"얘기가 왜 거기로 튑니까? 얼른 문이나 열어요."

다른 사람들은 모르겠지. 현수가 이렇게 귀엽다는 걸. 승민은 자신만 볼 수 있는 현수의 사랑스러운 모습에 벅찬 감동을 느꼈다.

저녁은 현수네 집 근처에서 먹었다. 현수와 데이트를 하면서 외식을 하는 일이 늘어났다. 누가 만들었는지, 무엇을 넣었는지 알 수 없는 음식을 먹는 건 여전히 싫은 일이다. 하지만 맛있게 먹는 현수에게 가타부타 불평을 늘어놓고 싶지 않았다.

반찬은 손대고 싶지 않아서 흰밥만 먹으며 말했다.

"연말에 회사에서 송년 파티를 해. 같이 가자."

애인의 부탁이니 거절은 하지 않을 거라 생각했다.

"싫습니다. 제가 거길 왜 갑니까?"

하지만 현수는 가차 없었다. 충격이다. 싫은 외식까지 참으면서 하고 있는데, 이렇게나 차갑다니!

"왜 가긴. 너도 하명 자동차 사원이잖아."

"그럼 우리 공장 직원들도 다 참석합니까?"

"……그건 아니지만."

"것 봐요. 전 안 갑니다."

"고민하는 척이라도 해 보고 거절할 순 없냐?"

"어차피 거절할 건데 고민하는 척하면 좀 낫습니까?"

"심해, 정현수. 너무 심해. 왜 안 오려는 건데? 어차피 동반 1인이야. 자기 애인 데리고 오는 사람들도 많고. 근사한 호텔에서 근사한 디너를 먹는 데다가, 유명한 개그맨이 와서 사회도 봐. 1년에 한 번쯤은 파티에 가는 것도 괜찮잖아."

"싫습니다. 시끌벅적하고 사람 많은 건 별로예요."

"대체 왜? 사람들 앞에서 내 애인인 거 자랑하고 싶지 않아? 나한테 침 발라 놨다고 여기저기 말해 둬야지. 내 지인들에게 너의 존재를 부각시키고 싶다는 생각, 없어?"

현수는 젓가락을 내려놓고 승민을 가만히 응시했다.

"마승민 씨는 그러고 싶은가 보죠?"

"그래!"

"알았어요. 그럼 이번 주말에 우리 고향에 가요. 친구들 소개시켜 줄게요."

"정말?"

"네. 어차피 집에 한 번 내려갈 때도 됐고…… 이번에 가는 김에 애들한테 모이라고 하죠, 뭐."

"몇 명이나 나올까?"

"글쎄요. 일단 거기 남아 있는 애들은 다 나올 거예요. 적어도 네, 다섯 명 정도?"

"뭐 입고 가지?"

"지금처럼 입으면 됩니다."

"뭐 사 들고 가야 하나? 어디서 모일 건데?"

"시내 식당에서 모이겠죠. 피자 가게가 제일 무난한 것 같아요."

"알았어. 기대해. 멋진 모습으로 등장해 줄 테니까."

"……꼭 그럴 필요는 없는데요."

현수의 친구들을 소개받는다는 생각에 본연의 목적을 잊었다. 승민은 신이 나서 남은 밥을 퍼먹다가 퍼뜩 정신을 차렸다.

"이 요물. 또 날 낚았어."

"낚긴 뭘 낚아요?"

"파티 얘기 하고 있었잖아. 가면 즐거울 거야. 시끄러운 분위기도 아니고…… 맛있는 음식도 많아. 뷔페 좋아하지, 뷔페?"

"아, 마승민 씨. 내일 집에서 밥 해 드릴게요."

"밥을? 네가?"

"네. 바깥에서 사 먹는 거 입에 안 맞죠? 요새 계속 밥만 먹잖아요. 반찬은 손도 안 대고."

"그거야 그렇지만…… 요리도 할 줄 알아?"

"당연하죠. 아버지랑 둘이 살았는데…… 기본적인 건 다 할 줄 압니다. 좋아하는 음식 있어요?"

"나야, 뭐…… 해물탕?"

"알았어요. 내일 해 줄게요."

"장도 같이 보고?"

"그러고 싶어요?"

"응!"

승민이 열심히 고개를 끄덕이자 현수가 피식 웃었다. 때때로 보여 주는 바람이 부는 듯한 그 미소가 승민은 좋았다.

"그럼 내일 회사 끝나고 같이 마트에 가요."

"그래!"

가슴이 설레었다. 현수가 해 주는 밥을 먹다니. 게다가 장도 같이 보고. 이건 마치 신혼부부 같지 않은가!

외식이 싫어서 밥만 먹는다는 걸 현수가 눈치채 주었다는 것도 고맙고 기뻤다. 무심한 척하면서도 승민을 잘 관찰하고 있었던 모양이다. 사랑받고 있구나. 그런 생각에 가슴이 따뜻해졌다.

콧노래가 절로 나오는 흥겨운 기분으로 현수를 집에 데려다 주고, 승민도 집으로 돌아왔다. 하루 종일 입고 다녔던 정장 재킷을 벗은 후에야 승민은 깨달았다.

"파티!"

현수는 승민이 생각했던 것보다 훨씬 노련한 여자였다. 승민은 채영의 선견지명에 감탄하며 세찬에게 문자를 보냈다.

[실패다. 네 힘이 필요해. 도와다오.]

세찬은 회사 회의실에서 승민과 접선했다.

"선배님 제안도 거절했는데 제가 말한다고 가겠습니까?"

"응. 현수는 너한테 약해."

"그럴까요?"

"원래 여자는 자기가 찬 남자한테 약해지는 법이거든."

승민은 아픈 곳을 아무렇지도 않게 찔렀다. 우스운 건, 그다지 아프지 않다는 사실이었다. 얼마 전까지만 해도 현수의 마음을 얻을 수 없다는 게 괴롭고 힘들어서 밤잠도 설쳤다. 그 괴로움이 마치 꿈이었던 것처럼 희미하다.

어째서일까.

세찬은 진지하게 현수의 공략법을 고민하는 승민을 바라봤다.

아마도 상대가 승민이기 때문일 것이다. 도저히 이길 수 없는 사람. 자신의 디자인을 도용했다는 걸 알면서도, 세찬의 상황을 이해해 주고 다독여 줄 만한 배포를 가진 사람.

"네가 애원해 봐."

"애원이요?"

"그래. 네가 서글픈 표정으로 꼭 같이 가고 싶다고 말하면 분명 거절하지 못할걸."

"제 제안에 현수가 오케이하면 선배님은 기분이 나쁘지 않겠습니까?"

"지금은 상황이 상황이니까. 우리의 목적은 같잖아."

"같죠. 현수의 드레스 차림."

"그래. 한 목적으로 뭉쳤으니 누구 제안에 오케이를 하든 괜찮아. 현수가 드레스 입은 걸 볼 수만 있다면!"

"그건 그래요. 어떨까요? 상상이 안 되는데……."

"나도. 도무지 상상이 안 된다. 어쩌면 굉장히 안 어울릴지도 몰라. 그럼 사진 찍어 놓고 약점으로 삼아야지."

이 사람은 정말…….

세찬이 알아왔던 것과는 다른 모습이지만 이런 승민도 싫지 않았다. 아니, 오히려 경직되어 있던 예전의 모습보다 보기 좋았다. 예전에는 두통 때문인지 습관적으로 관자놀이를 눌러 대는 모습이 자주 보였는데, 요새는 그런 버릇도 사라졌다.

"그럼 오늘 저녁에 현수 만나 보겠습니다."

"아! 오늘은 안 돼. 현수가 밥해 주기로 했거든."

상상만 해도 좋은지 승민의 입가가 풀어졌다.

"장도 같이 볼 거야. 마트에서. 둘이."

"네, 네. 그럼 내일 만나죠."

"꼭 해내. 무슨 수를 써서라도 오게 만들어. 알겠지?"

아무리 과거의 일이라지만, 한때 연적이었던 남자를 의심조차 하지 않다니. 순진한 건지, 신뢰가 깊은 건지 모르겠다.

사랑하는 여자를 뺏기긴 했지만 그래도 존경하는 마음은 사라지지 않았다. 존경하는 사람에게 신뢰를 받는다는 건 꽤나 좋은 기분이다.

세찬은 승민의 신뢰를 저버리지 않기 위해서라도 어떻게든 현수를 오게 만들겠다고 결심하며 회의실에서 나왔다.

용접한 곳을 매끄럽게 만들기 위한 사포질은 생각보다 오래 걸렸다. 어제 하도 문질러서 욱신거리는 팔로 사포질을 하고 있는데, 용진이 지나가는 말처럼 물었다.

"마승민 대리랑 사귀나 보지?"

"네? 아…… 네."

"좋은 남자 만났네."

"마승민 대리님이랑 아는 사이십니까?"

"직접 아는 건 아닌데…… 괜찮은 녀석이더라. 자기 맡은 일을 정말 꼼꼼하게 처리하던데. 전에 CM 만들 때도 와서 하나하나 점검하고, 문제 되는 부분을 같이 고민하고 그러더라고. 그렇게 열심히 뛰어다니는 사람은 처음 봤어."

자기가 칭찬을 받은 것도 아닌데 기뻤다.

"네, 정말 열심히 하는 것 같아요."

"자기 남자친구 칭찬한다고 좋아하는 것 봐라."

용진은 그런 현수가 싫지 않은지 피식 웃었다.

"이번 자동차는 마 대리가 거의 원탑으로 추진한 거라면서? 어떻게 완성될지 궁금하네."

"3D 디자인 안 보셨습니까?"

"보긴 했는데 실제로 만들어지는 모습을 보면 느낌이 또 다르니까. 이렇게 완전 수작업으로 자동차 만드는 건 처음이야. 위에서 용케 허락했네."

이쪽 사람들은 승민과 최민석 사이에 있었던 거래를 모르고 있었다.

한번 말문이 트인 용진은 말이 정말 많았다. 사포 작업을 하는 내내 용진의 이야기가 끊이질 않았다. 현수는 건성으로 대꾸하면서 어젯밤의 일을 떠올렸다.

'파티라니⋯⋯.'

승민의 제안을 들었을 때는 정말 당황했다. 파티에 가 보고 싶긴 하지만 입고 갈 만한 옷이 없었다. 회사에 올 때도 멋지게 차려입고 오는 사람들이니, 1년에 한 번 있는 송년 파티에는 평소보다 훨씬 신경 써서 입고 올 것이다. 현수에게는 결혼식에 입고 갈 만한 옷도 없었다.

승민의 제안을 매몰차게 거절한 건 미안했지만, 옷이 없어서 못 가겠다는 말은 하기 힘들었다. 만약 그렇게 말하면 승민은 걱정 말라며 옷을 준비해 줄 것이다. 그게 싫었다.

하명 자동차에서 월급쟁이 생활을 하면서 승민의 월급도 그리 많지 않으리라는 것을 알게 되었다. 거의 매일 야근을 하면서 힘들게 버는 돈을 함부로 쓰게 만들기는 싫다.

아마 현수를 위해서 옷을 살 땐 저렴한 가격의 옷을 사지는 않을 것이다. 지난번에 사 준 옷들도 모두 브랜드 제품이었다.

"다 된 것 같은데……."

용진이 매끄러워진 면을 확인하며 말했다.

"팀장님한테 확인받고 진행하면 되겠다. 난 간다."

용진은 올 때와 마찬가지로 훌쩍 자리를 떠났다. 현수는 사포를 내려놓고 한 걸음 뒤로 물러났다. 잘 다듬어진 틀은 틀만으로도 존재감을 드러냈다.

용진이 보고를 했는지 팀장이 다가왔다.

"끝났다며?"

"네. 한 번 봐주세요."

"어디 보자."

팀장은 꼼꼼히 용접면을 확인했다. 만져 보고 두드려 보고 눌러 보고. 20분 정도의 시간을 소요한 후에야, 팀장이 현수를 보며 씩 웃었다.

"잘했다."

"잘됐습니까?"

"그래. 이제 틀에 판 끼워 넣고 도색작업 해야지. 다음 주쯤이면 외형은 만들어지겠네. 다음 주 주말쯤에 부품들 도착하면 조립해 보자. 아, 도색 작업 구경 갈래?"

"그래도 됩니까?"

"왜 안 되겠어? 이번 주에 보낼 거고 다음 주 월요일에 작업 예약해 놨다. 오전에 바로 시작할 거니까 도색 공장으로 출근해."

"네!"

승민을 만나서 진행 상황을 알려 주고 싶다. 퇴근 시간이 기다려졌다.

작업을 잘 끝냈으니 오늘은 쉬라는 말에, 현수는 대기실로 들어왔다. 두꺼운 문을 닫자 공장의 소음이 어느 정도 사라졌다. 조용한 공간에 앉아 있으니 이런저런 생각들이 찾아왔다. 얼마 전 승민이 연락 문제로 칭얼거렸던 게 떠올랐다.

현수는 휴대폰을 꺼내 만지작거리다가 승민에게 문자를 보냈다.

[얼른 보고 싶어요. ―현수]

기다렸다는 듯 답장이 돌아왔다.

[나도. ―승민]

[먼저 문자를 다 하고, 웬일이야? 무슨 일 있어? ―승민]

[아뇨. 그냥 보고 싶어서요. ―현수]

[좋은데? 보고 싶다는 말 좋다. ―승민]

[칼퇴하고 날아갈게. 추우니까 밖에서 기다리지 마. ―승민]

[네, 이따 봐요. ―현수]

짧은 대화지만 그것만으로도 행복했다. 이래서 연애를 하는 모양이다.

대기실 의자에 잠시 누워 있다가 어느새 잠이 들었던 모양이다. 어깨를 흔드는 느낌에 눈을 뜨자 직원들의 모습이 보였다. 현수는 화들짝 놀라 몸을 일으켰다.

"잘 잤어?"

"되게 잘 자네."

"용접하느라 고단했나 봐."

직원들이 어린 동생을 대하듯 한마디씩 했다. 얼굴이 화끈거렸다.

"죄송합니다."

"죄송하긴. 나가 봐. 마 대리님 왔더라."

"아, 네에. 그럼 먼저 가 보겠습니다."

부끄러운 마음에 몇 번이나 허리를 숙여 인사하고 밖으로 나왔다. 승민과 함께 서울로 향하며, 현수는 일의 진행 상황을 열심히 이야기했다. 승민은 간간이 추임새를 넣으며 현수의 이야기를 들었다. 그랬어? 그래서? 그거 대단한걸? 잘했네.

승민이 지루해하지 않고 잘 들어주는 게 기뻤다. 현수는 원래 수다스러운 성격이 아니었다. 혼자서 누군가에게 길게 이야기를 하는 건 처음이었다.

한참 이야기를 하다가 불현듯 정신이 들었다. 지금 하는 이야기의 내용은 승민도 알고 있는 내용들이다. 아니, 현수보다 승민이 더잘 알 것이다. 혹시 승민이 지루한데도 참고 있는 게 아닐까, 라는 생각에 승민을 쳐다봤다. 승민은 운전을 하면서 싱글싱글 웃고 있었다.

"얘기 끝났어?"

현수가 말을 하지 않자 승민이 물었다.

"지루하지 않습니까?"

"지루해? 뭐가?"

"제 이야기요. 어차피 다 아는 얘기일 텐데."

"안 지루해. 오히려 좋은데."

"뭐가 좋아요?"

"네가 입술을 오물오물 움직이면서 열심히 얘기하는 거. 그거 정말 귀여운 거 알아? 꼭 토끼 같아."

"……."

토끼 같다는 칭찬은 처음이었다. 귀엽다는 칭찬에는 익숙하지 않아서 어떤 반응을 보여야 좋을지 알 수 없었다.

"더 얘기해 줘. 목소리 듣고 싶어."

멍석 깔아주면 못 한다는 말은 이런 걸 말하나 보다. 승민이 말하라고 부추기자, 그 많던 이야기가 쏙 들어갔다. 현수는 입술을 살짝 내밀고 똑바로 앉았다.

"왜 입술은 내밀고 그래? 뽀뽀하고 싶어?"

"운전이나 하세요."

하지만 승민은 신호에 걸리자마자 얼른 현수에게 입을 맞췄다. 현수는 눈을 가늘게 뜨고 승민을 흘겨봤다.

"운전 중에 이런 짓 하다가 사고 납니다."

"그럼 입술 내밀지 마. 네 입술은 정말……."

"거기까지만 하세요."

승민의 솔직한 감정 표현은 기분 좋지만 때때로 현수를 부끄럽게 만들었다. 며칠 전에 승민은 현수와 키스를 한 후에, 네 입술은 마치 솜사탕 같다고 말했다. 솜사탕이라니! 사랑해서 해 주는 말이라는 건 알지만, 손발이 오그라들 것 같은 느낌을 받게 되는 건 어쩔 수 없다.

원래 계획은 현수의 집에서 저녁을 먹는 거였는데, 현수의 집 근처에 도착할 무렵 승민이 말했다.

"아무래도 여자 혼자 사는 집에 남자가 드나드는 건 좀 아닌 것 같다. 우리 집으로 가자."

사귀지도 않는데 키스를 해 댔던 사람치고는 의외로 보수적인 면이 있었다. 하지만 그렇게 세심한 부분을 챙겨 주는 부분이 현수는 좋았다.

그리고 보면 승민은 늘 현수를 배려했다. 첫 만남 때부터 현수를 집까지 데려다 줬으니까. 이런 남자를 어찌 사랑하지 않을 수 있겠는가. 처음에는 승민이 인기 많다는 말을 믿을 수가 없었지만, 이제는 인기 많은 이유를 알 것 같다.

승민의 집 근처에 있는 마트에 가서 장을 봤다. 카트는 승민이 밀었다.

"뭐 해? 자, 어서."

승민이 팔꿈치를 들썩거렸다. 팔짱을 끼라는 뜻이다. 현수는 승민의 팔에 가볍게 손을 얹었다.

"우리 신혼부부처럼 보이겠지?"

승민이 싱글싱글 웃으며 말했다.

"형, 동생처럼 보이지 않을까요?"

"팔짱 끼고 다니는 형, 동생이 어디 있어? 그리고 너, 이제 남자처럼 안 보여."

"그거야 마승민 씨 눈에만 그렇죠."

"아니, 진짜로. 요새 얼마나 예뻐졌는지 알아?"

"그래요?"

"끼리끼리 논다는 말이 괜히 나오는 게 아니야. 사람이 서로 어울리다 보면 닮게 되거든. 친한 친구라고 하는 애들 보면 되게 비슷비슷하게 생겼잖아. 내 광채가 너에게도 전염된 모양이다."

"……."

"그리고 보면 넌 행운아야. 내 얼굴을 매일 볼 수가 있잖아. 사람이 아름다운 걸 보면 수명이 길어진대. 넌 오래 살 거다."

"……."

"크흑. 난 내 얼굴 보려면 거울을 봐야만 하는데, 넌 그냥 그 자리에서도 볼 수 있으니 얼마나 좋냐? 진짜 행복하겠다."

"……."

내가 이 사람과 계속 팔짱을 끼고 있어야 하는 걸까?

현수는 이 대화를 듣는 사람이 없기를 바라며, 살며시 승민에게서 떨어졌다.

"진지하게 물어볼게. 내 얼굴을 보고 싶을 때마다 쉽게 감상할 수 있는 건 대체 어떤 기분이야? 가슴이 벅차거나…… 그런 거야?"

"……."

"……사람이 말을 하면, 아주 작은 관심이라도 보여 줄 순 없는 거야?"

"마승민 씨."

"응?"

"거기 돼지고기나 넣어요."

"……응."

"집에 김치는 있어요?"

"아니."

"저번에 김장하시던데…… 어머님이 안 보내 주셨습니까?"

갑자기 승민의 표정이 밝아졌다. 현수는 이 남자가 또 무슨 소리를 하려고 이러나 싶어 뒤로 한 걸음 물러섰다. 승민은 카트를 놔두고 성큼 다가와 현수의 양쪽 어깨를 붙잡았다.

"한 번만 더 해 봐."

"……뭐요?"

"어머님……이라고."

"하아. 됐습니다."

"얼른."

"어머님."

한 번쯤 장단에 맞춰 주자는 생각에 하라는 대로 해 줬더니, 승민은 음악을 감상하는 사람처럼 눈을 감았다. '어머님'이라는 단어를 깊이 음미하던 승민이 갑자기 눈을 번쩍 떴다.

"좋다."

"그, 그래요?"

"그래, 정말 좋다. 네가 우리 어머니를 어머님이라고 부르는 거. 상상 이상으로 좋아."

"알겠으니까 이 손 좀 놔주시죠."

"결혼하자."

"……네?"

"평생 우리 어머니를, 어머님이라고 부르게 해 줄게."

"……."

이 남자가 정말……

현수는 할 말을 잃었다. 이게 승민의 장난이라면 받아줄 생각이 있었다. 결혼 가지고 장난치는 건 싫긴 하지만, 그래도 좀 격한 장난이라고 생각하고 받아넘기면 그만이다. 그래서 찬찬히 승민의 얼굴을 뜯어 봤다. 승민의 눈빛은 더없이 진지했다.

그러자 울컥 화가 치밀었다. 프러포즈인 거야? 이런 식으로? 마트에서 장 보다가 갑자기?

프러포즈에 대한 환상을 갖고 있었던 건 아니다. 근사한 레스토랑에서 사랑의 밀어를 속삭이다가 반짝이는 반지를 보여 주며 결혼합시다, 라고 말하기를 바란 적은 없다. 아름다운 클래식 선율이나 케이크 안의 깜짝 반지 이벤트 따위를 기대하지도 않았다.

하지만 이런 식은 아니었다. 고민도 없이, 그저 '어머님'이라는 단어가 듣기 좋다는 이유만으로 성급히 내뱉는 프러포즈는 싫다. 최악이다.

세세한 부분에 신경을 써 주는 남자가, 일생일대의 대사건 중 하나인 결혼을 이런 식으로 취급한다는 사실이 믿어지지 않았다.

현수는 여전히 어깨를 잡고 있는 승민의 손목을 잡아 옆으로 비틀었다. 아아악, 승민이 작게 비명을 지르며 왜 그러냐는 듯 현수를 쳐다봤다. 왜 그러는지 몰라서 그래? 정말?

"노란 고무줄, 당분간 나 볼 생각 하지 마."

"현수야."

승민이 붙잡았지만 현수는 거칠게 그의 손을 떼어 내고 마트를 떠났다. 혼자 남겨진 승민은 멍하니 현수가 사라진 곳을 바라보다가 머리를 쥐어뜯었다.

"대체 왜! 나랑 결혼하기 싫은 거야?"

진혁은 휴대폰 송화기 부분을 막고 채영을 쳐다봤다. 채영은 비스듬히 앉아서 진혁이 통화하는 모습을 지켜보고 있었다.

"현수가 잠깐 보자는데……."

"그래? 단둘이?"

"같이 있다고 말해도 돼요?"

"나쁜 짓 하고 있는 것도 아닌데, 뭐."

진혁은 고개를 살짝 끄덕이고는 현수에게 말했다.

"나 지금 채영 누님이랑 같이 있는데…… 응, 너네 회사 채영 누님. 여기로 올래? ……응, 알겠어. 여기가 서울역 근처에 있는 카페인데, 서울역 도착하면 연락해. 데리러 나갈게. ……그래, 이따가 봐."

"지금 오겠대? 승민 씨도 같이?"

통화를 끝낸 진혁에게 채영이 물었다. 진혁이 어깨를 으쓱했다.

"글쎄요. 같이 온다는 말은 없었는데."

"그래? 이상하네. 오늘 현수가 저녁밥 해 주기로 했다면서 사방 팔방 자랑하고 다녔는데."

"승민 형님도 참…… 생긴 거랑 다르게 행동하네요."

"그치? 나도 그런 남자인 줄 몰랐어. 현수랑 사귀고 나서부터 생각지도 못한 모습을 자꾸 보여서 당황스러울 정도야. 오늘 얼마나 자랑을 하고 다니는지 회사 여자애들이 아주 경악을 하더라. 무심한 듯 시크한 게 승민 씨 이미지였거든. 그래서 여직원들이 더 열광했던 거고."

"그렇게 인기가 많아요?"

"응. 거의 아이돌이었지, 뭐. 승민 씨가 회식 자리 같은 거 별로 안 좋아하거든. 약간 결벽증 있잖아. 그래서 여직원들끼리 내기 같은 것도 하고 그랬어. 누가 마승민을 회식에 오도록 만드나, 이런 거."

"헤에. 하긴…… 저도 처음 승민 형님 봤을 때는 깜짝 놀랐으니까요. 예쁘장하게 생겼잖아요. 아, 그런데 오늘은 왜 만나자고……?"

"아아, 그게…… 회사에서 연말에 송년 파티를 해. 동반 1인까지 함께 참석할 수 있고. 같이 가지 않을래?"

"저요?"

진혁이 눈을 동그랗게 뜨고 자신을 가리켰다. 채영이 빙그레 웃으며 고개를 끄덕였다.

"응, 너."

"하지만 전…… 너무 어리지 않아요? 그런 파티에 가기엔…… 아직 학생이기도 하고."

"내년이면 졸업이잖아. 그리고 우리 회사에 너보다 어린 애들도 있어. 파티에 나이가 무슨 상관이니?"

"아…… 그건 그렇죠. 파티랑 나이는 상관없죠."

진혁은 바로 대답하지 못했다.

"내 상대로는…… 좀 그런가?"

"네, 좀 그렇죠…… 아, 이건 나쁜 뜻이 아닙니다. 오해 마세요. 그저 누님같이 멋진 여성분을 에스코트하기에는, 일개 학생인 제가 너무 부족하지 않을까 싶어서……."

"난 상관없는데. 아니, 이런 태도는 그만둘게. 사실 너한테 부탁하는 거야. 같이 가 달라고."

애원하는 듯한 어조에 진혁이 침을 꿀꺽 삼켰다.

"부탁……이요……?"

진혁은 채영이 왜 이러는 건지 알 수 없었다. 채영은 거리를 다니면 누구나 돌아볼 만큼 미인이었다. 채영이 손짓만 하면 달려와서 꼬리를 흔들 남자들이 넘쳐났다. 굳이 진혁에게 부탁을 하지 않아도 다른 남자들에게 뉘앙스만 풍기면 언제든 함께해 줄 것이다.

그런데 왜 나한테 이러는 걸까?

쉽게 대답하지 못하는 진혁에게 채영이 차분하게 설명했다.

"현수는 아마도 승민 씨랑 세찬 씨가 에스코트를 해 줄 거야. 하지만 나는 에스코트를 해 줄 사람이 없어. 회사의 남직원들한테는 이런 이야기를 하고 싶지 않아. 우습잖아. 같이 갈 사람이 없으니 같이 가 달라는 부탁."

"하지만 저한테는 하시잖아요."

"너는 이런 걸 우습게 생각하지 않을 것 같아서. 그리고 내 의도를 왜곡하지 않을 것 같고, 또 나에게 아무것도 기대하지 않을 것 같아서."

"기대요?"

"응. 다른 남자들은 내가 이런 부탁을 하면 기대를 해. 관계에 진전을 보이려고 이러나? 사귀고 싶은 건가? 한 번 할 수 있을까? 그런 기대들이 부담스러워서 난 남자한테 이런 부탁을 하지 않아."

"누님이 뭔가 오해를 하시는 것 같은데, 전 여자 아닙니다."

진혁의 말에 채영이 부드럽게 웃었다. 한쪽 눈만 살짝 찡그리고 웃는 모습이 몹시도 매혹적이었다.

"응. 알아. 하지만 넌 현수 친구잖아."

"현수 친구라는 이유로 '일반 남자'의 범주에서 벗어나는 거군요. 기뻐해야 하는 건지, 슬퍼해야 하는 건지……."

"같이 가 줄래?"

"그러죠, 뭐."

"그래. 그럼 시간 비워 둬. 옷은 내가 준비해 줄게."

"아뇨, 제가 알아서 입고 모시러 가겠습니다. 이왕 하는 에스코트인데 제대로 해야죠."

"기대되네."

곧 현수에게서 서울역이라는 전화가 걸려왔다. 진혁은 서둘러 나가서 현수를 데리고 왔다. 진혁과 함께 들어온 현수의 표정은 그야말로 죽상이었다.

"안녕하세요. 시간 방해해서 죄송합니다."

채영을 발견한 현수가 꾸벅 허리를 굽히며 사과했다. 자신의 친구인 진혁이 채영과 따로 만나고 있는 걸 이상하게 여기는 듯한 기색은 없었다.

"괜찮아. 표정 안 좋다. 무슨 일 있어?"

"프러포즈를 받았습니다."

"어머? 정말? 승민 씨한테?"

"벌써 프러포즈를 했단 말이야?"

채영과 진혁이 깜짝 놀라 동시에 물었다. 사랑에 빠진 여자라면 기뻐할 만한 소식을 전하면서도 현수의 표정은 어두웠다.

"오늘 네가 밥 차려 준다고 동네방네 떠들고 다니던데, 정말 좋았나 보다. 알콩달콩 저녁 먹다 보니까 결혼하고 싶어졌나 보지?"

채영의 말에 현수가 미간을 좁혔다.

"저녁은 아직 먹지도 않았습니다. 저녁 준비할 거 사려고 마트에 갔었어요."

현수는 담담한 어조로 마트에서 있었던 일을 설명했다. 현수가 승민의 어머니를 '어머님'이라고 불렀더니 승민이 프러포즈를 했다는 부분에 접어들자, 채영은 한 손으로 입을 가리고 혀를 찼다. 진혁은 할 말이 떠오르지 않아 입을 살짝 벌린 채 멍하니 현수를 쳐다보고 있었다.

"제가 남자를 사귀어 본 적이 없어서요. 그래서 잘 모르겠는데…… 원래 프러포즈라는 게 그런 겁니까? 그렇게 마트에서 돼지고기 집어 들고 아무렇지도 않게 툭 던지듯이 말하는 게 정석인 겁니까? 제가 그 자리에서 화를 내고 나온 게 이상한 걸까요? 정말 빈정거리는 게 아니라, 원래 현실에서는 그런 건데 제가 너무 환상을 갖고 있는 건지 궁금해서요."

혼란스러운 듯한 현수의 말에 채영은 일단 작게 웃었다. 기분 나쁜 게 당연한 건데도, 혹시나 자신에게 문제가 있는 걸까 봐 걱정하는 모습이 신선했다.

다 웃고 나자 이번에는 승민에 대한 실망감이 생겨났다. 달콤하고 다정한 남자인 줄 알았는데, 중요한 순간을 바보처럼 망쳐 놓는 남자였다. 마트에서 그렇게나 멋없이 프러포즈를 하다니.

"화내는 게 맞아. 당연히 화내야지. 그게 뭐니? 내가 다 화가 나네."

"승민 형님, 그렇게 안 봤는데…… 정말 실망이다. 그런 프러포즈 따위로 우리 현수를 채가려고 하다니!"

"진짜 짜증 났겠다. 한 대 때려 주지 그랬어? 나 같았으면 가만 안 뒀을 거야."

"아무리 네가 남자 같고 성질머리 더럽고 우악스러워도 그렇지, 프러포즈를 그런 식으로 하냐? 그치?"

그 와중에도 진혁은 세심하게 현수를 깔아뭉갰다. 현수는 진혁의 뒤통수를 한 대 때려 준 후에 크게 한숨을 내쉬었다.

"제가 이상한 건 줄 알았어요. 너무 큰 기대를 품고 있었나 싶기도 하고…… 프러포즈 같은 거, 누가 먼저 하든 상관없다고 생각은 하지만 그래도 마트에서 하는 건 정말 아니잖아요."

"응, 정말 아니지. 화낸 건 잘한 거야. 정말 별꼴이네. 속은 기분이야. 그런 남자인 줄 몰랐는데."

현수보다 채영이 더 분개했다. 주위 사람들이 화를 내 주자, 현수는 오히려 기분이 가라앉았다. 혼란스러운 감정이 잔잔해지고 나니, 이 상황에 대한 의문이 싹텄다. 현수는 자신의 옆자리에 앉은 진혁과 맞은편에 앉은 채영을 한 번씩 돌아본 후, 고개를 갸우뚱하며 물었다.

"그런데 두 분은 왜 만나고 있는 겁니까?"

이야기 다섯, 크리스마스 선물

채영은 진혁과 함께 송년 파티에 갈 거라고 했다. 채영이 선택한 파트너가 진혁이라는 사실이 놀랍다기보다는, 송년 파티라는 게 그렇게 중요한 건가 싶어서 놀랐다. 딱히 파트너가 없으면 혼자 가도 되는 자리인 줄 알았는데.

"꼭 파트너를 데리고 가야 합니까?"

현수의 질문에 채영이 고개를 저었다.

"아니, 반드시 그래야 하는 건 아냐. 혼자 오는 사람들이 더 많지. 하지만 난 파트너가 있어 주는 편이 편해서."

"아…… 남자들이 귀찮게 해서요?"

"그런 것도 있고."

"……마승민 씨도 여자들이 귀찮게 할까요?"

"아마도 그렇겠지? 승민 씨 노리는 여자들이 굉장히 많거든."

"그렇군요."

"현수 씨, 안 오게?"

"네, 전 그런 자리 익숙하지도 않고⋯⋯."

"승민 씨 혼자 오면 여직원들이 난리 날 텐데⋯⋯ 괜찮겠어?"

"여직원들이 난리 난다고 흔들릴 마음이면, 어쩔 수 없는 거겠죠."

"현수 씨, 단단히 삐쳤구나?"

승민의 단점이라고 할 만한 부분들까지도 모두 사랑한다. 유독 잘난 체를 하는 점, 결벽증, 바보스러운 면. 하나도 빠짐없이 사랑하고, 심하다 싶을 때도 참아 줄 수 있다. 하지만 가볍지 말아야 할 부분에서 가볍게 행동하는 건 싫었다. 날 우습게 보는 건가, 라는 생각이 들기까지 한다.

당분간 승민을 보고 싶지 않다. 하지만 헤어지고 싶은 건 아니다.

"이런 걸 삐쳤다고 하는 거군요."

"연인 사이라는 게 다 그렇지 뭐. 삐치기도 하고 정말로 화를 내기도 하고, 그러다가 풀기도 하고. 늘 좋을 순 없잖아. 아무튼 파티는 생각해 봐. 재미있을 거야. 이런저런 경험을 해 보는 게 좋아."

적당히 대답을 하고 커피숍을 나섰다. 채영은 더 있다가 가라고 했지만, 두 사람을 방해하고 싶지 않았다.

'진혁이가 김채영 씨를 좋아하나? 아니면 김채영 씨가 진혁이를 좋아하는 건가?'

어울리지 않는 두 사람이지만 이유 없이 만나는 것 같진 않았다.

'김채영 씨가 진혁이를 좋아할 리는 없지. 그런 놈이 뭐가 볼 게 있다고.'

현수의 눈에 진혁은 수다스럽고 어린애 같고 방정맞기만 했다. 어릴 적부터 발가벗은 모습까지도 다 본 가족 같은 사이였기 때문에 남자로서의 매력을 조금도 찾아볼 수가 없었다.

혼자서 지하철을 탔다. 문 옆에 기대어 서서 덜컹거리는 지하철의 흔들림에 몸을 맡겼다. 문득 이 시간에 지하철을 혼자 타는 것도 오랜만이라는 생각이 들었다. 늘 승민과 함께였다.

승민과 다투고 헤어진 지 몇 시간도 안 지났는데, 벌써 승민이 보고 싶다. 당분간 볼 생각 하지 말라고 엄포를 놓긴 했는데, 이쪽이 못 견딜 것 같아서 큰일이다.

승민은 뭘 하고 있을까? 아직 마트에 있을까? 아니, 지금쯤 집에 돌아갔겠지. 괜히 화냈나? 그냥 참고 넘어갔어도 되는 일인데. 전화해 볼까?

무심코 휴대폰을 꺼냈을 때, 기다렸다는 듯 문자가 왔다. 세찬이었다.

[내일 잠깐 좀 볼 수 있을까?]

현수는 세찬에게 전화를 걸었다. 현수의 답장을 기다리고 있었는지, 세찬은 바로 전화를 받았다.

"지금 봬요."

[지금? 선배님이랑 같이 저녁 먹는 거 아니었어?]

승민이 동네방네 소문을 내고 다녔다더니, 세찬까지 그 사실을 알고 있었다. 가슴에 알싸한 통증이 일었다. 현수는 바로 대답하지 못하고 가슴 위에 손을 얹었다. 왜 아픈 걸까? 화를 낸 건 내 쪽인데.

여자친구가 저녁을 해 주기로 했다고 여기저기 알릴 만큼 기뻐했던 승민을 마트에 놔두고 와 버렸다. 승민의 경거망동 때문에 비롯된 일이기는 하지만, 마음이 좋지 않았다.

"그러게요. 마승민 씨랑 같이 저녁을 먹기로 했죠……."

넋두리처럼 중얼거렸다. 세찬의 목소리에 걱정이 담겼다.

[무슨 일 있는 거야?]

"아니요. 아, 오늘은 역시 안 되겠네요. 내일, 저녁때 댁으로 찾아뵐게요. 박 교수님도 오랜만에 뵙고 싶고."

[그래, 내일 보자. 기다릴게.]

전화를 끊었다. 마침 현수가 서 있던 쪽의 문이 열렸다. 현수는 이것저것 재보지 않고 전철에서 내렸다.

괜한 자존심을 내세워 서로 상처를 입는 건 싫다. 승민이 아픈 것도 싫고, 자신이 아픈 것도 싫었다. 승민이 속상하면 자신도 속상해지니까 화가 난 건 이쯤에서 푸는 게 좋겠다.

반대편 전철로 갈아타면서 현수는 승민에게 전화를 걸었다. 어디냐고 물었더니 현수의 집 앞이란다.

"왜 거기 있습니까? 저 지금 마승민 씨 집으로 가는 길인데……."

그렇게 말했더니 승민은 다급한 목소리로 '꼼짝 말고 기다려! 금방 집으로 갈게.'라고 외쳤다. 승민의 초조함이 현수에게까지 전해졌다.

엉성한 프러포즈로 인한 속상함은 전화를 끊는 순간 풀렸다. 현수가 왜 화를 내는지 모르면서도 어떻게든 풀어 주려고 현수의 집 앞에서 기다렸을 승민을 생각하니, 도저히 화를 낼 수가 없었다.

'그래, 마승민 씨의 프러포즈가 그 정도밖에 안 되는 거라면 내가 하면 되지, 뭐. 언젠가 깜짝 놀랄 만큼 근사하게 프러포즈를 해서, 마승민 씨가 기뻐하는 모습을 보면 되는 거야.'

승민은 현수와 비슷한 시간에 도착했다. 현수에게 걸어오는 승민의 걸음걸이는 더뎠다. 현수가 또 화를 낼까 봐 무서운 모양이다. 주인에게 혼나 귀를 축 늘어뜨린 강아지와 승민이 겹쳐 보였다.

"화 풀렸습니다."

현수의 말에 승민의 표정이 급속도로 환해졌다.

"그래? 그럼 저녁밥 해 줄 거야?"

아, 이 남자를 정말 어쩌면 좋을까?

현수의 분노가 승민에게는 난데없는 봉변이었을 것이다. 그런데도 승민은 그 부분에 대해 언급 없이, 그저 현수의 화가 풀렸다는 데에 기뻐했다. 승민의 그런 부분이 좋았다.

"네, 늦지 않았으면요."

"안 늦었어. 밥도 안 먹었고. 배고프다."

"나두요."

"그럼 마트부터 갈까?"

"그래요. 아직 안 닫았겠죠?"

"요새 마트들은 열두 시에 닫더라. 저녁 메뉴는 뭐야?"

"돼지고기 김치찌개랑 고등어조림이요. 고등어 먹어요?"

"당연하지. 집에서 한 건 뭐든 먹어."

"의외네요. 까다로울 줄 알았는데."

"외식을 싫어하는 것뿐이야."

둘은 언제 싸웠냐는 듯 손을 꼭 붙잡고 마트로 향했다. 불어오는 바람은 몹시도 차가웠지만, 마주 잡은 손은 땀이 날 정도로 따뜻했다.

잠시 회사에 대한 생각에서 벗어나 있었다. 짧은 자유였다. 진혁을 만나고 현수의 고민 상담을 듣는 동안에는 진탕과도 같은 현실에서 벗어난 기분을 만끽했다. 회사의 모든 일들이 사실은 그저 악몽에 불과했던 것처럼, 저편으로 미뤄 두고 있었다.

진혁을 만난 이튿날 회사에서 일을 하는데, 사장에게 호출이 왔다. 점심때 밖에서 만나자는 내용이다. 사장이 할 이야기를 대충 짐작할 수 있었다. 채영은 작게 한숨을 쉬며 옆자리의 승민을 쳐다봤다.

승민은 즐거운 표정이었다. 오늘 출근을 하자마자, 승민은 현수가 얼마나 요리를 잘하는지에 대해서 한참 동안 떠들어 댔다. 얼마 전까지만 해도 자동차 때문에 고민하고 힘들어하던 남자와 동일 인물이라는 걸 믿을 수가 없었다. 현수의 남자친구인 승민에게, 자동차 같은 건 아무 의미도 없는 듯했다.

같은 여자인 현수에게 질투를 느껴야 마땅한데 오히려 승민이 부러웠다. 마승민은 좋겠다. 의지할 수 있는 사람을 만나서. 회사 일을 떠나 마음껏 기대고 부빌 수 있는 사람을 만나서.

　같이 점심을 먹자는 승민의 제안을 거절하고, 점심시간이 시작되기 30분 전에 회사를 나섰다. 사장과의 만남은 은밀하게 이루어져야 했다.

　회사에서 멀리 떨어진 곳의 낡은 기사식당으로 들어갔다. 식당과는 어울리지 않는 분위기의 남성이 보였다. 손님과 점원들이 그를 흘끗흘끗 쳐다봤다. 이런 곳에서의 만남이 더 눈에 띄지 않을까 하는 생각이 들었다.

　"오랜만이에요, 사장님."

　채영은 최 사장의 맞은편에 앉았다. 최 사장은 대답 없이 벽에 걸린 메뉴판을 가리켰다. 채영은 적당히 주문을 했고, 음식은 곧바로 나왔다. 사장이 수저를 들기에, 채영도 일단 식사를 했다. 반쯤 먹었을 때 사장이 입을 열었다.

　"결심은 여전한가?"

　"네, 당연하죠."

　"이사회에서 카르트를 주시하고 있어. 갑자기 홍보하고 판매를 시작하겠다고 하니 슬슬 불안해지는 모양이야."

　"예정대로 진행하는 건 어려울까요?"

　"그건 아니지. 최 과장이 잘 구워삶았을 테니, 최 과장만 밀어붙이면 그대로 진행할 거야. 다만 이사회에 멍청이들만 모여 있는 건 아니거든. 몇 명이 괜찮겠냐고 의문을 제기하면, 귀가 얇은 최 과장이 흔들릴지도 몰라."

　"그럴 일은 없을 거예요."

"어떻게 그렇게 확신하지?"

"최 과장님은 마 대리의 실력을 질투하고 있거든요."

"……흠."

"저도 같은 디자이너니까 그 기분 알아요. 마 대리가 그린 자동차를 처음 봤을 땐 혼란스러웠죠. 지금껏 내가 그린 자동차들은 뭔가…… 그런 생각? 사람들은 질투의 대상에게 두 가지 반응을 보이죠. 내 사람으로 만들어 그의 재능까지 나를 위해 사용하게 하든가, 아니면 내치든가."

"최 과장은 내치는 걸 선택한 건가?"

"좋은 기회예요. 최 과장님 입장에서는 마 대리를 이쪽 업계에서 내보낼 수 있는 둘도 없는 기회죠. 쉽게 그만둘 리 없어요."

"최 과장은 내 사위지만…… 줏대 없는 놈이야."

"아무리 줏대가 없어도 자존심은 있답니다. 남자들이 헛된 자존심을 지키기 위해 무슨 짓을 할 수 있는지, 사장님은 아시잖아요."

최 사장이 작게 한숨을 쉬었다.

"이번 일은 자네에게도 타격이 클 거야."

"사장님이 보호해 주시지 않을 건가요?"

"힘껏 보호해 주려고 하겠지만, 아무리 이 위치에 있다고 해도 사람들의 마음을 움직이는 건 힘들어. 동료를 배신한 디자이너라는 평판은 쉽게 닦아 내기 힘들 거야. 어쩌면 평생 자네에게 꼬리표처럼 따라다닐지도 모르지."

"그래요. 그렇겠죠. 그 정도는 각오하고 있어요."

"그럴 만한 가치가 있는 일인가? 나야 내 회사를 위해서라지만,

자네가 왜 그렇게 발 벗고 나서는지 모르겠군."

그 이유에 대해서는 굳이 설명할 필요가 없었다. 그 이유, 처음에는 허세 때문이었다. 무언가 멋진 일을 해서 승민에게 은혜를 입히자. 승민을 위한다는 것은 겉포장일 뿐, 사실은 은혜를 입히고 싶은 생각이 있었다. 그러나 차츰 그 생각이 바뀌었다. 근사한 선물을 해 주고 싶다. 오래전 사귀었던 남자가 마음껏 뛰놀 수 있는 깨끗한 물을 만들어 주고 싶다. 그 깨끗한 물에서 그 남자가 점점 커지는 모습을 보고 싶다. 그러면 한때 저 남자가 내 것이었다는 사실에 자부심을 가질 수 있겠지.

'이것도 일종의 허영심인가?'

채영의 얼굴에 피어오른 은밀하고도 쓸쓸한 미소가 사장에게는 대답이 된 모양이다. 최 사장은 더 이상 이유에 대해 묻지 않았다.

"어쩌면 이쪽 업계에서 일하기 힘들어질지도 몰라. 자네가 동료라고 생각했던 사람들도 자네에게서 등을 돌리게 되겠지. 그렇게 되더라도 이 일에 대해 함구할 각오가 되어 있나?"

최 사장이 조금 매몰차다 싶을 정도로 차갑게 물었다.

"혼자였죠. 외로워질 거라고도 생각했어요. 얼마 전까지만 해도."

"……이젠 아니라는 건가?"

"네, 이젠 아니에요. 진심으로 날 걱정해 주는 사람이 있거든요. 내가 무슨 짓을 해도, 그 사람은 날 믿어 줄 거예요."

현수의 얼굴이 떠올랐다. 유리구슬처럼 맑은 눈동자에 담긴, 진심 어린 걱정의 빛.

승민에게만 기대고 부빌 사람이 생긴 게 아니었다. 채영에게도 그 사람은 채영을 믿어 줄 단 한 사람이 되었다.

식당에 들어올 때부터 차게 식었던 손끝이 다시 온기를 되찾았다.

"그럼 자네를 믿고 일을 진행시키겠네. 아, 박세찬이한테는 자네가 경고를 해 주게. 그 친구한테 무슨 일이 생기면 나도 여러 가지로 곤란해지거든."

사장과의 만남을 끝내고 회사로 돌아온 채영은 세찬을 회의실로 불렀다. 세찬과 함께 회의실로 걸어가며, 채영은 사장과 세찬의 관계에 대해 고민했다. 사장이 일개 사원일 뿐인 세찬을 걱정해 주는 것이 의아했다.

'박세찬 씨, 그렇게 안 봤는데 백이 있는 건가?'

세찬은 채영이 송년 파티 때문에 불렀다고 생각했는지 오늘 현수를 만나기로 했다고 보고했다. 얼마 전까지만 해도 채영을 의심스러운 눈빛으로 보던 세찬이었는데, 지금은 전혀 그렇지 않았다. 세찬이 의심을 거둬서 다행이라는 생각이 들었지만 다시 그 의심의 불꽃을 타오르게 만들어야만 했다.

한 사람을 망하게 만드는 일이 이토록 고단하고 외로운 길을 걸어야 하는 일일 줄은 몰랐다. 채영은 지긋지긋하다고 생각하며 입을 열었다.

"그건 아무래도 됐고…… 세찬 씨, 최 과장님 팀에서 하던 일, 나한테 넘길래?"

세찬은 자기 귀를 의심하며 채영의 입술을 바라봤다. 채영이 입술을 혀로 살짝 축이며 말했다.

"내가 그 팀에 들어가야겠어. 세찬 씨는 원래 승민 씨랑 같이 일하고 싶어 했잖아. 마무리라도 승민 씨랑 같이해."

"……지금 그게 무슨 말씀이신지?"

"말 그대로야. 승민 씨한테 의리 지키려고 승민 씨 팀에 들어가긴 했는데…… 사실 이번에 승민 씨가 만드는 자동차는 내 타입이 아니거든. 카르트 모델 보니까 예쁘더라. 약간 스포츠카 분위기도 나는 게…… 거기 이름 올리고 싶어."

"선배님……."

"세찬 씨라서 솔직하게 부탁하는 거야."

세찬은 하고 싶은 말이 많은 듯 입술을 달싹거렸다. 하지만 가까스로 혼란스러운 눈빛을 가라앉히고, 낮게 가라앉은 목소리로 말했다.

"거의 진행된 일이라서 팀을 바꿀 수 있을지 모르겠습니다. 최 과장님께서 허락해 주시지도 않을 것 같고요."

"과장님한테는 내가 얘기할게. 저번에 말씀드렸더니 좋은 반응을 보이셨거든. 아마 수락하실 거야."

"……."

"세찬 씨한테는 미안하지만……."

채영은 세찬에게 한 걸음 다가갔다. 세찬은 피할 생각도 못 하고 채영을 내려다봤다. 채영은 세찬의 가슴에 손바닥을 살짝 얹고 말했다.

"지금까지 세찬 씨 공은 나한테 좀 돌려줘. 대신 값은 톡톡히 치를게. 세찬 씨가 원하는 대로."

"……선배님."

세찬은 괴로운 표정으로 채영의 손을 떼어 냈다.

"역시…… 선배님이셨습니까?"

"……뭐가?"

채영이 전혀 모르겠다는 표정으로 물었다.

"승민 선배님의 디자인을 빼돌린 거, 선배님이 하신 일이죠?"

"어머…… 서운해라. 날 의심하는 거야?"

"지금 상황이……!"

"이제 와서 내가 빼돌렸다고 한들 무슨 수도 없잖아. 이미 제작 들어갔는데 멈추게 할 수 있어?"

"승민 선배님은 선배님을 믿고 계십니다."

"응, 알아. 그래서 내가 승민 씨를 참 좋아해."

"……대체 왜?"

"그럼 가 볼게. 아, 송년 파티 건은 잘해 줘. 현수 씨, 예쁘게 만들어서 다들 깜짝 놀라게 해 주자."

당황해서 굳어 있는 세찬을 놔두고 채영은 회의실에서 나왔다. 등 뒤에 닿는 세찬의 시선에 담긴 비난이 뼈아프게 느껴졌다.

혼란스러운 상태지만 세찬은 현수를 만났다. 기계적으로 파티에 가자고 제안을 했고, 한참 고민하던 현수는 결국 수락했다. 기쁨이 느껴져야 하는데 아무 생각도 들지 않았다. 그저 혼란만이 공허한 가슴속을 맴돌았다.

'대체 뭐지?'

채영의 행동을 이해할 수가 없었다.

채영을 의심한 지는 오래됐다. 하지만 승민은 채영을 믿고 있는 듯했고, 이미 제작까지 들어갔기에 의심을 한다고 해서 어쩔 수 있는 상황이 아니었다. 이대로 모든 것이 진행되었다면 디자인 도용에 대한 사건은 흐지부지 묻힐 일이었다. 그런데 오늘 채영은 자신이 한 일이 전부 드러날 만한 행동을 했다. 갑작스러운 팀 변경이라니.

스파이라면 은밀하게 행동해야 하는데 채영의 행동은 상식을 넘어섰다. 게다가 최 과장도 당황스러울 정도로 쉽게 세찬을 놔주었다. 어떻게든 세찬을 팀에 끌어들이려던 때와는 다른 모습이었다.

채영만이 아닌 최민석까지 이상한 행동을 보이니 의심과 혼란이 점점 짙어졌다. 세찬은 상상도 하지 못할 무언가를 꾸미고 있는 것 같았다. 그들이 언제 칼을 빼 들어도 이상하게 생각되지 않을 정도로, 그들의 행동은 기이했다.

세찬의 표정이 어두운 걸 깨달은 현수가 조심스레 물었다.

"무슨 일 있습니까?"

세찬은 정신을 차리고 현수를 빤히 응시했다. 현수와 함께라는 걸 잊을 정도로 제정신이 아니었다.

현수에게 털어놔 볼까, 싶기도 했지만 망설여졌다. 아무것도 모르는 순수한 현수에게 인간의 어두운 일면을 알려 주고 싶지 않았다.

"아무것도 아냐."

"아무것도 아닌 것 같진 않은데요."

"아니, 정말로……."

현수는 말없이 세찬을 응시했다. 맑은 눈동자가 가슴속을 훑는 기분이 들었다. 세찬은 현수의 앞에 앉아 있는 것이 힘들어졌다. 그만 일어설까, 하고 일어났더니 현수가 세찬의 손목을 잡았다.

"제가 너무 어려서 저한테는 이야기하지 못하는 겁니까?"

"그런 게 아니야."

라고 중얼거리다가, 그런 게 아닌 게 아니라는 걸 깨달았다. 세찬은 현수를 무시하고 있었다. 이 애는 어리니까, 이 애는 회사 일을 잘 모르니까, 이 애는 경험이 부족하니까. 그걸 깨닫자 갑자기 부끄러워졌다. 누가 누굴 무시한단 말인가. 회사 일이 어떻게 돌아가고 있는지 모르는 건 이쪽도 마찬가지인데.

갑자기 웃음이 나왔다.

어두운 표정으로 앉아 있다가 웃음을 터뜨리는 세찬이 이상한지 현수가 인상을 찌푸렸다. 널 놀리려는 게 아니야, 라고 말해 주고 싶은데, 말을 할 수 없을 만큼 웃음을 멈추기 힘들었다. 아무것도 모르는 채 기계적으로 움직이는 자신이 웃겨서, 누구에게도 신뢰를 받지 못하는 자신이 초라해서 세찬은 배가 당길 정도로 웃었다.

화를 내며 돌아갈 법도 한데, 현수는 가만히 앉아 세찬을 지켜보고 있었다. 커피숍 안의 사람들이 난데없이 웃음을 터뜨리는 세찬을 노려봤다. 저 인간 왜 저래? 미친 거 아냐? 아, 시끄러. 그들의 소리 없는 비난이 형체를 가지고 세찬에게 꽂혔지만, 현수에게서만큼은 그 어떤 비난도 흘러나오지 않았다.

가까스로 웃음을 멈춘 세찬이 목소리를 짜냈다.

"난 이 나이가 됐는데도 아무것도 모르겠다."

"……."

"30년 동안 뭘 하고 살아왔는지를 모르겠어. 나름대로 힘껏 살아왔는데 지금 보니 이루어 놓은 게 아무것도 없잖아. 한심해. 초라하다. 그리고 우스워."

"오빠는 마승민 씨를 존경하죠?"

"그래."

"왜죠? 마승민 씨는 오빠보다 한 살이 더 많은데도 이루어 놓은 게 없잖아요. 자기 이름으로 나온 자동차도 없고, 그나마 만든 CM 시리즈는 상사한테 뺏겼죠. 마승민 씨가 오빠보다 나은 상황이 뭐가 있기에 존경하는 거죠?"

가슴을 꿰뚫는 질문이었다. 세찬은 연갈색 눈동자를 물끄러미 응시했다. 더 이상 웃음은 나오지 않았다.

'승민 선배님은 널 가졌잖아.'

그 말이 튀어나올 뻔했지만 간신히 삼켰다.

"내가 고등학생 때, 스무 살이 되면 굉장히 많은 걸 알게 될 줄 알았습니다. 스물다섯 살은 뭐, 말할 것도 없죠. 굉장히 어른스럽고 많은 걸 알고 무언가 눈에 보이는 걸 이룬, 그런 사람이 될 줄 알았죠. 그런데 지금 스물다섯 살의 날 보면, 고등학생 때랑 달라진 게 없어요. 아는 것도 그 정도, 이룬 것도 그 정도. 내가 서른이 되면 달라질까요? 난 서른이 돼도 지금이랑 똑같을 것 같은데요. 그리고 그게 나쁜 거라고 생각하지 않습니다. 비웃을 일도 아니죠. 사람이 나이가 들수록 눈에 보이는 뭔가를 알고 이루어야만 하는 건가요? 그런 거라면…… 사는 게 너무 힘들지 않나요? 지금 내가 하는 이런 말들도 어리니까 가능한, 꿈꾸는 소리들인가요?"

"아니, 그렇지 않아. 내가 어리석었다."

세찬은 순순히 인정했다. 나이가 들었다고 모든 것을 아는 게 아닌 것처럼, 어리다고 인생에 대해 논하지 못하는 건 아니다. 현수가 담담하게 흘려보낸 이야기가 세찬을 안심시켰다. 그것으로 충분했다.

"채영 선배가 수상해."

세찬은 솔직하게 고민을 털어놓았다.

"무슨 짓을 하려고 하는 것 같아. 그게 승민 선배님에게 상처가 될까 봐 걱정이다. 선배님은 채영 선배를 믿고 있는데…… 디자인 도용도 아마…… 채영 선배가 했을 거야. 아니, 확신해."

놀랍게도 현수는 전혀 놀라지 않았다. 그럴 줄 알았다는 듯 무심히 고개를 끄덕였을 뿐이다.

"마승민 씨가 사람 보는 눈이 없다고는 생각하지 않습니다."

현수가 말했다.

"그런 마승민 씨가 믿는 사람이라면, 오빠도 한번 믿어 보세요. 김채영 씨를 믿는 입장에서 김채영 씨의 행동을 생각해 보면 답이 나오겠죠."

"너…… 뭔가를 알고 있는 거야?"

"아, 아뇨. 전 아무것도 모릅니다."

현수는 거짓말을 못 했다. 모른다고 부정하는 현수의 귓불이 빨개졌다. 현수가 세찬이 생각한 것보다 많은 걸 알고 있다는 느낌을 받았지만 세찬은 더 이상 캐묻지 않았다. 현수가 거짓말을 했다는 건 말하기 곤란한 상황이라는 거다. 현수를 더 곤란하게 만들 순 없었다.

"승민 선배님이 채영 선배를 믿는다. 그러니까 나도 믿어라, 그거지?"

"강요는 아닙니다."

현수는 거짓말을 감추려는 듯 불퉁거리며 대답했다.

"그래, 네 뜻이 그렇다면…… 믿어 보지."

함께 일하는 동료를 의심하고 싶지 않은 건 세찬도 마찬가지였다. 이왕이면 다 내 편, 다 같은 편, 모두 신뢰할 수 있는 사람인 게 좋았다.

"그, 그럼 전 이만 가보겠습니다. 송년 파티 때 봬요."

더 있다가는 말하지 말아야 할 것까지 말하게 될 거라 생각한 모양이다. 서둘러 일어나는 현수를 보며 세찬은 저도 모르게 중얼거렸다.

"승민 선배님은 좋겠다. 널 가져서……."

현수는 움찔했지만 그에 대해 대답하지 않았고, 그것이 세찬의 가슴을 쓰리게 했다.

크리스마스 일주일 전, 승민이 현수에게 은밀하게 말했다.

"크리스마스는 우리 집에서 보내자."

그 말에 유독 긴장한 이유는 재희 때문이다.

지난번 승민에게 친구들을 소개시켜 주겠다고 하고, 그 주 주말에 정말로 소개를 시켜 주었다. 친구들은 진혁과 재희까지 포함해서 일곱 명 정도가 나왔다. 진혁을 빼고는 모두 여자였고, 승민을 처음 본 순간의 반응은 다들 똑같았다.

'우와!'

그들의 소리 없는 감탄사.

친구들은 눈빛만으로도 현수를 사정없이 몰아붙였다.

'뭐야? 이 멋진 남자는?'

'도대체 이런 남자를 어디서 낚아온 거야?'

'얌전한 고양이가 부뚜막에 먼저 올라간다더니…… 배신이야, 정현수!'

'굉장하잖아! 이 남자, 너무 굉장하잖아!'

게다가 승민은 그의 이중인격적인 면을 여지없이 드러냈다. 진혁도 깜짝 놀랄 정도로 완벽한 남자친구의 모습을 보여 준 것이다. 세심하고 배려 깊고 다정하고 정중하고. 하지만 눈동자만큼은 늘 현수를 향하고 있는, 완벽한 애인의 모습.

입만 열면 잘난 척인 사람이 현수의 친구들 앞에서는 단 한 번도 잘난 척을 하지 않았다. 그의 자제력엔 현수도 감탄할 수밖에 없었다.

그날 밤, 재희가 예고도 없이 현수의 집에 들이닥쳤다. 재희는 서로의 집에 오가면서도 역사를 이루지 못한 현수를 비난했다.

"현수야. 넌 지금 여성으로서의 매력이 충분해. 옛날의 선머슴 같은 모습은 조금도 남아 있지 않아. 충분히 그 남자를 벗길 수 있어!"

"……벗길 생각 없거든?"

"왜 없는데? 네 남자잖아! 심지어 잘생겼잖아. 키도 크잖아. 그럼 벗겨야지."

"내가 미쳤냐? 추워 죽겠는데 벗기긴 뭘 벗겨?"

"추위가 문제야? 분명 승민 씨도 널 보면서 그런 생각을 할 거야. 아아, 벗기고 싶다."

현수가 한심하다는 시선을 보냈지만 재희의 망상은 끝나지 않았다.

"남자는 말이지, 정신적인 사랑만으로는 만족할 수 없는 생물이야. 너랑 단둘이 있으면 분명 야한 생각을 잔뜩 할걸?"

"……그럴 리가."

"그렇다니까. 연애 경험은 너보다 내가 훨씬 많잖아. 날 믿어."

"정말 믿고 싶지 않은데?"

"믿어. 승민 씨를 실망시키지 마."

"……그런 부분은 실망시켜도 될 것 같다."

"연인이잖아! 연인인데 그의 집에 혼자서 놀러간다는 건, 무언의 허락이나 마찬가지라고. 승민 씨가 언젠가 덮쳐도 깜짝 놀라서 밀어 내지 마. 겸허히 받아들여."

친구의 순결이 위기에 처했는데도 받아들이라는 재희가 과연 친구가 맞는 건지 의심이 됐다. 남녀의 육체적 사랑에 대해 머리가 아플 정도로 떠들어 대던 재희는 이번엔 호칭 문제를 짚고 넘어갔다.

"아직도 마승민 씨가 뭐니, 마승민 씨가? 네가 무뚝뚝한 건 알지만 애인한테 마승민 씨는 너무하잖아."

"……좀 그런가?"

그건 현수도 좀 걸리던 부분이었다. 언젠가 호칭을 바꿔야지, 그렇게 생각하고 있기는 했지만 좀처럼 바꾸기가 힘들었다. 그동안 늘 마승민 씨라고 부르던 사람을 갑자기 '오빠'라든가, '자기' 같은 호칭으로 바꿔 부를 수가 없었다.

"아무리 서로 사랑을 해서 연인이 됐더라도 노력하는 걸 멈추면 안 돼. 보니까 승민 씨는 너한테 정말 잘하더라. 다정하고 부드럽고…… 그러니까 너도 노력해. 한쪽만 일방적으로 노력하는 건, 결국 한쪽을 지치게 만들어. 그렇게 넋 놓고 너 하고 싶은 대로 하다가 승민 씨가 널 떠나면 어떡할래?"

재희의 말에 심장이 철렁했다. 승민이 떠나다니, 상상해 본 적도 없다.

"노력이…… 필요하겠지?"

"그래. 넌 예뻐. 사랑스럽고. 하지만 예쁜 사람이 다 사랑 받는 건 아니잖아. 사랑하는 사이에는 외모보다 더 중요한 뭔가가 필요한 거야. 원래 성격을 바꾸기는 힘들지만, 가끔씩 연인을 위해 노력해 볼 수는 있는 거잖아. 안 그래?"

"그래, 맞아."

재희가 눈을 빛내며 현수의 양어깨를 부여잡았다.

"이번 크리스마스를 목표로 해. 그날, 역사를 이루고 승민 씨를 '자기'라고 부르는 거야. 네 여성성을 한껏 보여 줘!"

그래서 승민이 자기네 집으로 오라고 하자, 잊고 있던 '역사' 발언이 떠올라 현수를 긴장하게 만들었다. 한국사든, 세계사든 형편없는 점수를 받았던 주제에 뭘 그리 역사를 밝히는지. 괜한 일로 사람을 긴장하게 만든 재희를 원망했지만, '연인 사이의 노력'에 대해서는 현수도 동감했다.

'그래, 나도 노력해야지. 마승민 씨는 잘하고 있으니까.'

거의 매일 현수가 일하는 공장으로 데리러 오고, 현수의 이야기를 잘 들어주고. 그게 승민의 본래 성격인지, 노력인지는 모르겠지만 승민은 완벽하게 잘하고 있었다.

'자기라……'

승민을 자기라고 부르는 자신의 모습을 생각하니 몸이 부르르 떨릴 정도로 징그러웠다. 하지만 언제까지고 마승민 씨라고 부를 수는 없으니까 크리스마스를 기점으로 바꿔야겠다고 결심했다.

그리고 대망의 크리스마스 아침이 밝았다.

아침부터 현수는 바빴다. 약속 시간은 다가오는데 입을 옷을 고를 수가 없었다. 옷뿐만이 아니었다. 속옷 선택조차도 현수에게는 고민거리였다. 보이는 것에 손을 뻗을 때마다 재희의 '역사 타령'이 떠올랐다.

혹시 모르는데 예쁜 걸 입어야 하지 않을까. 아니, 그런 일이 생기진 않겠지. 설마 정말 그러겠어? 내가 너무 오버하는 걸 거야. 하지만 재희는 경험이 많잖아. 재희 말이 맞으면 어쩌지?

속옷을 고르는 데만 한 시간이 걸렸다.

그다음은 옷이었다. 그래도 연인과 함께하는 첫 번째 크리스마스인데 평소 입던 옷을 대충 걸칠 수는 없었다.

"뭘 입지?"

승민이 선물해 준 원피스로 자연스럽게 시선이 갔다. 예쁜 옷이기는 하지만 겨울에 입기에는 얇은 소재였다. 하지만 입을 만한 옷이 원피스뿐이다.

용기를 내서 원피스를 빼 들었다. 입을 생각이 들지 않는 옷이라서 한참 망설이다가 입어 봤다. 화장실로 달려가 거울에 비춰 보니 옷과 몸뚱이가 따로 노는 듯한 느낌이 들었다. 차라리 거적때기를 걸치는 게 이보다 나을 것 같다.

딩동.

미처 원피스를 벗지도 못했는데 초인종이 울렸다. 승민인가 싶어서 시계를 봤지만, 약속 시간까지는 한참 남았다.

"누구세요?"

"너의 수호천사."

진혁의 목소리였다. 현수는 원피스를 입었다는 사실도 잊고 벌컥 문을 열었다.

"현⋯⋯⋯ 뭐냐, 그건?"

반갑게 두 팔을 벌리던 진혁이 현수의 모습을 보고 우뚝 멈췄다.

현수는 자신의 몸을 내려다보고는 작게 한숨을 쉬었다.

"보면 몰라? 원피스."

가족처럼 지내던 진혁이기에 어울리지 않는 원피스를 입은 모습도 과감하게 보여 줄 수 있었다. 진혁은 작게 혀를 차며 고개를 저었다.

"진짜 못 봐주겠구만. 눈곱만큼 있던 애정도 사라지겠다."

"나한테 그렇게 큰 애정을 품고 있었는지 몰랐네. 웬일이야?"

"수호천사 노릇 좀 하러 왔지."

진혁이 씩 웃으며 안으로 들어왔다.

"갑자기 웬 수호천사?"

원피스를 벗기 위해 화장실로 향하는 현수에게 진혁이 쇼핑백을 흔들어 보였다. 현수는 화장실 문을 닫으며 물었다.

"그게 뭐야?"

"옷."

"옷?"

"형님과 함께하는 크리스마스잖아. 너와 승민 형님에게 동시에 주는 크리스마스 선물이다."

"웬일이냐, 그런 기특한 생각을 다하고."

담담한 말투와는 달리, 현수는 마음속 깊이 감사함을 느꼈다. 이래서 친구 좋다고 하는 모양이다.

원래의 옷으로 갈아입고 나오자 진혁이 쇼핑백에서 옷을 꺼내고 있었다. 어떤 옷일까? 원피스? 아니면 투피스? 아니면 여성스러운 정장?

기대감에 부풀어 진혁의 손을 주시하던 현수는 그 손끝에 딸려 나오는 옷의 정체를 확인하는 순간, 벌떡 일어나 진혁을 걷어차고 말았다.

"너 진짜 죽을래?"

"재희한테서 얘기 들었다. 승민 형님과는 아직이라며?"

"시끄러!"

"같은 남자로서 승민 형님의 괴로움을 십분 이해할 수 있더라. 오래 참으며 기다린 승민 형님에게 줄 수 있는 거라곤 이것뿐이었다. 남자의 로망."

　진혁은 맞으면서도 할 말 다했다. 때리는 걸로는 부족하다 싶어, 현수는 진혁의 손에 있는 메이드복을 빼앗아 진혁의 눈앞에서 짓밟아 버렸다.

"지금의 행동을 후회할 거야."

　진혁이 경고했다.

"놀고 있네. 절대 후회 안 해. 너네 어머니한테 너 이런 짓 하고 다닌다고 이른다?"

"그럼 나도 아저씨한테 너 승민 형님 혼자 사는 집에 드나든다고 이를 거야."

"……."

　똑같이 유치하게 '이른다' 수법을 시전한 두 사람은 서로를 한참 동안 노려봤다. 결국 진혁이 먼저 씩 웃으며 두 손을 들었다.

"알았어, 알았어. 저건 장난이고…… 뭐, 진담 섞인 장난이랄까? 언제 기회 되면 한번 입어 줘. 승민 형님이 좋아할 거다. 진짜는 이

거야."

진혁이 쇼핑백 안에 숨겨 놓았던 다른 옷을 꺼냈다. 이번엔 정상
적인 옷이었다. 잿빛 모직 플레어스커트, 민트색 니트와 도톰한 기
모 소재의 스타킹, 어그 부츠까지. 현수 또래의 여자들이 입기에 무
리가 없는 사랑스러운 스타일의 옷이었다.

"네가 고른 거야?"

"응. 예쁘지?"

"그러네. 이런 건 어떻게 골랐대?"

"대학 생활 4년이면 이 정도는 골라."

"흐음. 채영 언니가 같이 가 줬나 보지?"

지난번 만났을 때 채영이 편하게 '언니'라고 부르라고 했다. '언
니'라는 호칭이 입에 익지 않아서 어색했지만 열심히 사용하는 중
이다.

"……엇. 티 나냐?"

"네가 이런 옷을 고를 수 있을 리가 없지. 계산은?"

"채영 누님이. 크리스마스 선물이래."

"채영 언니가 나한테 왜 이런 걸 사 줘?"

"고마워서 사 주는 거라던데?"

"고마워? 뭐가?"

"글쎄. 승민 형님을 거둬 줘서 고맙다는 거 아닌가?"

"그럴 리가."

채영이 뭘 고마워하는 건지 짐작도 할 수 없었다. 나중에 꼭 갚
아야겠다고 생각하며 현수는 고마운 마음으로 선물을 받았다.

"그럼 난 간다. 약속이 있어서."

진혁이 서둘러 일어났다.

"채영 언니랑?"

"응."

"너, 채영 언니 좋아해?"

현수의 질문에 진혁이 빙그레 웃었다.

"어때 보여?"

"네 마음은 아무래도 상관없는데…… 가볍게 대하지 마라."

"걱정 마. 난 누구도 가볍게 대하지 않아."

어마어마하게 가벼운 주제에 짐짓 남자다운 척하는 모습이 웃겼지만 현수는 더 이상 말하지 않았다. 진혁과 채영 사이의 일이니 현수가 끼어들 수 없는 노릇이다. 진혁이 나간 후, 현수는 옷을 갈아입었다. 어색한 건 마찬가지였지만 승민이 사 준 원피스를 입었을 때보다는 나았다.

'뭔가 부족한 것 같은데…….'

옷을 입을 때는 헤어스타일과 화장도 중요한 법이지만, 거기까지는 생각이 미치지 못했다.

'뭐, 생긴 게 이 모양이니 어쩔 수 없지.'

현수는 태어나서 처음으로 자신의 외모에 대해 자학하며 집을 나섰다.

현수는 한참 망설이다가 초인종을 눌렀다. 문을 연 승민은 뭔가 달라진 듯한 현수의 모습에 움직임을 멈췄다. 현수의 머리에서부터 발끝까지를 쭉 내려다본 승민의 표정이 환해졌다.

"예쁘다."

승민이 진지하게 말했다.

"정말 예쁘다. 와…… 정말 너무 예쁜데?"

현수가 생각한 것보다 더 진지한 반응이었다. 예뻐서 차마 건드리지도 못하겠다는 듯한 승민의 행동에 현수는 부끄러워졌다. 몸 둘 바를 모르겠다.

"들어와, 춥지? 와, 정말 예쁘다. 와…….."

현수를 안으로 들이면서도 승민은 계속해서 감탄사를 내뱉었다.

"와, 정말…… 내 예상대로야. 다리가 정말 예뻐."

"그런 것도 예상했습니까?"

"그래. 볼 때마다 생각했지. 다리가 예쁠 거라고. 내가 생각한 것보다 더 예뻐. 근데 너무 말랐다. 조금 살이 쪄도 될 것 같아."

재희가 했던 말이 현수를 덮쳤다. '남자는 단둘이 있으면 야한 상상을 해.'

승민도 그런 생각을 하고 있을지 궁금했다. 입 안이 바싹바싹 말랐다.

예쁜 속옷에 예쁜 옷을 입고 오긴 했지만, 아직 마음의 준비가 되지 않았다. 승민이 벗은 모습을 보고 싶다는 생각도 없다. 그냥 이대로가 좋다.

하지만 만약 승민이 덮쳐 온다면 어떻게 행동해야 할까? 연인 사이인데 거부를 하면 승민에게 상처가 될까? 순진한 척하는 여자는 질색이라고 생각할까?

오만가지 고민을 하느라 승민의 칭찬이 귀에 들어오지도 않았다.

"자, 그럼 가자."

"어, 어딜요?"

"어디긴."

승민이 무슨 그런 걸 묻느냐는 듯, 턱으로 방 쪽을 가리켰다.

재희의 말이 맞았다. 승민도 '그런' 상상을 하고 있었던 거다.

어떡하지? 어떻게 거절해야 상처를 안 줄 수 있을까?

초조함 때문에 손끝이 떨렸다. 이미 일어나서 현수를 기다리던 승민이 현수의 초조한 모습을 보고는 현수 앞에 쭈그리고 앉았다. 그리고 걱정스럽게 현수를 들여다보며 물었다.

"그렇게 싫어?"

"아…… 시, 싫은 건 아닌데요…… 그저 마음의 준비가…… 아, 그러니까 마승민 씨가 싫다는 건 아니고요. 뭐…… 언젠가는 해야 하는 일이라고는 생각하지만…… 지금은 너무 이르지 않은가…… 그런 생각이 들기도 하고…… 그러면서도 지금이 적당한가 싶기도 하고……."

두서없이 흘러나오는 말을 막을 수가 없었다. 승민은 어리둥절한 표정으로 현수의 말을 듣고 있었다.

"하, 하여간…… 그러니까…… 그래요! 마승민 씨가 원한다면 한 번쯤은! 이 한 몸 바쳐서!"

결국 현수는 마음을 잡았다. 그래, 사랑하는 사람을 위해 노력해야지. 겁이 난다고 피하기만 해서는 서로 상처가 될 뿐이야.

"결의가 대단한 건 좋지만……."

승민이 현수의 손목을 잡았다. 현수는 승민의 뒤를 따랐다.

"케이크 만드는 데 그렇게까지 각오를 다질 필요는 없지 않나?"

승민이 데려간 곳은 방이 아닌 그 옆에 있는 주방이었다. 마음을 단단히 먹었던 현수는 그만 힘이 풀려서 비틀거렸다.

'이게 뭐야!'

주방에는 케이크를 만들기 위한 도구들이 준비되어 있었다. 밀가루에 계란에 크림에…… 심지어 꽃분홍 레이스 앞치마까지.

"케이……크요……?"

"응. 크리스마스 하면 케이크잖아. 뭘 하는 게 의미가 있을까 생각해 봤는데…… 내가 케이크를 만들어 본 적이 없거든. 같이 만들어 보면 좋을 것 같더라고. 기억에도 남고."

"아아……."

"그런데 케이크에 아픈 사연이라도 있어? 뭘 그렇게 하얗게 질렸던 거야? 아, 혹시 케이크 알레르기?"

야한 생각은 무슨. 치마를 입은 현수와 단둘이 있는데도 승민의 머릿속에는 케이크밖에 없었다.

웃음이 터져 나왔다. 지난주부터 지금까지 했던 고민이 얼마나 쓸데없는 고민이었는지…….

바보처럼 구는 건 승민만이 아니었다. 현수도 승민과 관계된 일이라면 바보가 되어 버렸다.

하얗게 질려 있다가 갑자기 웃음을 터뜨리는 현수의 모습에 승민은 당황한 듯했다. 밀가루를 들고 어쩔 줄 몰라 하는 모습이 터무니없을 만큼 사랑스러웠다.

아아, 이 남자가 내 남자야.

새삼스레 가슴이 벅찼다.

난 정말 이 사람을 위해서라면 뭐든 할 수 있어.

현수는 갑작스레 두 팔을 벌려 승민을 끌어안았다. 승민의 손에 들려 있던 밀가루 봉투가 떨어졌다. 흰 가루가 뭉게뭉게 피어올라 현수와 승민의 옷을 더럽혔다. 하지만 상관없었다.

현수는 엉거주춤하게 서 있는 승민의 귀에 작게 속삭였다.

"자기야. 사랑해. 세상에서 제일 많이."

승민에게는 지금껏 받은 것 중에 가장 좋은 크리스마스 선물이었다.

'자기……'

어제의 일이 생생하게 떠올랐다.

'자기…… 아아, 좋은 말이야.'

현수는 깜짝 놀랄 만큼 달콤한 목소리로 사랑한다고 말했다. 그것도 '자기'라는 호칭과 함께!

그 순간 심장이 펑 터지면서, 하마터면 이성을 잃고 현수를 덮칠 뻔했다. 마지막 순간까지 놓치지 않은 두툼한 이성의 끈이 자랑스러웠다.

'역시 나란 놈은 이성조차 강해. 좋은 건지 나쁜 건지…….'

하지만 어제는 정말 즐거웠다.

둘 다 케이크를 만드는 건 처음이라서 이리저리 헤맸다. 반죽이 너무 질었고, 계란이 너무 많이 들어간 것 같았다. 빵은 조금 탔고, 크림은 너무 달았다. 하지만 만드는 내내 즐거웠고 케이크도 맛있게 느껴졌다.

'아, 정말 좋았어. 또 자기라고 불러 주면 좋을 텐데…….'

'자기'라는 호칭은 현수에게 너무 강렬했던 것 같다. 현수는 딱한 번만 자기라고 해 줬을 뿐, 그다음부터는 다시 '마승민 씨'라고 불렀다.

'그래, 뭐…… 가끔 들어서 신선한 것도 나쁘지 않아.'

승민이 한창 크리스마스 선물에 푹 젖어 있는데, 세찬이 다가왔다. 크리스마스의 달콤함이 싹 날아갈 정도로 어두운 표정을 하고서.

"잠깐 괜찮으십니까?"

"어어, 그래."

무슨 일인가 싶어서 세찬과 함께 휴게실로 향했다. 세찬은 듣는 사람이 있는지 확인하려는 듯 휴게실을 꼼꼼히 살폈다. 사원 휴게실에 도청 장치가 있을 리도 없는데, 살펴보는 모양새가 마치 스파이 같았다.

"무슨 일이야?"

"채영 선배님에 대해 생각해 보신 적 있습니까?"

"생각? 내가 채영이에 대해서 무슨 생각을 해야 하지?"

"그러니까…… 하아. 어디까지 말씀을 드려야 할지 모르겠는데……."

세찬은 말을 꺼내기가 쉽지 않은지 계속 한숨만 쉬었다. 승민은 뭔가 심각한 일이 있음을 짐작했다.

세찬을 재촉하려고 할 때였다. 휴게실 문이 열리며 훈영이 들어왔다.

"저…… 회사에 비상 걸렸나 본데요."

"비상?"

"작년에 출시된 테론2가 사고가 났는데, 자동차 문제랍니다. 같은 건으로 사고가 난 경우가 많은데, 그동안 잘 덮어온 게 이번에 터졌나 봐요. 인터넷이 난리가 났대요. 피해자들끼리 모여서 회사에 소송 건다나 봐요."

"아, 그래?"

승민이 참여한 자동차는 아니지만 하명 자동차의 일이었다. 세찬이 말하려던 게 이 건인가 싶어 세찬을 쳐다봤다. 하지만 세찬도 이 일에 대해서는 몰랐는지 근심 어린 표정으로 승민과 눈을 맞췄다.

"큰일이네요. 딴 건 몰라도 그동안 덮어 오려고 한 게 드러난 거면 타격이 클 텐데."

"그러게."

세찬이 하려던 말이 궁금했지만 일단은 이 일이 먼저다. 승민과 세찬은 사무실로 향했다.

송년 파티는 당연히 취소됐다. 회사에서 나온 자동차가 문제를 일으켰는데 사원들이 파티나 했다는 걸 알면 이미지가 더 하락할 것이다.

각 부서의 담당들이 사장에게 불려갔다. 그중에는 최민석도 있었다.

"웬일이래."

채영이 걱정스러운 표정으로 중얼거렸다.

"뭐 아는 거 없어? 그동안 문제를 얼마나 덮어 온 거야?"

"나도 아는 건 자기랑 비슷해. 뭘 알겠어. 일개 사원인데…….."

"그거야 그렇지."

"테론2는 출시 때부터 말이 좀 있긴 했어. 전작에서 바뀐 게 거의 없는데 가격만 올랐고, 누수가 있는 경우가 보고됐거든. 뭐, 그 이후에 재정비 들어가서 그런 소리가 줄어들긴 했는데……."

"난리 나겠네."

"그러게, 정말 난리 나겠네."

채영은 승민과는 다른 의미로 걱정이 됐다.

하명 자동차에서 나온 자동차에 문제가 생겼다. 그런 상황에서 신차를 내는 건 돈을 버리는 행위였다. 사장이 알아서 상황을 이끌어가겠지만, 소심한 최민석은 겁을 집어먹어 카르트의 출시를 늦추고 제대로 된 안전 검사를 받을지도 모른다.

'적어도 예판이나 시작하고 나서 터질 것이지.'

어쩌면 그동안의 노력이 물거품이 될지도 모르겠다. 속이 답답하다.

"채영아."

문득 승민이 낮은 음성으로 채영을 불렀다. 얼마 전이었다면 이 음성에 심장이 두근거렸을 텐데, 지금 채영의 머릿속에는 자동차에 대한 생각밖에 없었다.

"응, 왜?"

건성으로 대답하면서도 머릿속의 생각은 지우지 않았다. 출시일이 늦춰지면 어쩌지?

"너, 나한테 숨기는 거 있냐?"

승민의 질문에 퍼뜩 정신을 차렸다. 채영은 고개를 갸우뚱하며 승민을 바라봤다.

"숨기는 거? 갑자기 왜?"

"갑자기 최 과장 팀으로 옮긴 것도 그렇고……."

"아아, 그거라면 말했잖아. 세찬 씨한테는 버거운 것 같아서 내가 최 과장님 상대하기로 했다고."

"……솔직하게 말해."

"난 자기한텐 늘 솔직해. 알잖아. 자기편인 거. 설마 날 의심하는 거야?"

"널 의심할 리 없잖아. 그냥 궁금한 거야. 지금 네 행동들의 이유."

이제야 궁금해졌니?

비아냥거리고 싶었지만 참았다.

그래, 이제야 궁금할 만도 하지. 그동안은 머릿속이 현수에 대한 생각으로 꽉 차 있었을 테니까.

"난 그저 내 밥그릇을 지키기 위해 행동할 뿐이야. 물론 자기를 배신하지 않는 선에서. 그 이상은 묻지 마. 여자한테는 적당한 비밀이 필요하다는 거 몰라?"

"⋯⋯."

승민은 떨떠름한 표정이었지만 더는 묻지 않았다.

채영은 말하고 싶었다.

날 믿어 줘. 내가 왜 이런 행동을 하는지 알아줘.

하지만 그렇게까지 구차해지고 싶지 않았다. 스스로 선택한 일이다. 제 손으로 떠나보낸 멋진 남자를 위해 이 정도의 일은 해 주겠다고 결심했다. 그러니까 결실을 이룰 때까지, 묵묵히 해내면 되는 거다.

사장과의 회의를 마치고 돌아온 최민석은 오자마자 채영을 불렀다. 누가 봐도 수상쩍은 행동이었다. 채영과는 상관없는 자동차에 문제가 생긴 건데 채영을 부르다니. 그리고 그 부름에 채영이 조금도 이상하게 생각하지 않고 나가다니.

승민은 그동안 채영의 행동에 대해 깊이 생각해 본 적 없는 자신을 반성했다. 확실히 채영은 이상하다. 그래서 세찬도 채영에 대해 이야기하려고 했던 것이리라.

'뭘 감추고 있는 거지?'

남의 이야기를 엿듣는 건 최악의 행위지만, 아무것도 모르는 채로 그냥 있을 수는 없었다. 승민은 최민석과 채영이 들어간 회의실을 향해 걸음을 옮겼다.

최민석 팀의 카르트 조립이 끝났다. 반짝반짝 빛나는 카르트를 구경하러 조립팀 직원들이 모였다.

"멋진데?"

"괜찮다. 뭐, 이 정도면 나쁘지 않지."

"그래, 이것만 이런 게 아니라 다들 원가 절감하려고 싸구려 이용 많이 하잖아. 막상 내놓고 보면 별문제 없을지도 몰라."

확실히 외관은 나쁘지 않았다. 언뜻 보기에는 그저 자동문이 달린 멋진 자동차. 자동차 마니아에게는 통하지 않을 것 같지만, 대부분은 외관에 홀려 구입할 것이다. 비싼 스포츠카 급 외형에 비해 가격은 놀랍도록 저렴하니까.

"멋지냐?"

뒤에서 들려온 팀장의 음성에 현수는 고개를 저었다.

"아뇨. 괴물 같아요. 반인반수 같은……."

"그래, 반인반수 같지. 몇 명이나 그렇게 생각해 줄지는 모르겠지만. 이게 곧 출시가 된다니…… 믿어지냐?"

"……정말로 안전 검사는 안 합니까?"

"하긴 하겠지. 아주 안 할 수는 없는 거니까."

"……문제가 생기면 출시 안 합니까?"

"하겠지. 문제가 생겨도 고객들은 모를 테니까."

"조작……을 하는 거군요."

"그래."

마음이 무거웠다.

이런 자동차를 시중에 내놓는 건 고객들을 우롱하는 행위다. 어쩌면 큰 사고가 날지도 모른다. 어떻게든 말리고 싶었다. 채영이 어떤 마음으로 일들을 진행시키고 있는지는 알지만, 그래도 이건 아니다.

'만약 누가 죽기라고 하면 어떻게 해?'

자동차 문제로 인명 피해가 발생하면 현수도 죄책감에서 벗어날 수 없을 것 같았다. 기를 쓰고 말리지 못한, 내 일이 아니라고 한 발 떨어져 있던 자신의 안일함에 대한 죄책감. 어쩌면 두 번 다시 자동차에 손을 못 대게 될지도 모르겠다.

"만약 사장님한테 이 자동차에 문제가 많다고 알리면 어떻게 될까요?"

현수의 질문에 팀장이 가소롭기도 하고, 안쓰럽기도 하다는 듯 웃었다.

"사장님이랑 만날 방법도 없지만, 만나서 알리더라도 차는 출시될 거야. 이미 대량 제작 들어갔고 홍보까지 하고 있으니까. 이제 와서 문제가 발견됐다는 소리는 해 봤자지."

"그렇군요."

"뭐, 우리는 지시 받은 대로 움직였을 뿐이니까 너무 고민할 거 없어. 책임을 져도 최 과장이 지겠지."

책임의 문제가 아니다.

"그나저나 자네, 예뻐졌어. 여자들은 연애하면 예뻐진다더니 정말 그런가 봐? 아, 이런 말도 성희롱인가?"

"성희롱은요, 무슨. 감사합니다."

예뻐졌다는 말이 기쁘지 않았다. 외모가 예뻐지는 건 아무래도 좋다. 지시를 받은 대로 만들었을 뿐이고, 이 자동차는 내 담당이 아니니까 상관없다며 책임을 피하려는 태도가 문제다. 채영의 마음을 조금은 이해하기에, 그리고 최민석이 싫기에 현수 자신도 모든 일에서 눈을 돌리려고 하고 있었다. 별일 아니잖아. 큰 문제야 있겠어? 사고 나기 전에 마무리되겠지.

하지만 그건 말도 안 되는 소리다. 사고라는 게 언제 어떻게 일어날지 모르는데 너무 안일했다.

'하아. 정말 어떻게 해야 되는 거야?'

자동차를 만드는 데에는 여러 팀이 함께하니, 책임을 회피할 수 있는 방법도 많았다. 우리 팀은 책임 없어. 쟤네 팀이 담당이나 마찬가지지. 우리는 제대로 했어. 시키는 대로 했을 뿐이야.

'나도 결국 그렇게 숨으려고 하고 있어.'

채영이 시작한 일이고 중간에 눈치를 챘을 뿐이니까 나는 죄가 없다. 현수는 저도 모르는 사이에 그렇게 생각하고 있었다. 하지만 알고도 말리지 않는 것 역시 죄다.

'어떡하지?'

완성된 자동차를 보니 이대로 있을 수는 없다는 생각이 들었다. 하지만 혼자의 힘으로는 해결할 수 없는 문제다.

'박 교수님께 의논해 볼까? 예전에 하명 자동차에서 근무하셨다니까…….'

세찬의 아버지인 박 교수가 승민이 종종 말하던 은사라는 것을 알게 된 건, 승민과 사귀게 된 후였다. 승민은 세찬이 자신의 디자인을 가져다 쓴 것보다 그 사실을 말하지 않은 것에서 더 배신감을 느꼈다며 분개해했다.

승민이 그렇게까지 존경하는 분이니, 이번 일에 대해 의논을 하면 답이 나올지도 모른다.

'그래, 오늘 박 교수님을 뵈러 가야겠다.'

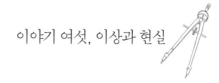

이야기 여섯, 이상과 현실

최민석은 척 보기에도 흥분 상태였다. 채영은 최민석이 진정될 때까지 기다렸다. 최민석은 회의실을 왔다 갔다 하며 분노를 고스란히 드러냈다. 사장이 어떤 말을 했을지 짐작할 수 있었다.

"말이 돼?"

최민석이 책상을 내리쳤다. 큰 소리가 퍼졌지만 채영은 눈 하나 깜빡하지 않았다.

"각 부서 담당들이 테론 건을 책임지라더군! 내가 건드리지도 않았는데 왜 그래야 되지? 왜 내가 책임을 져야 하냔 말이야!"

그거야 당신이 우리 팀을 담당하고 있으니까. 결재를 해 준 것도 당신이고.

"빌어먹을! 이번 신차에서 제대로 된 성과를 보이지 못하면 가만 안 둔다더군. 그게 사위한테 할 소리야? 집에서 노는 제 딸을 먹여 살리고 있는 게 누군데!"

"……."

"살만 뒤룩뒤룩 찐 계집을 책임져 줬더니 돌아오는 게 이딴 대접이야?"

채영을 완전히 자기 사람이라고 생각한 최민석은 말을 골라서 하지 않았다. 채영이 이해한다는 듯 고개를 끄덕이자 최민석의 말이 점점 과격해졌다.

한참 동안 혼자서 떠들어 대던 최민석이 이윽고 의자에 앉았다. 부하 직원에게 볼썽사나운 모습을 보였으면서도 부끄러워하는 기색이 없었다.

"하여간 카르트에 압박이 가해졌어. 문제가 생기면 박세찬한테만 떠넘길 수도 없게 됐고. 제대로 점검을 해야 돼."

이런 말이 나올 줄 알았다. 채영은 참담한 심정을 드러내지 않으려고 애쓰며 최민석을 응시했다.

"출시일을 좀 늦추더라도 제대로 점검해야겠어. 손해는 좀 있겠지만 출시 후에 문제가 생기는 것보다는 낫겠지."

"문제가 생길까요?"

"모를 일이잖아. 생기더라도 제대로 검사 후에 생기면 다른 쪽에 책임을 돌릴 수도 있고."

"이미 생산 들어갔는데……."

"아직 많진 않아. 중지하라고 연락 돌렸고. 이 이후부터는 자네가 책임지고 맡아 봐. 안전 검사부터 시작해서 누수 검사까지. 테론 꼴 나는 일 없게 해야지."

"뭐, 과장님 뜻이 그렇다면 그렇게 해야죠. 큰일이네요."

"뭐가?"

"검사들 다 하다 보면 출시가 모터쇼보다 늦어질 텐데…… 출시 일도 못 지킨 데다가 마승민 디자이너의 자동차랑 비슷한 자동차가 출시되어 버리면…… 아무래도 얘기가 좀 나오지 않겠어요?"

"……."

"뭐, 최 과장님 정도 위치에 있으면 도용 좀 했다고 큰일이 나진 않겠지만…… 그래도 좀…… 전 싫을 것 같아요. 이름이 더럽혀지는 느낌이라서."

"……."

"아, 물론 각종 검사는 책임지고 할게요. 하기 싫다는 얘기는 아니에요. 그저 안타까워서 그렇죠."

"……내가 대체 어떻게 해야 되지?"

최민석이 우는소리를 했다. 전혀 귀엽지 않았다.

채영은 뛰쳐나가고 싶다고 생각하며 차분하게 말했다.

"제가 뭘 알겠어요? 하지만 옛날부터 그런 말이 있잖아요. 성공하려면 용기가 있어야 한다는 말. 가끔 과감하게 밀어붙이지 않으면 평생 성공하기 힘들어지기도 하더라고요. 무난하게 그 위치를 지키면서 살아가는 게 과장님의 꿈이라면, 마승민 디자이너의 도용작을 만들어 냈다는 소리를 듣는 것도 나쁘진 않겠죠."

최민석은 무난한 위치를 지켜야만 하는 상황이 아니었다. 대기업 회장의 손주 사위. 하명 자동차 사장의 사위. 승민의 것을 도용했다는 소문이 퍼진들, 최민석의 앞길을 막을 수는 없었다. 이대로 큰일만 터뜨리지 않으면 승승장구 위로 올라갈 일만 남은 것이 최민석의 위치였다.

하지만 승민에 대한 질투심과 승민보다 자신이 낫다는 오만함, 그리고 욕심이 최민석의 눈과 귀를 어둡게 했다. 다른 사람은 몰라도 마승민의 디자인을 베꼈다는 소리만큼은 듣고 싶지 않았다.

최민석의 눈동자가 흔들리는 걸 보며 채영은 승리를 예감했다.

카르트는 곧 출시될 것이다.

최민석이 먼저 회의실을 나갔고, 한참 후에 채영이 나왔다. 기다리고 있던 승민이 채영의 손목을 낚아챘다. 채영의 얼굴에서 핏기가 가셨다.

"회사 끝나고 좀 보자."

"……지금 얘기해. 저녁엔 선약이 있어."

"최 과장이랑?"

"……자기."

"나도 생각을 정리할 시간이 필요하거든. 지금 내가 무슨 소리를 들은 건지 파악할 수가 없어서. 그러니까 이따 끝나고 얘기 좀 해."

"……지금."

승민은 대답하지 않고 성큼성큼 걸어가 버렸다.

승민이 들어 버렸다.

채영은 당황했다. 최민석은 손바닥 안에서 굴릴 수 있다. 하지만 승민은 최민석과 다르다.

아랫입술을 깨물고 있다는 것도 자각하지 못했다. 알싸한 통증에 정신을 차리니 입술이 찢겨 있었다. 비릿한 혈향이 입 안으로 새어 들어왔다.

'어떡하지?'

승민은 어디까지 알아낸 걸까? 채영의 배신까지? 아니면 그 안에 있는 속사정까지?

어디까지 알아냈든 큰일이다.

현수에게 전화를 건 것은 충동적인 행동이었다. 내 편이 되어 줄 사람, 기댈 수 있는 사람으로 가장 먼저 떠오른 것이 현수였다.

우스웠다.

어느새 현수를 '전 남자친구의 연인'이 아닌 '인간 정현수'로 생각하고 있다. 중요한 순간에 연인의 편이 되는 것이 당연한 건데, 현수라면 무조건 승민의 편에 서지 않을 것 같다는 믿음이 있었다.

그러나 통화 대기음이 울리는 순간 정신을 차렸다. 현수에게 도움을 청한다는 것은, 현수에게도 같은 짐을 씌운다는 의미. 승민이 모르는 것을 현수는 알고 있었다는 걸, 승민이 알게 되면 실망할 것이다. 속이 상해서 두 사람 사이에 금이 갈지도 모른다.

서둘러 전화를 끊었다.

'내가 뭔 생각을 하고 있는 거지? 바보처럼…….'

제 선에서 끝내겠다고 결심했는데 아무 상관도 없는 사람까지 끌어들일 뻔했다.

'얘기를 잘하고 납득시키면 되는 거야. 승민 씨도 이해해 주겠지.

이해를 못 한다면 어쩔 수 없는 거고.'

각오를 다지고 사무실로 돌아가려는데 휴대폰이 울렸다. 현수였다. 액정에 뜬 이름을 보는 순간 당황해서 저도 모르게 종료 버튼을 눌렀다. 또다시 휴대폰이 울렸다. 이번에는 받았다.

"네, 김채영입니다."

[저 현순데요.]

"응, 무슨 일?"

[방금 전화하셨길래요. 무슨 일이세요?]

"아, 별일 아냐. 통화 버튼을……."

거기까지 말하고 멈춘 이유는, 어찌 되었든 승민이 알게 되었다는 것을 현수에게도 알려야 한다는 생각이 들어서였다. 아무것도 모르는 상태에서 승민을 만난 현수가 실언을 할지도 몰랐다.

"승민 씨가 알게 됐어."

[……지금 언니가 하는 일이요?]

"응. 오늘 저녁에 얘기하자더라. 얘기해 보려고. 아, 네가 알고 있었다는 얘기는 안 할 거야. 그러니까 나중에라도 승민 씨한테 얘기가 나오면 모르는 척해. 그거 알려 주려고 전화한 거야."

[조퇴하고 퇴근 시간에 맞춰서 가겠습니다.]

생각지도 못한 답변이 돌아왔다.

"뭐?"

[이따 뵐게요.]

"자, 잠깐만. 온다니? 안 와도 돼. 나 혼자서 해결할 수 있는 문제야. 애초에 승민 씨한테 말하지 말아 달라고 한 것도 나고…… 넌 내 부탁을 들어줬으니까 널 끌어들이고 싶지 않아."

[알게 된 순간 저도 당사자가 된 거죠. 그리고 저도 이번 일에 대한 마승민 씨 생각을 알고 싶고요. 꼭 언니를 대변해 주기 위해서 가는 건 아닙니다.]

무뚝뚝하게 말하지만 사실은 채영을 위한 행동이라는 것을 알 수 있었다. 어떻게 알 수 있는 걸까? 그만큼 현수를 잘 알게 되어서? 아니면 믿게 되어서?

채영은 대답하지 못했다. 와 달라고도, 오지 말라고도 할 수가 없었다. 현수는 꼭 대답을 바라지 않았는지,

[그럼 이따 회사 앞에서 기다리겠습니다.]

라고 말하고는 전화를 끊었다.

사정이 생겨서 조퇴를 하겠다고 하자 팀장은 쉽게 수락해 주었다. 이유도 묻지 않았다.

"그래, 그동안 열심히 했으니까 가끔은 쉬어 줘야지. 그동안 휴가 한 번도 안 썼지?"

팀장에게 감사 인사를 하고 공장에서 나왔다. 아직 퇴근 시간까지는 한참 남았다.

현수는 박 교수에게 전화를 걸었다. 지금 만나고 싶다고 했더니 박 교수가 기다리겠다고 했다. 현수는 잘 타지 않는 택시를 타고 박 교수의 집으로 향했다.

오랜만에 만나는 현수를 반기던 박 교수는 현수의 낯빛이 어두운 것을 걱정했다.

"승민이랑 무슨 일이 있는 게냐?"

"아뇨, 이번에 나오는 카르트 때문에…….."

"카르트?"

박 교수의 눈썹이 꿈틀거렸다. 아주 짧은 순간이었지만 박 교수의 얼굴을 스치는 표정을 눈치챘다. 현수는 박 교수도 카르트의 문제에 대해, 어쩌면 더 깊은 속사정에 대해 알고 있는 거라고 확신했다.

"박 교수님도 아시는군요."

단도직입적으로 말했다. 하지만 박 교수는 전혀 모르겠다는 듯 현수를 쳐다봤다. 박 교수는 먼저 말을 꺼낼 생각이 없어 보였다.

"카르트가 만들어진 걸 봤습니다. 3D 디자인화로 볼 때보다 더 엉망이었습니다. 세찬 오빠가 참여를 했으니 교수님도 보셨겠죠."

"보긴 봤지."

"그런데 왜…… 안 말리시는 거죠?"

"난 이제 그 회사를 떠났어. 하명 자동차와 나는 관계가 없다."

"하지만…… 그 자동차, 문제 많습니다."

"그래, 문제가 많지."

"그 자동차가 출시가 되고 욕을 먹으면 그 책임을 물어 최민석이라는 사람을 물러나게 할 수는 있겠죠. 그걸 계기로 더 나은 자동차를 만들 수 있는 환경이 조성될지도 모르고요. 하지만 그 자동차를 구매한 사람들은 누가 보호해 줍니까? 회사에서 보호를 해 줄 건가요? 회사의 권력 싸움에 이용된 거니까?"

"현수야. 난 정말로 하명 자동차와는 관계가 없어. 내가 나서서 막은들, 막을 수 없는 사태야."

"그래도……."

"때로는 이런 일도 필요한 거란다."

"이런 일이 대체 어떤 일인지 모르겠습니다. 더 나은 것을 위해 누군가를 희생시키는 거요?"

"그래. 희생이 없으면 성장도 없지."

"희생이 없이도 성장할 수 있습니다."

"그러냐? 그렇다면 아주 작은 세계인 하명 자동차를 예로 들어 보자. 하명 자동차의 사장은 최 사장이지만, 그렇다고 해서 자기 마음대로 휘두를 수 있는 건 아니야. 옛날의 왕이랑 똑같지. 이사들이 있고 이사들에게도 그들만의 힘이 있어. 그들은 마음대로 사장을 갈아치울 수는 없지만, 뜻을 모으면 가능하지. 최민석은 이사들에게 예쁨을 받고 있어. 게다가 하명 브랜드의 회장님도 최민석을 아끼지. 손주 사위니까. 그런 이유로 최민석은 후배 디자이너들의 공을 가로채서 성과를 거두고 있어. 최 사장에게는 최민석을 내칠 수 있는 방법이 없는 거야. 최민석이 큰 건을 하나 터뜨리지 않는 이상은."

"하지만 이건 아무것도 모르는 사람들을 이용하는 거잖아요."

"그래. 정말 최악의 선택이지. 하지만 다른 방법이 뭐가 있을까? 현수 너라면 이런 상황에서 어떻게 행동하겠니?"

대답할 수 없었다. 현수의 머릿속에도 이것 이외의 방법이 떠오르지 않았던 것이다.

"어쩔 수 없는 선택이었던 거야. 필요악인 거지."

"하지만…… 하지만……."

"최 사장은 하려는 일을 그만두지 않을 거야. 나도, 승민이도, 세찬이도…… 전부 최 사장의 뜻을 바꿀 수 없지. 하나 방법이 있다면 네가 최민석이한테 사건의 전말을 알리는 것뿐이야. 그러면 카르트는 출시되지 않을 거고, 하명은 언젠가 최민석의 손에 떨어져서 최민석 입맛에 맞는 자동차들을 만들어 내겠지. 그게 네가 원하는 거라면, 그렇게 해라. 말릴 사람은 없어."

말의 내용은 매몰찼지만 어조는 다정했다. 아니, 다정하다기보는 씁쓸함이 느껴졌다.

이 상황에 대해서 부조리하다고 느끼는 것은 현수뿐이 아니었다. 이 일을 시작한 최 사장도, 채영도, 박 교수도…… 모두 부조리하다고 생각하지만 다른 방법이 없는 것이다.

"전 정말…… 꿈을 꾸면서 살아왔던 것 같습니다."

"……누구나 그렇지. 사회의 어두운 부분을 보기 전에는."

"……제 자신을 평생 용서할 수 없을 것 같습니다."

"……."

박 교수는 대답하지 않았다. 현수도 대답을 기대하지 않았다. 현수는 돌아서서 그대로 박 교수의 집을 나섰다. 들어올 때보다 더 마음이 무거워졌다.

귀여운 곰돌이 인형만 보던 아이들이 현실의 무시무시한 곰을 봤을 때 겁에 질려 우는 것처럼, 현수도 울고 싶은 기분이었다. 완벽한 자동차, 누구나 좋아할 만한 자동차를 만들고 싶다는 것은 헛된 이상에 불과했다.

하명 자동차 본사 건물 앞에 도착했을 때는 퇴근 시간이 되기 한 시간 전이었다. 현수는 차가운 바람을 맞으며 우두커니 서 있었다. 전에는 멋져 보이던 건물이 그저 거대한 검은 덩어리로만 보였다.

승민과 채영이 함께 나왔다. 승민은 회사 앞에서 기다리는 현수 때문에 놀란 눈치였다.

"네가 왜 여기 있어? 무슨 일 있어?"

승민이 다급히 다가왔다. 승민의 걱정스러운 눈빛을 보자 죄책감이 밀려왔다.

"저도 같이 있고 싶어서요."

"오늘은 채영이랑 할 얘기가 있는데…… 이따 밤에 잠깐 너네 집에 들를게."

승민은 현수가 알고 있을 거라고는 조금도 생각하지 않는 것 같았다. 더 미안해졌다.

"채영이 언니랑 얘기하러 가는 곳, 거기에 따라가고 싶습니다."

그제야 승민은 뭔가 깨달은 듯 현수와 채영을 번갈아 쳐다봤다. 승민의 미간에 깊은 주름이 생겼다.

"설마…… 현수 너……."

"가죠."

더는 승민을 똑바로 보기 힘들었다. 승민은 돌아서서 걸어가는 현수의 어깨를 잡기 위해 손을 올렸다가 도로 내렸다. 그리고 채영을 돌아봤다.

채영은 괴로운 표정으로 고개를 숙였다. 승민의 눈동자가 흔들렸고, 결국 어쩔 수 없다는 듯 승민은 현수의 뒤를 따랐다.

셋은 회사에서 조금 떨어진 곳에 있는 술집으로 들어갔다. 커피숍이 아닌 술집을 선택한 이유는, 조금이라도 시끌벅적한 곳에 섞여 있고 싶었기 때문이다. 현수의 선택에 반대하는 사람은 아무도 없었다. 장소 따위는 아무래도 좋은 것이리라.

채영과 현수가 같은 쪽에, 승민이 맞은편에 앉았다. 안주와 술을 시켰지만 손을 대는 사람은 없었다. 시킨 음식이 나온 지 한참이 지날 때까지 아무도 입을 열지 않았다.

"생각을 했다. 정리가 되더군. 그런데 믿을 수가 없어서 물어봐야겠어. 내가 망상을 하고 있는 건가 싶어."

결국 승민이 입을 열었다. 아무도 대답하지 않았다.

"카르트를 가지고 최 과장을 쳐내려는 거야?"

승민은 알게 된 모든 것을 말하지 않고 결론만을 물었다. 채영은 작게 한숨을 쉬며 고개를 끄덕였다.

"그래, 똑똑하네."

장난스러운 말투지만 채영의 표정은 심각했다.

"단지 최 과장을 쳐내려고 이런 대대적인 일을 벌인 거라고?"

"단지 최 과장이 아니야. 이사들의 예쁨을 받고 회장님의 든든한 손주 사위인 최 과장이지."

"도대체 언제부터 생각한 거야?"

"꽤 됐어. 신차 디자인 공모 나올 때쯤…… 얘기는 그전부터 있었지만."

"……사장님이 시킨 건가?"

"시키는 일이라고 다 하진 않아. 사장님과 내 뜻이 통한 거지."

"최 과장을 쳐내는 게 대체 너에게 어떤 메리트가 있는 거지?"

"그대로 두면 하명 자동차가 최 과장 손에 들어갈 판이었어. 그런 사람이 주인인 곳에서 일하고 싶진 않잖아."

"벌어지지도 않은 일이야."

"벌어진 후에는 늦어."

"최 과장이 사장이 된다고 해서 하명 자동차가 쓰레기 같은 자동차만 뽑아내게 될 건 아니야. 어쩌면 자기 명성을 위해서 더 나은 자동차를 만들어 내게 할지도 모르지. 이건 결국 지금의 사장이 사장 자리에서 내려오지 않기 위한 욕심일 뿐이야."

"그럴지도 모르지. 그렇다면 그냥 내 개인적인 원한이라고 생각해 줘. 사장님은 권력을 위해, 난 내 원한을 갚기 위해."

"대체 네가 최 과장한테 무슨 원한이 있는데?"

"자기 걸 다 뺏어갔잖아."

"……."

"난 자기가 만든 자동차를 타고 싶었거든."

"CM 시리즈도…… 내가 만든 거야."

"응. 하지만 온전히 승민 씨 것은 아니지."

"……그런 이유로……?"

승민의 표정이 괴롭게 일그러졌다.

"그런 이유로 이런 짓을 했단 말이야? 그럼 그 자동차를 구매한 사람들은 뭐가 돼? 한 대에 2, 3천만 원. 회사에는 적은 돈일지 몰라도 서민들한테는 어마어마한 돈이야. 몇 개월 할부, 어쩌면 대출. 한참 고민하고 의논한 끝에, 내 인생 최고의 자동차로 삼겠다고 결심하고 즐거운 마음으로 카르트를 사겠지. 그러고 나서 카르트가 망작이라는 걸 알게 되면? 사고가 나면? 문제가 생기면? 비가 오는데 물이 새고, 사고가 났는데 에어백이 안 터지고, 엔진이 맛이 가고…… 그러면 오랜 결심 끝에 자동차를 구매한 사람들은 뭐가 되는 거지? 개미인가? 권력 다툼을 위해 몇 마리쯤 죽여도 상관없는 개미?"

"……승민 씨. 그렇게 가볍게 생각한 건 아니야."

"아니라고? 구매자의 마음을 생각했다면 이런 짓을 시작할 수 있었을 리 없어. 절대 못 하지. 이 계획을 세울 때 네 머릿속에는 구매자에 대한 생각은 전혀 없었을 거야. 안 그래?"

"……그래, 맞아. 승민 씨 말이 맞아."

"있었을 겁니다."

그동안 가만히 있던 현수가 끼어들었다.

"채영 언니도 구매자에 대한 생각은 충분히 했을 거예요."

승민은 그제야 현수의 존재를 깨달은 것처럼 눈을 크게 떴다.

"하지만 방법이 이것밖에 없었던 거겠죠. 아무리 생각해도 방법이 없으니까, 어느 정도의 희생은 감수해야 하니까…… 그러니까 하기로 결심한 걸 거예요."

"어느 정도의 희생? 정현수, 자동차를 사는 사람들에 대한 생각이 고작 그 정도였어? 자동차가 좋다며? 자동차만 좋고 타는 사람 따위는 아무래도 상관없는 거야?"

승민의 음성이 낮게 가라앉았다. 그런 게 아니라고 말하고 싶었지만 그럼 지금까지 한 말이 모순이 된다. 어렵다. 현수는 도망치고 싶었지만 간신히 견뎌 냈다.

"대체 회사의 주인이 뭐가 어떻다고 이런 짓을 하는지 모르겠다. 우린 자동차 디자이너야. 그냥 좋은 자동차를, 사람들이 좋아할 만한 자동차를 만들면 되는 거라고. 회사의 주인을 건 자리싸움 따위는 회사 안에서 자기들끼리 해 대면 되는 거고!"

"꿈…….""

"꿈꾸는 소리 하지 마, 승민 씨."

현수의 말을 끊으며 채영이 차갑게 말했다.

"현실에서 등을 돌리고 이상만 좇는다고 모든 게 해결되는 건 아니야. 자리싸움은 지들끼리 하라고? 회사의 주인이 누구인지에 따라 운영 방침도 결정되고, 만드는 자동차도 달라져. 모든 권한을 가진 건 아니지만 영향을 미치는 건 사실이야. 구매자의 희생? 그걸 누가 생각 안 해. 나도 서민이야. 돈이 펑펑 솟아나는 거 아니고, 자동차를 사는 그 돈이 그들에게 얼마나 큰지도 알아. 이 선택이 쉬웠을 거라고 생각해? 그저 즐거웠을 거라고 생각해?"

"즐겁고 쉽진 않았겠지. 하지만 이기적인 변명일 뿐이야."

"그럼 승민 씨라면 어떻게 할 건데? 그냥 조용히 모르는 척 최 과장이 하라는 대로 하고, 디자인을 빼앗기면서 살 거야? 눈 감고, 귀 닫고 그렇게?"

"......"

"그래, 승민 씨는 재능이 있으니까 하명에서 안 되겠다 싶으면 어디든 다른 곳으로 떠나면 되겠지. 하지만 다른 디자이너들은? 우리의 후배들은? 그냥 내 한 몸만 잘 먹고 잘살면 되는 거야?"

"현수 너도 그렇게 생각하냐? 내가 그저 내 한 몸만 잘 먹고 잘살자고 이러는 것 같아?"

"화살을 현수한테 돌리지 마. 난 승민 씨한테 묻고 있는 거니까."

승민이 눈을 감았다. 그의 얼굴에는 깊은 실망과 괴로움이 담겨 있었다. 현수는 그것이 오롯이 자신을 향한 것 같이 느껴졌다. 아니, 느낌만이 아니라 실제로 그럴 것이다. 승민은 현수에게 실망을 하고 있다.

첫 만남 때부터 자동차에 대해 쓴소리를 퍼부어 댔다. 멋만 중시하고 타는 사람의 안전은 고려하지 않았다며 아는 체를 해 댔다. 그런 현수가 괴물 같은 자동차를 내놓는 것이 어쩔 수 없는 일이라고 하니 실망하는 게 당연했다.

하지만 현수는 이런 상황에서 어떤 식으로 행동을 해야 좋을지 알 수 없었다.

세상은 '모' 아니면 '도'의 방식으로 흘러가는 게 아니었다. 중간이 있기도 하고 없기도 한데, 걸어가는 당사자는 또 다른 길의 존재 자체를 모르니까 걸어가기가 더 힘들다.

"니들 생각은 잘 알았다."

승민이 일어났다.

"최 과장한테 알릴 거야?"

채영의 질문에 승민이 쓰게 웃었다.

"글쎄…… 예전이라면 그랬을 텐데…… 난 요새 자동차보다 정현수한테 더 약해서, 현수까지 네 편을 드니 어떻게 해야 될지 모르겠네."

"……마승민 씨."

"간다."

현수가 따라 일어서자 승민이 차게 말했다.

"따라오지 마. 오늘은 혼자 있고 싶다."

나가는 승민을 따라갈 수가 없었다. 우두커니 서 있는 현수의 허벅지를 채영이 툭 쳤다.

"따라가 봐."

"하지만……."

"같이 있어 주길 바랄 거야. 너한테 약하다잖아."

"……."

"오늘 같이 있어 줘서 고마워. 이젠 승민 씨랑 같이 있어 줘."

현수는 꾸벅 인사를 하고 승민을 따라 나갔다. 승민은 어느새 인파에 섞여 있었지만, 현수는 한 번에 그를 찾을 수가 있었다. 그의 뒷모습을 발견한 순간부터 빨라진 발걸음이 이내 뜀박질이 되었다.

승민을 따라잡은 현수가 그의 팔을 붙잡자 승민이 걸음을 멈췄다. 승민은 괴로운 눈으로 현수를 내려다보다가 곧 미소를 지었다. 승민의 손이 현수의 머리를 쓰다듬었다.

"왜 말 안 했어?"

"……미안해요."

"그래. 가자. 춥지?"

"……네."

승민이 걸음을 옮겼다. 현수는 잠시 망설이다가 승민의 손을 꽉 잡았다.

처음 사장을 만나 일을 진행시키기로 결심했을 때, 들뜨지 않았다고 하면 그건 거짓말이다. 결과를 내보였을 때 승민이 놀라면서도 기뻐하는 모습을 보고 싶었다.

일이 되어 가면서 조금씩 걱정이 되었다. 괜찮은 걸까? 이대로 진행시켜도 될까?

이미 결심한 일을 중간에 멈추진 않겠지만 승민이 마냥 기뻐하지만은 않을 거란 생각이 들었다. 그리고 실제로도 그랬다.

승민은 몹시 괴로워 보였다. 일이 끝난 후에 알게 되었다면 손쓸 길이 없으니 어쩔 수 없이 좋아하는 척이라도 해 줬을 것이다. 하지만 지금은 충분히 멈출 수 있는 상황. 승민으로서는 갈등할 수밖에 없으리라.

"내가 언제부터 남의 마음을 생각하게 된 거지?"

자신의 괴로움보다 승민이 느낄 괴로움을 더 많이 생각하는 자신의 모습이 어색했다. 예전이었다면 승민의 괴로움 따위 아랑곳하지 않고 자신이 옳다고 생각하는 일을 밀어붙였을 것이다. 그때의 자신이 나은 건지, 지금이 나은 건지 알 수 없었다.

방금 전까지 옆에는 현수가 앉아 있었다. 현수가 그렇게 쉽게 채영의 편을 들어줄지는 몰랐다. 그래서 놀랍고 기뻤다.

'하지만 난 지금 또 혼자가 됐네.'

유독 외로움을 많이 느끼게 된 것은 나이 탓일까? 아니면 마음이 성장을 했기 때문일까?

채영은 식은 찻잔을 들며 작게 한숨을 쉬었다.

"사랑이라는 거 참 어렵네요."

무심코 중얼거린 말에 승민이 화들짝 놀라 현수를 돌아봤다.

"뭐야? 내가 뭔가 잘못했어? 나한테 질린 거야?"

이런 반응을 할 줄은 몰랐다.

"아, 아닙니다. 마승민 씨는 잘못한 거 없어요."

"그럼 왜? 뭐가 어려워?"

"그냥……."

현수는 승민의 곱상한 얼굴을 빤히 응시했다. 반듯한 이마와 가지런하고 짙은 눈썹, 가느다란 눈매와 오뚝한 코, 붉은 입술. 취향이 아닌 얼굴이 어느새 현수의 취향이 되어, 이보다 더 잘생긴 사람은 없을 거란 생각을 하게 만들었다. 이제는 이 얼굴이 아니면 안 된다.

하지만 이 얼굴보다 더 좋은 건, 현수의 한마디에 진지하게 반응하는 눈빛. 눈동자 가득한 애정.

"사랑하는 사람이 위기에 처했을 때 도와줄 수 없다는 게 괴롭습니다. 힘들 때 아무것도 해 줄 수 없으면서 사랑받기만을 원하는 거…… 그것도 모순인 것 같고요."

"지금 날 위해 뭐든 해 주고 싶어?"

"네. 미리 말하지 못한 거, 미안해요. 하지만 난 정말 어떤 게 좋은 건지 판단을 내릴 수가 없었습니다. 그래서…… 한심해요."

"내가?"

"아니요! 내가요. 내 자신이 한심해요. 아무것도 해 주지 못하면서…… 마승민 씨가 날 싫어하게 될까 봐 무섭거든요."

현수의 힘겨운 고백에 승민이 싱글싱글 웃었다.

"해 줄 수 있는 게 있는데."

"뭡니까? 뭐든 할게요."

"정말 뭐든 할 거야?"

"네!"

"그럼…… 키스해 줘."

"……네?"

"키스."

승민이 긴 손가락으로 자신의 입술을 톡톡 두드리더니 눈을 감았다. 이 남자가 무슨 생각일까 싶어서, 검지로 승민의 입술을 꾹 눌렀다.

"저, 농담하는 거 아닙니다."

"나도 농담하는 거 아냐."

승민은 입술이 눌린 채로 웅얼거렸다.

"키스해 주면 돼."

"그런 걸로……."

"그런 걸로 돼."

승민이 막무가내였기 때문에 현수는 승민의 입술에 가볍게 입을 맞췄다. 승민은 훨씬 개운해진 표정으로 눈을 뜨고 현수의 머리를 쓰다듬었다.

"아, 좋다."

"이런 걸로 됩니까?"

"응, 돼."

"하지만……."

"만약 너에게 괴로운 일이 생겼는데, 내가 해 줄 수 있는 게 키스밖에 없다면…… 넌 실망하고 날 싫어하게 될까?"

"아뇨."

"왜? 해 줄 수 있는 게 없는 남자인데."

"……옆에 있어 주는 것만으로도 힘이 될 겁니다."

"응, 맞아."

승민이 현수의 어깨를 감싸 자기 쪽으로 끌어당겼다.

"나도 그래."

현수를 품에 안은 채 승민이 말했다.

"사랑을 하게 되면 그 사람을 위해 무언가를 해 줘야 할 줄 알았어. 나 역시 나에게 도움이 되는 사람과 사귈 줄 알았고. 그런데 막상 내가 괴로운 상황에 빠져 보니, 네가 내 도움이 되었으면 좋겠다, 널 이용해서 뭘 해야겠다…… 그런 생각은 안 들어. 그저…… 아아, 이렇게 복잡한 순간에 네가 내 옆에 있어서 다행이다, 그런 생각만 든다. 정말 네가 있어서 다행이야."

차가운 바람에 볼이 아렸다. 하지만 현수는 내색하지 않고 가만히 승민의 심장 소리를 들었다. 두꺼운 점퍼 밖으로 두근두근, 낮게 울리는 박동 소리가 듣기 좋았다. 추운데도 따뜻하고, 불편한데도 편안했다.

"곧 연말이고 곧 연초가 되겠네."

조심스레 머리를 쓰다듬는 승민의 손길이 기분 좋았다.

"믿어져? 우리가 같이 한 해를 보내고, 한 해를 맞이한다는 거. 난 이런 상황에서도 너랑 같이 보낼 내년을 생각하는 내 자신이 웃기고, 또 좋다."

승민이 채영의 어깨를 두드렸다. 어제의 일로 화가 나 있을 줄 알았던 승민의 표정은 그 여느 때보다도 밝았다. 의아한 눈으로 쳐다보는 채영에게 승민이 말했다.

"어제 밤새도록 현수랑 얘기를 했다."

"그거 좋겠네."

"사장님을 만나게 해 줘. 카르트 일, 해결 보고 싶다."

"무슨…… 이야기를 하게? 설마 그만두라고 하려고? 사장님한테 말해 봐야 통하지 않을 거야."

"그만두라는 말은 안 해. 좀 더 나은 해결책을 찾아낸 것뿐이야."

"마 대리까지 있을 줄은 몰랐군."

최 사장이 승민과 채영의 맞은편에 앉았다. 최 사장에게는 채영이 연락했다. 카르트에 대해 급한 용무가 있으니 만나고 싶다고. 카르트에 대한 것은 최 사장과 채영만 아는 은밀한 계획이었다. 그런 자리에 승민이 있으니 놀랄 만도 했다. 최 사장의 얼굴에는 미세한 불쾌감마저 서려 있었다.

하지만 승민은 주눅 들지 않고 최 사장에게 인사했다. 최 사장은 승민의 인사를 제대로 받아 주지 않고 채영을 노려봤다.

"무슨 일이지?"

"제안을 드리고 싶습니다."

채영 대신 승민이 말했다. 최 사장은 승민에게 눈길을 주지 않았다. 아예 없는 사람 취급을 하기로 한 모양이다.

승민은 개의치 않고 이야기를 시작했다.

"카르트에 대해서 사장님과 채영 씨가 무엇을 도모하고 있는지, 우연히 알게 됐습니다. 채영 씨가 제게 알려 준 것이 아닙니다."

최 사장은 승민을 보진 않았지만, 말을 끊지도 않았다.

"옳지 못한 방법이라고 생각합니다. 회사에는 어떨지 모르지만 구매자들은 조금도 보상을 받지 못하니까요. 회사의 이익만 생각해서 구매자를 등한시하는 것은 잘못된 행동이라고 생각합니다."

최 사장의 눈썹이 일그러졌다. 최 사장은 그제야 승민을 노려봤다.

"마 대리. 자네는 하명 자동차 사람이 아니었나?"

"현재는 그렇죠."

"현재는?"

"앞으로는 어떻게 될지 모르잖습니까. 사장님이든, 최 과장님이든 손 하나 까딱하시면 절 잘라 버릴 수 있으니까요."

"지금 나한테 비아냥거리는 건가? 아니면 협박을 하는 건가?"

"협박도, 비아냥도 아닙니다. 하지만 하명 자동차의 직원이라는 이유로 눈 감고, 귀 닫아야 한다면…… 하명 자동차의 비리를 알게 된 사람으로서 말씀드리고 싶습니다."

"어디 얘기나 들어보지."

"예약 판매를 대대적으로 실시했으면 합니다."

"예약 판매를 대대적으로 하자고? 카르트의 판매를 막으려고 하는 줄 알았는데."

"네, 판매를 막으려고 합니다."

"마 대리, 지금 굉장히 모순된 이야기를 하고 있다는 거 아나?"

"네, 압니다. 하지만…… 대대적인 예판은 결국 카르트의 출시를 막게 될 겁니다."

승민은 의아해하는 최 사장에게 자신의 계획을 설명하기 시작했다.

　대학에서 강의를 하던 박 교수는 한창 수업 중에 들어오는 인물을 발견하고는 눈을 크게 떴다. 하지만 강의를 멈추진 않았다. 50분의 강의를 딱 채운 후에 수업을 끝냈다. 학생들이 느릿느릿 강의실을 빠져나갔고, 수업 중 들어온 인물만 강의실에 남았다.

　"여긴 어쩐 일이십니까?"

　"자네가 정말 교수가 맞나 싶어서 확인하러 왔지."

　"사장이라는 직함을 얻으면 인생이 참 한가해지나 봅니다. 이런 데도 오시고."

　"미래를 책임질 젊은 피들이 돌팔이 교수한테 사기를 당하고 있지 않나 걱정이 됐거든. 바로 강의 있나?"

　"오늘은 이게 끝입니다."

　"얘기 좀 할까?"

　"사무실로 가시겠습니까?"

　"아니."

　최 사장이 추억 어린 눈으로 빈 강의실을 둘러봤다.

　"여기가 좋겠군."

　박 교수는 최 사장의 옆에 앉았다.

　"나이가 들면 말이야…… 머리가 굳는 모양이야. 신선한 생각이라는 걸 하기가 힘들어."

"젊은이들의 창의력을 따라가기 힘들어지긴 하죠."

"오늘 마승민이한테 한 소리 들었네."

"승민이한테요?"

"카르트 일로."

"승민이가…… 알게 됐군요."

"그래. 더 나은 해결책을 말해 주더라고."

"더 낫던가요?"

"더 낫더군. 확실히."

"어떤 방법입니까?"

"대대적인 예약 판매."

"……그게 낫습니까?"

"자네도 모르겠지?"

최 사장은 쓸쓸하게 웃으며 그 이야기를 할 때의 승민을 떠올렸다. 승민은 젊음의 혈기와 자신감으로 가득 차 있었다.

"예약 판매를 빠르게 시작하라더군. 홍보도 당초의 계획보다 많이 하고, 각종 이벤트 경품으로도 내놓으래. 일단 계약만 여기저기 해 놓으라는 거지. 예판으로 구매를 하는 사람들에게는 파격적인 할인에, 다양한 옵션까지 끼워 주는 형태로. 사람들이 예판에 관심을 보일 수밖에 없도록 홍보를 하라는 거야."

"그럼 상당한 이슈가 되겠군요."

"그렇겠지. 하명 자동차라는 국내 1위 자동차 회사에서, 꽤나 멋져 보이는 자동차를 저렴한 가격에 판매하는 거니까. 회사에서 밀어주는 자동차인 거지. 최 과장은 의심 없이 받아들일 거야. 이만큼 밀어준다고 하면."

"그렇겠죠."

"예판이 잘되면 그만큼 자동차도 많이 찍어 내겠지. 실제 판매에 들어가면 더 잘 팔릴 테니까. 그렇게 풀가동으로 카르트를 만들어 낸 후에, 그동안 안 했던 각종 안전검사 등을 진행하라는 거야. 무슨 이유든 갖다 붙여서."

"……."

"분명 문제가 발견되겠지. 여러 군데서 발견되면 더 좋고."

"판매가 되기 전에 끝나는 거군요."

"그래. 문제가 생긴 자동차를 팔 수 없으니 우리는 구매 신청 들어온 것들을 취소해야 하고, 경품을 제공하기로 계약했던 회사들을 책임져야 돼. 상당한 타격이 있겠지."

"하지만 구매자들은 돈을 전부 돌려받을 수 있고요."

"그래, 그들은 피해를 입지 않지. 게다가 하명 자동차에도 득이 되는 일이야. 손해액이 발생하긴 하지만 문제 되는 자동차는 전량 폐기한다는 신뢰를 얻으니까."

"……그러네요."

"게다가 이 건을 가지고 겉모양만 신경 쓰면서 신중하지 못하게 판매를 하려고 했던 최 과장에게 타격을 줄 수도 있고."

"그걸 승민이가 생각한 겁니까?"

"그래, 이게 마승민이 생각이야. 우스울 정도로 간단하지 않나? 구매자들에게 피해도 주지 않고 하명 자동차도 신뢰를 얻는 방법. 그런데 나는 그걸 생각하지 못했다는 거지. 경솔한 건 최 과장만이 아니야. 나 역시 경솔했어. 그저 최민석을 밀어낼 방법만 생각하고 있었던 거야."

최 사장이 회한의 한숨을 내쉬었다.

"정말 부끄러워. 한 회사의 장으로서 이렇게나 짧은 생각밖에 못 했다니."

"⋯⋯."

"이 계획에는 문제가 하나 있어. 그게 뭔지 아나?"

"승민이의 자동차겠죠."

"그래. 마승민이가 심혈을 기울여서 만든 자동차가 모터쇼에 나가게 되기는 힘들 거야. 카르트랑 외형이 비슷한 자동차. 베낀 쪽은 카르트지만, 다른 사람들이 뭘 알겠어. 하명 자동차에서 전량 폐기한 자동차를 재활용한 자동차라고만 생각하겠지. 이사진들도 그렇게 생각할 거고."

"승민이도 압니까?"

"당연히 알지."

"뭐랍니까?"

"상관없대."

"상관⋯⋯없다고요? 승민이가 그렇게 말했습니까?"

"그래. 괜찮대. 대신 모터쇼에 출품 못 하게 정해지면 각종 테스트 비용이나 대 달라더군. 형식 승인 받아서 자기가 타고 다니겠다고."

박 교수가 웃음을 터뜨렸다.

"좋은 방법이군요. 세상에서 하나밖에 없는 자동차가 될 테니."

"그런가?"

"자기가 직접 하나하나 개입해서 만든 자동차를 타고 도로를 달릴 수 있다는 거, 매력적이지 않습니까? 게다가 돈 한 푼 안 들이고."

"디자이너들의 생각은 못 따라잡겠군."

"나도 한 대 만들어 달라고 하고 싶지만…… 안 만들어 주겠죠. 세상에서 딱 한 대뿐인 자동차여야 하니까."

박 교수의 말이 최 사장에게 위안이 되었는지 최 사장의 표정이 조금 밝아졌다.

"승민이도 하명을 떠날까?"

"안 떠날 겁니다."

박 교수가 단호하게 말했다.

"그 애는 하고 싶은 일이 있으니까 떠나지 않을 겁니다. 사장님이 쫓아내지 않는 한은."

"그럼 자네는 왜 그만뒀지? 하고 싶은 일이 없었나?"

"흠…… 이건 우리 마누라한테도 얘기 안 한 건데…… 형님이 상심해 있으니까 형님한테만 말씀드리죠."

박 교수가 목소리를 낮췄다.

"해외 자동차 산업에도 영향을 미치는 최고의 자동차 디자이너, 디자이너 박. 그게 저에 대한 평가죠."

"……잘난 체를 듣고 싶은 건 아닌데."

"네, 이건 정말 '체'일 뿐입니다. 잘나지 않았죠, 저는. 하지만 사람들이 저에 대해 그런 식으로 평가를 하고 언론에서 그런 식으로 떠들어 대면, 저도 그렇게 '체'와 '척'을 하게 되더라고요. 그저 '체'일 뿐인지도 모르고."

농담 삼아 한 말을 박 교수가 진지하게 받아들이자, 최 사장은 당황한 듯 '농담이야, 박 교수. 자네 정말 잘났어.'라고 말했다. 하지만 박 교수는 고개를 저었다.

"승민이를 데리고 와서 그 애가 매번 신선한 디자인의 자동차를 그려 올 때마다 저는 감탄했습니다. 놀랍고 부러웠죠. 조금은 미숙하지만 더 많이 성장할 테니까, 내 나이쯤 되면 지금 내가 서 있는 위치보다 한참 더 위에 서 있을 거란 생각이 들었습니다."

"마승민이 실력이 그 정돈가?"

"네, 적어도 제 눈엔 그렇습니다. 그저 부럽고 놀라워했으면 다행인데…… 전 더 이상 자동차를 그릴 수가 없었습니다. 뭘 그리든 승민이가 그린 것과 비교를 하게 되더군요. 질투는 없었습니다. 그 아이가 성장해 나가는 모습을 보는 것도 좋았죠. 하지만 도무지 내 그림을 그릴 수가 없어서…… 그만뒀습니다."

최 사장이 경악했다.

"그런…… 이유였단 말인가? 자네 정도 되는 디자이너가…… 단지 그런 이유로?"

"네. 부끄럽지만 단지 그런 이유로요."

"하아. 하하……."

최 사장이 헛웃음을 터뜨렸다.

"정말…… 디자이너들의 생각은 못 따라잡겠군."

"아쉽게 생각하진 않습니다. 후회하지도 않고요. 하명에서 내 인생의 마지막 자동차를 만들 때 모든 힘을 쏟아 부었습니다. 거기까지가 내가 할 일이었죠. 그 뒤는 내 후배들이 잘해 나갈 거라고 생각했고…… 승민이가 정말 잘 컸네요. 내 예상대로."

"그래, 잘 크긴 했지. 자네가 데리고 왔을 땐 눈빛도 차갑고 감정도 없는 녀석 같았는데, 많이 부드러워졌더라고."

"아! 그건 디자인 때문이 아니라 사랑을 해서 그럽니다. 그 녀석, 애인 생겼거든요."

"호오…… 그래?"

최 사장이 관심을 보이자 박 교수는 아들의 암흑기를 털어놓는 아버지처럼 흐뭇한 표정으로 이야기를 시작했다.

"그 애인이란 아이가 말입니다, 저랑도 친한 아이인데………."

이야기 일곱, 컴퍼스 콤플렉스

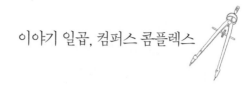

하명 자동차가 2월에 출시할 자동차 카르트는 대대적인 홍보를 통해 이슈가 되었다. 통행량이 많은 거리의 전광판, 텔레비전 광고, 인터넷 광고 등 '카르트'가 눈에 띄지 않는 곳은 없었다.

세련된 외형과 엔진에서 시트까지에 이르는 세세한 찬사, 저렴한 가격까지. 자동차를 장만할 생각이 없었던 사람들의 마음까지 잡는 홍보로 인해 예약 판매율이 사상 최대를 기록했다. 예판 기간 동안에만 제공해 주는 각종 옵션들도 구매량을 높이는 데 한몫했다.

하지만 출시 직전, 하명 자동차가 돌연 카르트의 발매를 취소했다. 출시 전 각종 검사를 다시 해 본 결과 문제가 발견되었다는 것이 그 이유였다. 하명 자동차는 카르트를 전량 폐기하겠다고 발표했고, 예약 구매 대상자들에게는 계약금을 돌려줬고 적절한 보상까지 해 주었다.

카르트 때문에 생긴 손해에 대한 책임은 최민석에게 돌아갔다. 최민석은 자신에게는 아무 책임이 없다고, 이름만 빌려 줬을 뿐 실질적으로 관여하지는 않았다며 발뺌했다. 하지만 세찬이 쫓겨나듯 팀을 떠났다는 것은 직원들 사이에서 공공연히 알려진 사실이었다. 게다가 채영이 그동안 최민석을 만나면서 녹음해 둔 음성 파일에 최민석의 지시와 욕망이 고스란히 들어 있었다.

아무것도 아는 게 없으면서 후배들의 공을 빼앗아 자기 것으로 만들어 오던 만행이 드러나며, 최민석은 카르트에 대한 모든 책임을 져야만 했다.

최민석은 모든 책임을 지고 회사를 나갔고, 그 자리를 다른 사람이 채웠다. 직원들은 갑작스럽게 닥친 사건들 때문에 혼란스러워하면서도 최민석이 나간 것을 내심 기뻐했다. 술렁거림 사이에서 조용히 제 할 일을 하는 직원은 승민과 세찬, 채영뿐이었다. 그들은 평소와 다름없이 시장 조사를 하고 정리를 하며 소란이 가라앉기를 기다렸다.

"콘셉트카 프로젝트를 진행하는 동안 참여해 주신 여러분께 정말 감사드립니다."

어느 날, 승민이 팀원들을 모았다. 거기에는 현수도 끼어 있었다.

"우리가 함께 만든 자동차는 정말 멋지게 만들어졌습니다. 제가차 디자이너가 된 후에 처음으로 마음껏 디자인을 하고 열중했던 것 같습니다. 하지만 애석하게도 이번 모터쇼에 우리의 콘셉트카가 전시되지 못할 것 같습니다."

최민석 사건이 터졌을 때 다들 짐작하고 있었던 바였다. 반대하는 사람도 없었고, 애석한 탄성을 내뱉는 사람도 없었다. 회의실은 그야말로 고요했다. 승민 이외에 아무도 존재하지 않는 것처럼.

승민은 계속해서 말했다.

"전시가 되어 많은 사람들에게 보이기를 다들 바라셨을 텐데 정말 죄송하게 생각합니다. 제게 조금 더 힘이 있었더라면 좋았을 텐데…… 그 대신이라고 하기는 뭐하지만, 사장님께서 카르트 때문에 생긴 타격을 무마할 만한 신차의 개발을 맡기셨습니다. 다음 자동차를 만들 때 함께해 주셨으면 좋겠습니다."

이번에는 약간의 소란이 있었다. 갑작스러운 제안에 다들 놀란 눈치였다. 승민의 시선이 현수에게 향했다. 승민의 눈동자는 '너도 함께해 줘.'라고 말하고 있었다. 현수는 조용히 그의 시선을 피했다.

"당연히 같이 해야지. 실제로 출시될 자동차인데 우리가 아니면 누가 같이 하겠어? 마 대리 힘들 때도 함께하던 우리잖아. 안 그래?"

윤석희가 호쾌한 목소리로 외치자, 다들 '맞아요.', '같이해야죠.', '이번엔 진짜 제대로 해봅시다.'라며 맞장구를 쳤다. 채영과 세찬, 훈영도 고개를 끄덕였다.

회의가 끝나고 나오는 길에 승민이 현수를 붙잡았다.

"같이할 거지?"

승민이 물었다. 현수는 가만히 생각하다가 말했다.

"밖에 좀 나갈까요?"

둘은 함께 회사를 빠져나왔다. 현수는 망설이다가 승민의 팔짱을 꼈다.

"나, 시골로 돌아가려고 합니다."

현수의 말에 승민이 걸음을 멈췄다. 현수는 가볍게 승민의 팔을 끌어당겼다. 승민이 다시 걷기 시작했다.

눈발이 날렸다. 가볍게 날리던 눈송이가 현수의 얼굴에, 그리고 승민의 얼굴에 떨어졌다. 현수는 얼굴에서 녹은 눈의 잔재를 닦아 내며 말했다.

"잊고 계셨나 본데, 저 계약직이었습니다. 그것도 단기로요. 계약 기간도 끝났으니 더 남아 있을 이유가 없죠."

"하지만……."

"마승민 씨가 만드는 자동차를 보고 싶었고, 작은 도움이나마 되고 싶었습니다."

"그래. 이제부터 그걸 할 거야. 네가 도와줘."

"배트카 같이 만들었잖아요."

"그건 전시도 되지 않아."

"하지만 마승민 씨가 타고 다닐 거잖아요. 자기가 탈 만큼 자신이 있으니까. 날 태워 줄 만큼 자부심이 있으니까. 아닙니까?"

"그거야 그렇지만……."

"서울에 와서 일을 하며 내가 얼마나 좁은 우물에 갇혀 있었는지 깨달았습니다. 내가 아는 지식은 정말 작은 부분이었어요. 나는 아무엇도 할 수 없었죠. 그래서 더 많은 걸 배우고 싶습니다. 더 많은 걸 알게 되면, 당당하게 하명 자동차에 지원을 할 수도 있겠죠. 그때는 카센터에서요."

"카센터……."

"네. 자동차가 만들어지는 과정을 구경하는 것도 재미있지만, 난 역시 카센터에서 문제가 있는 자동차를 만지는 일을 하는 게 더 좋습니다."

이제는 단발이라고 해도 될 만큼 길어진 현수의 연갈색 머리카락을 승민은 물끄러미 응시했다. 바람에 나부끼는 머리카락 사이로 언뜻언뜻 보이는 현수의 눈동자. 굳은 각오가 묻어 있는 그 맑은 눈동자가 생각을 바꾸지 않으리라는 것을 알려 주었다. 승민이 무슨 말을 해도, 이 고집스러운 여자는 서울에 남지 않으리라.

"이제 매일 못 보겠네."

승민의 말에 현수가 웃었다.

"장거리 연애 자신 없습니까?"

"자, 자신이 없긴 왜 없어? 내가 살면서 자신이 없어 본 적이 없어!"

"몸이 멀어지면 마음도 멀어진다잖아요. 장거리 연애 성공하는 커플, 많지 않다던데."

"우린 성공할 거야."

승민이 현수의 잘록한 허리에 팔을 감았다.

"두세 시간 거리? 그거 아무것도 아냐. 일주일에 한두 번 보는 것도 참을 수 있어."

"정말로?"

"그래, 정말로."

"와, 대단하다. 나는 못 참을 것 같은데. 매일 보고 싶을 것 같은데."

현수의 말에 승민이 걸음을 멈추고 현수를 자기 쪽으로 돌려세웠다.

"나도 시골로 내려갈까?"

승민의 눈빛은 더없이 진지했다. 현수는 웃으며 승민의 미간 사이를 손가락으로 꾹 눌렀다.

"농담입니다."

승민이 자신의 미간을 누르고 있는 현수의 손가락을 잡았다.

"농담? 매일 보고 싶을 거란 말이 농담이란 말이야? 그건 그것대로 서운한데?"

"못 참을 것 같다는 부분이 농담이라고요."

"그럼 넌 참을 수 있단 말이야? 사실 난 못 참을 것 같다. 매일 만날 때도 집에 돌아가면 보고 싶어서 견딜 수 없는데, 일주일에 한 번 보면서 어떻게 살아? 역시 내가 본가로 들어가야겠다."

"마 교수님이 방 안 내주실 걸요."

"그럼 너네 집에서 살지, 뭐."

"우리 아버지는 내주실 것 같습니까?"

"웃…… 너는 냉혹해."

거리 한복판에 멈춘 터라 통행에 방해가 됐다. 몇몇 사람들이 곱지 않은 시선을 던지고 지나갔다. 현수는 승민의 팔을 잡아당겼다.

둘은 다시 걷기 시작했다.

처음에는 조금 떨어져서 걸었지만 점차 거리가 가까워졌고, 각자 스치던 손이 어느새 깍지를 꼈다.

"덕분에 즐거운 경험을 했습니다. 많이 배웠고요. 짧다면 짧은 시간이었지만, 이상하게도 굉장히 오랫동안 서울에 있었던 것 같은 기분이 들어요."

"네가 즐거웠으면 됐어."

"네. 마승민 씨도 앞으로 자동차 만들 때 즐거웠으면 좋겠어요. 어떤 자동차를 만들든⋯⋯."

"뭘 만들게 되든 네가 탈 자동차라고 생각하고 만들 거야."

"그거 멋진데요. 기대할게요."

"시골엔 언제 내려가?"

"다음 주 주말에요."

"같이 가자."

"그래요."

"머리는 계속 기를 거야?"

"어떡할까요?"

"기르니까 예쁘다."

"그럼 기르죠, 뭐."

현수는 버스를 타고 돌아가고 승민은 회사로 돌아왔다. 승민이 자리에 앉자 채영이 승민을 돌아봤다.

"현수는 안 할 거래?"

"응. 시골로 돌아간대."

"역시 그렇구나."

"알고 있었어?"

"그냥…… 그러지 않을까 싶었어."

"일주일에 한 번만 보고 어떻게 살 수 있을지 모르겠다. 숨이 멎으면 어쩌지?"

중얼거리는 승민을 채영은 어처구니없다는 듯 쳐다봤다.

"자기는 정말 그렇게 안 보였는데…… 사랑에 빠지니까 완전 바보구나?"

"바보인 게 어때서!"

"누가 뭐래?"

채영은 콧방귀를 뀌며 승민을 무시했다.

"넌 요새 어때? 기분 좀 괜찮아?"

"그냥 그래. 회사가 너무 어수선하니까 나도 기분이 영 안 좋네. 분위기 좀 가라앉으면 나도 괜찮아지겠지."

"남자 좀 만나 보지그래?"

승민의 걱정스러운 말투에 채영이 피식 웃음을 흘렸다.

"남자한테 기대고 그러는 성격 아닌 거 알잖아. 그 남자가 회사 분위기 가라앉혀 줄 능력이 있으면 모르겠지만. 옆에 있어 주는 것만으로는 기분이 나아지지 않을 것 같은데?"

"나도 예전엔 그렇게 생각했었지."

"지금은 안 그래?"

"응. 옆에 있어 주는 것만으로도 기분이 나아지더라."

"그거야 상대가 현수니까 그렇지. 현수, 좋은 애잖아."

"너 요새 현수 칭찬 많이 하더라? 현수한테 관심 있냐?"

"그럼 어쩔 건데?"

"아무리 너라도 현수는 줄 수 없어."

바보 같은 소리를 하는 승민을 보며 채영은 말갛게 웃었다. 현수에 대한 애정을 고스란히 드러내는 모습을 봐도 이제는 아무렇지 않다. 질투심도, 외로움도 생기지 않는다. 사람의 마음이라는 것이 참으로 신기하게 변화한다는 걸, 나이 서른이 넘어서야 깨달았다.

"컴퍼스 콤플렉스라는 말 알아?"

채영의 질문에 승민의 눈이 휘둥그레졌다.

"네가 그걸 어떻게 알아?"

"현수가 얘기해 주더라."

"현수? 아아…… 그래, 현수는 우리 아버지랑 친하니까…… 현수가 뭐래?"

"컴퍼스 콤플렉스라는 게 있다. 자기한테도 그런 게 있대."

"현수한테? 그런 거 없어 보이는데."

"있대."

대답을 하며 현수와의 대화를 떠올렸다.

─남자로 태어나지 못한 게 한이 됐습니다. 아무래도 정비소 쪽 일은 여자가 많지 않으니까요. 남자로 태어났더라면 아버지에게도 인정받고 정비소를 물려받을 수 있을 거라고 생각했습니다. 늘 그런 생각을 했죠. 나는 왜 여자로 태어났을까. 내가 여자로 태어나긴 했어도 남자만큼 힘세고

일도 잘하는데. 나 정도면 남자라고도 할 수 있지 않을까?

　—지금은 그런 생각 안 해?

　—전에 마승민 씨가 그런 얘기를 하더라고요. 자기 앞에서 웃통 깔 수 없으면 여자라고.

　—……할 말이 없네.

　—네. 근데 웃기게도 저는 그 순간, 아…… 결국 그 차이인가? 마승민 씨한테 여자와 남자의 차이는 웃통을 깔 수 있고, 없고밖에 없는 건가? 그 생각이 들더라고요. 그러면서 제가 했던 수많은 고민이 우습게 느껴졌고요.

　—그래, 그 기분 어떤 건지 알겠어.

　—전 깨닫지 못했을 때지만, 그때도 내게는 마승민 씨가 아주 소중한 존재였습니다. 그래서 그 사람이 그렇게 생각해 준다는 데에 안도했고, 주위에서 뭐라고 해도 그 사람만 그렇게 생각해 주면 되는 거라고 위안을 삼을 수 있었어요. 그리고 어느 순간부터 그런 것들이 정말로 아무렇지도 않게 됐고요.

　—그래.

　—게다가…… 남자로 태어났으면 마승민 씨와 이런 관계가 되지도 못했겠죠.

　그렇게 말하며 수줍게 웃는 현수는 굉장히 사랑스러웠다. 같은 여자인데도 현수를 가진 승민이 질투 날 정도였다.

─아직도 컴퍼스 콤플렉스라는 게 정확히 어떤 건지 모르겠습니다. 하지만 분명한 건, 마승민 씨를 만나면서 제 세상의 크기가 아주 넓어졌다는 거예요.

　─그런 얘기를 나한테 하는 이유는?

　─그건…… 언니도 저한테는 그런 존재라는 걸 말씀드리고 싶었습니다.

　─내가?

　─네. 언니를 보면서, 큰일을 하는 데에 남자나 여자라는 건 정말 상관이 없는 거구나, 라는 걸 다시 한 번 깨달았습니다. 사실 이번 일에 마승민 씨나 세찬 오빠가 한 일은 거의 없잖아요. 그래서…… 인사드리고 싶었어요. 제 세계를 넓혀 줘서 감사하다고.

"현수의 콤플렉스는 뭔데?"

승민의 음성에 회상에서 벗어났다. 채영은 궁금하다는 눈으로 자신을 쳐다보는 승민을 빤히 응시했다.

"그건 현수한테 직접 물어봐."

"말 안 해 줄 거 같은데……."

"후후후. 그럼 내가 이긴 거네?"

"이기긴 뭘 이겨? 난 현수의 입술을 가졌다!"

바보 같은 남자.

채영은 작게 한숨을 쉬었다.

"자기도 그런 게 있어? 컴퍼스 콤플렉스."

"뭐…… 있는지 없는지는 모르겠지만, 아버지가 하신 말씀의 의미는 알게 됐지."

"아버지가?"

"응. 아버지는 어머니를 만나서 컴퍼스 콤플렉스를 극복할 수 있었대. 하지만 우리 어머니는 가정주부거든. 이렇게 말하면 가혹할지도 모르지만, 아버지의 일에는 아무 도움도 줄 수 없는 분이시지. 그쪽으로 아는 게 없으시니까. 그런데 대체 어머니가 어떻게 아버지의 한계를 더 넓게 해 준 건지 궁금했어. 그리고 한편으로는, 내게 혹시라도 컴퍼스 콤플렉스가 있다면 나와 같은 직업을 가진 사람, 적어도 내 직업에 대한 이해도가 높은 사람을 만나야만 한다고 생각했어."

"현수는 승민 씨의 일에 대한 이해도가 높긴 하지."

"응. 하지만 그게 문제가 아니더라. 현수가 내 일에 대해 이해도가 높든, 전혀 모르든 그게 중요한 게 아니었어."

"그럼?"

"현수의 존재가 중요한 거더라."

"현수의 존재……."

"내가 어떤 상황이든 현수는 신뢰가 담긴 눈으로 날 바라봐. 나에 대해 의심하거나 조롱하는 듯한 기색이 전혀 없어. 그냥 날 믿어 주는 거야. 그게 얼마나 안심이 되는지…… 현수가 있으면 내가 그동안 포기했던 것들을 다 해낼 수 있을 것 같다는 생각이 들었어. 그래서 배트카도 만들 수 있었고."

"그래, 배트카."

"난 아마 앞으로도 쭉, 현수가 있으니까 새로운 도전을 할 수 있을 거야. 그게 실패하든, 성공하든 현수는 날 같은 눈으로 바라볼 테니까."

"좋겠다, 승민 씨."

승민이 웃었다.

"응, 정말 좋다."

고향으로 돌아온 지 세 달이 지났다.

현수는 땀을 닦으며 정비소 밖으로 나왔다. 넓은 공터에 드러누워 하늘을 올려다봤다.

계절은 어느새 완연한 봄. 황사가 지나간 하늘은 깨끗하고 맑았다. 점점이 떠 있는 새하얀 뭉게구름이 맛있어 보였다. 현수는 입맛을 다시다가 문득 점심을 걸렀다는 데 생각이 미쳤다. 배고프다.

뭐라도 먹어야겠다는 생각에 자장면을 시키고, 다시 밖으로 나와서 앉았다. 선선한 바람이 기분 좋았다.

서울에서 있었던 일들이 꿈처럼 느껴졌다.

바닷속에 있을 때는 거친 해일처럼 느껴졌던 흔들림이 먼 곳으로 나와 바라보자 그저 작은 파도에 지나지 않음을 깨달은 그런 느낌이다.

그 안에 있을 때는 굉장한 일에 휘말린 것 같았고, 조금만 잘못되면 큰일이 날 것 같았다. 하지만 고향에 돌아와 보니 고향 사람들은 하명 자동차의 실수나 결함 같은 것에는 조금도 관심이 없었다. 현수의 고향은 현수가 떠났을 때와 똑같은 모습으로, 똑같은 빠르기로 흘러가고 있었다.

승민은 매주 금요일 밤이면 본가에 내려왔다가 일요일 저녁에 돌아가는 생활을 한동안 반복했다. 하지만 최근 한 달은 신차 개발에 들어가서 시간이 없어 만나질 못했다. 현수가 서울에 올라가면 되는 일이지만, 현수도 현수 나름대로 바빴다. 일 년 동안 공부해서 대학에 갈 생각도 하고 있고, 아버지에게 이것저것 배우는 중이다.

'이번 주 주말에는 서울에 가 봐야겠다.'

바쁘기는 하지만 그래도 승민을 한 달이나 못 만나는 건 괴롭다.

'서울 간 김에 채영이 언니도 보고, 세찬 오빠랑 박 교수님도 만나고, 진혁이도 보고 와야지.'

진혁은 서울에서 취직을 했다. 뭔가 프로그래밍을 하는 회사라고 하는데, 그쪽 일은 잘 모르겠다. 승민의 말로는 상당히 좋은 회사란다. 신입치고는 연봉을 많이 받을 거라면서, 의외로 능력이 있는 녀석이었다며 굉장히 감탄을 했었다.

배달 온 자장면을 먹고 문제집을 펴는데 전화가 걸려왔다. 자동차가 고장이 났으니 와 달라는 전화였다. 현수는 피식 웃으며 전화를 끊고, 고장 났다는 장소로 트럭을 몰았다.

승민과 처음 만났을 때의 일이 떠올랐다. 그때는 정말 정신이 이상한 사람일 거라고 생각했었는데.

그날의 정경과 온도와 바람이 생생하게 떠올랐다. 풀냄새, 약간은 습기가 많던 미지근한 바람, 쨍쨍 내리쬐는 햇볕, 도로를 달릴 때의 덜컹거림.

인연이라는 것은 참 신기하다. 그런 식으로 평생 사랑할 남자를 만나게 될 줄 누가 알았을까.

고장 난 자동차가 보였다. 현수는 자동차 앞에 트럭을 세우고 자동차로 다가갔다. 검은색 세련된 차체, 금방이라도 불을 뿜으며 달려 나갈 듯한 도발적인 모양새. 이 세상에 단 한 대밖에 없을 한 남자의 배트카.

현수는 보닛에 다가가 끌어안듯 두 팔을 벌리고 얼굴을 댔다. 먼 길을 달려온 자동차의 보닛은 햇빛까지 받아 뜨거웠다.

문이 열리는 소리, 그리고 거칠게 닫히는 소리.

"문 좀 살살 닫으시죠?"

현수는 고개를 들지 않고 말했다.

"그러는 넌 남의 차에 얼굴을 대고 뭐 하는 거야?"

"보면 모릅니까? 열을 재는 겁니다."

현수는 허리를 펴고 눈앞의 남자를 마주 봤다. 훤칠한 키에 넓은 어깨, 쭉 뻗은 다리. 슈트가 잘 어울리는 남자는 봄날의 햇빛보다 근사한 미소를 짓고 있었다.

현수는 승민에게 다가가며 말했다.

"쓸데없이 비싼 차를 끄는 것보다 엔진오일이 더 중요하다는 거 모릅니까?"

"쓸데없이 비싼 차라니. 너, 이 자동차가 뭔지 몰라서 그래?"

"전혀 모르겠는데요."

"그래, 이런 시골구석에서 일하고 있으니 모를 만도 하지. 알려 줄까?"

"별로요."

"알고 싶을 텐데."

승민이 현수의 손목을 잡았다. 현수는 고개를 한껏 들어 승민을 올려다봤다.

"이 자동차에는 깊은 사연이 있어."

"흐음."

"약 일 년 전쯤에 세계 최고의 자동차 디자이너가 될 남자가 시 골 길을 달리는데 자동차가 고장이 난 거야. 그 남자는 고민을 하다 가 별로 신뢰는 가지 않지만 어쩔 수 없이 근처의 카센터에 전화를 걸었지. 그게 바로 역사에 기록될 만남의 순간이었어."

"거창하네요."

"거창하다니. 이것도 소박하게 간추려서 말한 건데. 하여간 말 끊지 말고 들어 봐. 그 남자는 자동차를 정비하러 온 여자를 보는 순간 반해 버렸지. 연갈색 눈동자, 뽀얀 피부, 키스를 부르는 도톰 한 입술."

거기까지 말하고 승민은 현수의 입술에 가볍게 입을 맞췄다.

"둘 다 서로에게 첫눈에 반해 버렸지."

"여자 쪽의 입장도 들어 봐야 하는 거 아닐까요?"

"그런 건 됐어. 틀림없이 그럴 테니까."

"……아, 네."

"둘은 합심해서 자동차를 만들기로 했어. 최고의 자동차, 누구나 돌아볼 만한 자동차, 그런 자동차를 만들어 보자. 남자는 한동안 꿈을 잃은 상태였지만 여자를 만나면서 할 수 있다는 자신감이 생긴 거야. 그래서 이 자동차를 만들었고, 훗날 세계 최고의 자동차 디자이너로 이름이 알려지게 되지."

"슬픈 전설이네요."

"슬프다니! 남자는 행복하게 오래오래 살았다고!"

"남자는 행복했겠지만, 역시 여자 입장도 들어 봐야 한다고 생각하는데요."

현수의 말에 승민이 미간을 좁혔다.

"뭐야, 넌 나랑 만난 게 안 행복하단 말이야?"

"흠. 전설의 디자이너가 마승민 씨 얘기였습니까? 그건 너무 왕자병 같은데요."

"아니, 그럴 리가. 이 업계에서 전해져 오는 얘기야."

승민이 씩 웃으며 현수의 손을 올려 손등에 입을 맞췄다.

"남자가 여자한테 어떻게 프러포즈했는지 궁금하지 않아?"

"별로요. 아마 마트에서 돼지고기 사면서 자기네 어머니를 어머님이라고 부르게 해 주겠다는 둥, 그런 바보 같은 소리를 하지 않았을까요?"

순간 승민의 얼굴이 붉어졌지만, 곧 정신을 차렸다.

"아니, 달라. 그건 그냥 농담이었고…… 진짜는 이거야."

승민이 현수를 물끄러미 응시했다. 그의 검은 눈동자 안에 오롯이 현수만이 담겼다. 그의 눈동자는 조금도 흔들리지 않았다. 작은 물결조차 없이, 고요히 그녀를 향해 있었다.

"그 남자는 여자한테 그랬대. 내 컴퍼스의 길이는 1센티미터밖에 안 돼서 아무리 큰 원을 그리고 싶어도 지름 2센티미터만큼의 원밖에 못 그려. 하지만 네가 내 컴퍼스에 한쪽 팔을 빌려 준다면 이 컴퍼스는 100미터, 1킬로미터…… 아니, 어쩌면 그 이상으로 큰 원을 그리게 될 거야. 나는 너와 함께 보이지도 않을 만큼 커다란 원을 그리고 싶다. 내 컴퍼스를 크게 만들어 줘. 평생."

"그래서 여자는 뭐라고 대답했습니까?"

"글쎄. 뭐라고 대답했을까?"

"아마……."

현수는 고개를 들어 하늘을 올려다봤다.

"좋습니다. 뭐, 당신의 1센티미터짜리 컴퍼스라도 더해지면 내 세계가 1센티미터만큼 늘어나니 좋은 거겠죠. 받아들일게요, 당신의 제안. 이렇게 말하지 않았을까요?"

현수가 긍정적인 대답을 했는데도 승민은 뽀로통한 표정이었다.

"표정이 왜 그럽니까?"

"이건 아닌 것 같아. 나는 내 컴퍼스를 1센티미터짜리라고 했어도, 너는 그러면 안 되지."

"……전설의 디자이너 얘기라면서요?"

"에잇!"

원하는 대로 돌아가지 않자 승민이 짜증을 냈다. 현수는 웃으며 두 팔을 벌려 승민의 목을 끌어안았다. 승민은 엉거주춤한 자세가 되었지만, 곧 현수처럼 웃으면서 현수의 허리를 감아 들어 올렸다. 승민과 같은 눈높이가 된 현수는 사랑해마지않는 승민의 눈동자를 들여다보며 말했다.

"마승민 씨가 그린 원이 이 지구보다 더 커질 때까지 마승민 씨와 함께할게요."

기뻐하며 입을 맞추는 승민의 귀에, 작은 속삭임이 덧붙여졌다.

"뭐, 평생 지구보다 커질 일은 없을 것 같지만."

〈컴퍼스 콤플렉스 완결〉

번외편

기억 하나

승민이 정씨를 찾아왔을 때, 정씨는 김씨네 슈퍼마켓 앞 평상에 앉아 한창 화투를 치고 있었다. 동네 아저씨들이 편한 차림으로 담배를 하나씩 물고 타닥타닥 화투장을 내려치는 곳에 정장을 입고 나타난 승민은 된장국 속의 피자 치즈처럼 어울리지 않았다.

"오오. 마 교수님 댁 아드님 아냐?"

"이야. 오랜만에 보는데도 번쩍번쩍 광채가 나는구먼."

"이리로 와서 앉아. 막걸리라도 한 잔 하고 가."

반가워서 한마디씩 하는 동네 어르신들에게 정중하게 인사를 한 승민은, 정씨의 옆에 무릎을 꿇고 앉아 낮은 목소리로 말했다.

"아버님. 은밀하게 드릴 말씀이 있습니다."

"내가 왜 네놈 아버님이야?"

"그럼 사장님."

"정비소 때려치웠다."

"그럼 아저씨."

"……쯧."

정씨는 작게 혀를 차며 일어났다.

"나 이번 판 빠진다. 나 없이들 치고 있어."

승민은 슈퍼마켓 앞에 세워 둔 차로 정씨를 데리고 갔다. 정씨가 운전석 옆에 서자 승민의 얼굴이 하얗게 질렸다.

"운전은 제가……."

"난 남이 운전하는 자동차는 안 타."

정씨의 고집스러운 발언에 승민은 잠깐 망설였지만 곧 마음을 굳혔다.

"전 제 자동차 운전, 아무한테나 안 맡깁니다."

둘의 시선이 허공에서 부딪쳤다. 결국 정씨가 운전석 문에 대고 있던 손을 뗐다.

"그래. 내가 '아무'란 말이지. 그 말 기억해 두겠어."

"……아, 아니요. 그런 게 아니고요, 아버님."

"내가 왜 네 아버님이냐고! 아무나라며! 아무! 아무라는 말뜻 몰라?"

"사실 정확한 뜻은 모릅니다. 아저씨는 아십니까?"

"한국인인데 그걸 왜 몰라? 아무는 말이지………."

거기까지 말한 정씨가 말을 멈췄다. 승민의 얼굴에 회심의 미소가 떠올랐다.

"모르시나 보네요."

"아무한테나 붙이는 말이 '아무' 아냐!"

"그러니까 그 아무한테나 할 때의 '아무'의 정확한 뜻이 뭐냐는 겁니다."

"너도 모르면서 왜 나한테 물어?"

"전 모른다고 시인했으니 아저씨도 시인하시죠."

"……이래서 외국물 먹은 것들은. 그래, 모른다 몰라! 안다고 밥 먹여 주냐?"

정씨가 배 째라는 식으로 버럭버럭 외치자, 승민이 상냥한 미소를 지으며 말했다.

"그럼 무슨 뜻인지 한번 알아볼까요?"

승민은 스마트폰을 꺼내 '아무'의 뜻을 검색했다.

"어떤 사람을 특별히 정하지 않고 이르는 인칭 대명사. 흔히 부정의 뜻을 가진 서술어와 호응하기도 하지만 긍정의 뜻을 가진 서술어와 호응하기도 한다네요."

"그래서 긍정이야, 부정이야?"

"전 아저씨를 긍정적으로 생각하고 있습니다."

승민이 진지하게 말했다. 짙은 눈썹 아래 자리 잡은 눈동자가 강렬한 빛을 띠고 정씨를 향했다. 난데없는 진지함이 정씨를 당혹스럽게 했다. 정씨는 저도 모르게 뒷걸음질을 치며 말했다.

"그, 그래. 나도 자네를 긍정적으로 생각하긴 하네."

"그럼 타시죠."

승민이 친히 뒷좌석의 문을 열어 줬다. 뒷좌석에 타면서 보니 슈퍼마켓 평상에 모여 있던 동네 친구 녀석들이 어이없다는 표정으로 이쪽을 쳐다보고 있었다. 도로변에서 갑작스럽게 '아무'의 진정한 뜻을 파헤치는 모습이 이상하게 보였을 법도 했다. 하지만 이놈들아, 지식 탐구는 평생의 과제라고!

보란 듯이 문을 세게 닫고 아늑한 소파에 기댔다. 눈이 휘둥그레질 정도로 고급스러운 이 자동차는 승민이 직접 디자인한 자동차라고 들었다. 일할 때의 승민의 모습을 이야기하던 현수의 모습이 떠올랐다. 승민의 이야기를 하는 현수는 그야말로 소녀!

오십 평생 기대도 안 했던 딸의 소녀다운 모습은 정씨를 깜짝 놀라게 했고, 조금은 서운하게도 했다. 이런 게 딸 보내는 아버지의 마음인 모양이다.

현수의 변화를 기대하고 마 교수와 합을 맞춰 현수를 서울에 보내기는 했지만, 짧은 기간 동안 그렇게 부쩍 자라서 돌아올 줄은 몰랐다. 여자로 태어난 것에 대해서 투덜거리던 현수는 온데간데없이 사라졌고, 웬 사랑스러운 소녀가 대신 그 자리를 채웠다. 물론 여전히 무뚝뚝한 구석이 있기는 하지만.

좀 걱정스러운 부분도 있었다. 웬 낡은 프라이팬에 승민의 얼굴을 그린 종이를 붙여 놓은 점이 그랬다. 현수는 그 낡은 프라이팬이 승민이라도 된다는 듯 아꼈다. 살벌한 서울에서 힘들게 사느라 정신이 살짝 이상해진 게 아닐까 싶을 정도였다.

어느 날엔가,

"그런 건 버리고 그냥 승민이한테 사진 한 장 달라고 하는 게 어떻겠냐?"

라고 말했더니, 현수는 그저 얼굴을 발그레 붉히기만 했다.

도대체 왜 낡은 프라이팬 따위에 얼굴을 붉힌단 말인가!

'승민이 저 녀석이 저 프라이팬으로 현수한테 뭔가 한 거 아냐? 야한 짓이라도 했나? 그런데 프라이팬으로 야한 짓을 할 수가 있나? 아니, 애초에 결혼도 안 하고 우리 딸한테 야한 짓을 하면 안 되지! 아무렴 안 되고말고! 저 자식, 그런데 내 딸한테 야한 짓을 했단 말이야? 결혼도 안 했는데?'

망상이 부풀어 '승민이 현수에게 야한 짓을 했다.'가 기정사실이 되고 말았다. 정씨는 승민이 운전 중이라는 것도 잊고 승민의 목을 마구 졸랐다.

"으악! 아버님, 아니, 아저씨! 왜 이러세요!"

"내 눈에 돌 들어가기 전에는 안 돼!"

"도대체 뭘요! 아저씨 눈에 돌 뿌릴 생각 없습니다! 돌 들어가면 실명해요!"

승민의 외침에 정신을 차렸다. 정씨는 흠흠 헛기침을 하며 승민을 놔주었다. 승민은 다시 운전을 하면서도 불안한지 백미러로 연신 정씨의 동태를 살폈다. 정씨는 인왕상처럼 무시무시한 표정으로 팔짱을 딱 끼고 앉아 백미러를 노려봤다.

한참을 달리던 자동차가 어느 지점에서 멈췄다. 정씨는 여기가 어딘가 싶어 창밖을 살폈지만 주위에는 아무것도 없었다. 승민이 차에서 내려 뒷좌석의 문을 열었다.

"아저씨, 여기서 드릴 말씀이 있습니다."

"왜? 아까 목 조른 거 복수라도 하시게?"

"……현수가 누구 성격 닮았는지 알겠네요."

"우리 현수 성격이 어때서!"

"뭐든 한 번에 들어주는 법이 없죠. 꼭 한 번씩 어깃장을 놓는다니까요."

"우리 현수는 그래도 돼!"

"그럼요! 현수는 그래도 되죠! 하지만 아버, 아니, 아저씨는 아닙니다!"

"왜!"

"현수처럼 귀엽지가 않잖습니까!"

"현수는 내 딸이야! 부전여전이라는 말도 몰라? 나랑 아주 꼭 빼닮았잖아!"

"……아무리 아버님이라도 그 말씀은 심하셨습니다."

"……그래, 심했지."

"나중에 현수한테 꼭 사과하셔야 합니다."

"그래……."

정씨가 한 수 접었다.

정씨가 내리자 승민이 정씨의 앞에 바른 자세로 섰다. 허리가 곧고 어깨가 넓었다. 곱상한 얼굴이지만 눈빛은 남자답고, 입매는 단정했다.

"여기서 현수를 처음 만났습니다."

승민이 말했다. 정씨는 방금 전과는 조금 다른 기분으로 주위를 둘러봤다.

"그런가?"

"네. 제 차가 고장이 났고 정비소로 전화를 걸었는데 현수가 나왔죠. 처음에는 중학생 소년인 줄 알았습니다."

"그래, 그때는 한참 그렇게 보였지. 요새는 머리가 많이 길어서 누가 봐도 여자야, 여자."

"네, 정말 예쁘죠."

승민의 입술이 부드럽게 휘어졌다. 현수 생각만 해도 가슴이 설레고 행복하다는 듯, 기분 좋게 미소를 짓는 모습이 보기 좋았다.

"그리고 여기서 현수에게 프러포즈를 했습니다."

"흐음……."

승민이 진지하게 정씨를 응시했다.

"아저씨. 아저씨를 아버님이라고 부르고 싶습니다. 아버님이라고 부르게 해 주세요."

"그래, 허락하지."

"저, 정말입니까?"

정씨가 쉽게 허락하자 승민의 눈이 커졌다. 순진한 얼굴을 보니 심술궂은 생각이 들어서 정씨는 덧붙였다.

"그래, 얼마든지 아버님이라고 불러도 좋아. 하지만 내 딸은 줄 수 없어."

"네? 아버님이라고 불러도 된다면서요?"

"날 아버님이라고 부르는 거랑 내 딸을 데려가는 거랑은 다른 문제야!"

"왜 다릅니까? 같은 문제죠!"

"난 자네 아버님은 되어 줄 수 있지만 장인어른이 되어 주겠다는 말은 안 했네."

"헉......."

뒤통수를 맞은 승민이 비틀거렸다.

"제가 아버님을 너무 쉽게 봤나 봅니다."

"그래, 넌 나를 너무 쉽게 봤어! 같이 '아무'의 뜻을 탐구했다고 해서 내가 자넬 마음에 들어 할 거라고 생각한 건 아니겠지?"

"마음에 안 들어 하실 이유가 없잖습니까? 전 안정적인 직장도 가지고 있고 외모도 근사합니다. 대체 뭐가 부족합니까?"

"겸손!"

"네?"

"자넨 겸손이 부족해!"

승민이 눈곱만큼도 갖지 못했고 가질 생각도 없는 것을 지적하자 승민은 말문이 막혔다.

"우리 현수 마음이 태평양처럼 넓어서 자네의 오만방자한 행동을 참아 주고 있겠지만 난 아냐! 내 딸이 자네처럼 오만방자한 놈 손에 놀아나는 꼴 못 봐!"

"하, 하지만......."

입술만 달싹거리던 승민의 뇌리에 오래된 기억 하나가 스치고 지나갔다.

"아, 그러고 보니 우리 사이는 이미 허락해 주셨죠? 뭐, 그럼 됐습니다. 그만 돌아가시죠."

갑자기 건방져진 승민의 모습에 이번에는 정씨가 당황했다.

"허, 허락은 누가 해 줬다는 거야?"

"일 년 전에 우리 아버지랑 같이 선포하셨잖아요. 저랑 현수랑 결혼하라고. 제가 깜빡하고 있었습니다. 그럼 현수랑 상의해서 결혼 준비 진행하겠습니다."

"이, 이런!"

그때의 일을 깜빡했다.

"설마…… 한 입으로 두말하시진 않으시겠지요? 제 장인어른 되실 분께서 한 입으로 두말하는, 남자답지 못한 사람이라고는 생각하지 않습니다."

"……네, 네놈……."

부들부들 떠는 정씨의 모습에 승민이 빙긋 웃으며 큰 한 방을 날렸다.

"이번 주말에 현수랑 같이 어머님께 허락 구하러 다녀오겠습니다."

"……."

"같이 가 주세요, 아버님."

생각도 못 한 때에 현수의 어머니를 챙기는 승민의 모습이 정씨의 가슴을 때렸다. 정씨는 더 이상 승민을 몰아붙일 수 없었다.

정씨의 대답을 기다리는 승민을 보며 정씨는 생각했다.

'그래. 내 딸이 남자 보는 눈은 있구나.'

승민이 정씨를 데리러 슈퍼마켓으로 가고 있을 때, 현수는 마 교수네 '승민이'를 정비소에 데리고 와서 같이 노는 중이었다. 승민이

의 폭신한 털에 얼굴을 묻고 누워 있는데 저벅저벅 발소리가 들려
왔다.

　　—한 번에 허락을 받고 말겠어!

　승민이 강한 포부를 내비치며 나갔을 때가 20분 전의 일. 벌써
돌아왔나 싶어 고개를 돌리자 진혁이 서 있었다.
　"회사 한가하냐?"
　"능력 있는 사원은 휴가도 많은 법이지."
　"그러다 잘린다."
　"회사 창립 기념일이래. 회사에도 개교기념일 같은 게 있을 줄은
몰랐다."
　진혁이 현수의 옆에 앉았다.
　"얘가 승민 형님댁 승민이냐?"
　"응. 마승민 씨는 아직도 애 이름 바꾸라고 야단이야."
　"받아들이면 편할 것을."
　"그러게."
　"승민 형님은 회사에 있으려나?"
　"아, 오늘 내려왔어."
　"승민 형님이야말로 한가하네."
　"요새 주말에도 계속 출근해서 이번에 휴가받았대."
　"근데 왜 같이 안 있고?"
　"아버지한테 결혼 허락받으러 갔어."

"엑? 근데 왜 혼자 가? 원래 같이 가는 거 아닌가?"

"사나이끼리의 진지한 회담을 나눌 거라나?"

"……그 형님도 가끔 이상한 부분이 있어."

"가끔 이상하다니! 말은 바로 해라. 가끔 정상적인 거거든?"

"하긴……."

진혁이 중얼거리며 현수의 옆에 누웠다.

"이러고 있으니까 우리 어릴 때 생각난다. 우리 진짜 친형제처럼 지냈는데. 그치?"

"별로."

"매정한 녀석."

"무슨 일 있어?"

현수가 누운 채 고개만 돌려 진혁을 쳐다봤다. 진혁은 현수를 돌아보지 않고 여전히 하늘을 바라보고 있었다.

"우리 회사에 나랑 같은 나이인 대리님이 있거든. 예쁘게 생겼어. 눈도 크고 피부도 뽀얗고 날씬하고……."

"응."

"그 대리님이 내가 좋대."

"헤에. 고백받은 거야?"

"응. 지난 주말에 회식했는데 그때 고백을 받았어. 첫눈에 반했대."

"흐음."

"첫눈에 반한다는 게 정말 있는 일일까? 넌 어땠냐? 승민 형님한테 첫눈에 반했어?"

"그럴 리가. 팬티 바람으로 운전하는 남자한테 첫눈에 반하면 이상한 거지."

"그럼 언제 좋아졌어? 좋아하게 되는 시점이 딱 있나? 어제까지는 별 볼 일 없는 사람이었는데, 오늘 갑자기 심장이 뛰고…… 그랬던 거야?"

"글쎄…… 그냥…… 처음에는 진짜 짜증 났거든. 이 인간 도대체 뭐지, 왜 이러지? 그런 생각만 들었는데…… 마승민 씨가 의외로 다정한 부분이 있거든. 처음에는 나한테 다정하게 대해 주는 게 너무 이상하고 어색했는데, 어느 순간 그게 좋아지고 당연하게 받아들이게 되더라."

"그랬더니 심장이 뛰던?"

"……응, 뛰더라. 정말 많이."

"그래……."

진혁의 음성이 쓸쓸하게 울렸다.

"채영 언니랑 무슨 일 있어?"

"우리 회사 대리님 얘기 하다가 채영 누님 얘기가 왜 나오냐?"

"네가 좋아하는 건 너네 회사 대리님이 아니라 채영 언니니까."

"……그런가?"

"그렇지."

잠시 대화가 끊겼다. 현수는 진혁이 말할 기분이 들 때까지 재촉하지 않고, 일어나 앉아 '승민이'를 쓰다듬어 줬다. '승민이'가 기분 좋은 듯 꼬리를 치다가 꾸벅꾸벅 졸 때, 진혁이 입을 열었다.

"네가 예전에 남자였으면 좋겠다고 했었잖아. 그때는 그 기분을 전혀 이해할 수가 없었는데 요새는 좀 알 것 같다."

"여자였으면 좋겠어?"

"내가 여자고 채영 누님이 남자였으면 지금보다는 상황이 나았을 것 같아."

"지금은 어떤 상황인데?"

"나는 이제 막 사회생활을 시작한, 집 한 채 없는 풋내기고, 채영 누님은 결혼 적령기의 능력 있는 여자지. 내가 스무 살이고 채영 누님이 스물여섯 살이라면 쉽게 접근할 수 있었을 거야. 하지만 채영 누님은 서른두 살이잖아. 진지하게 교제 상대를 생각할 나이지. 가볍게 누군가를 만나기 힘든 나이."

"우진혁이 그런 것도 따지는 인간이었나?"

"소중하니까 더 따지게 되더라."

"……."

"혹시라도 시작했는데 안 맞아서 헤어지게 되면? 이런저런 이유 때문에 몇 년의 연애 끝에 헤어지게 되면? 그래도 나는 20대겠지만 채영 누님은 서른 중반이 되는 거잖아."

"……."

"우리 회사 대리님, 괜찮은 여자야. 무관심이 언젠가 사랑으로 바뀌는 경우가 있다면 대리님을 만나 보는 것도 괜찮지 않을까 싶어."

"그건 좀 아니다."

"아닌가?"

"응. 채영 언니에 대한 마음을 잊으려고 다른 사람을 만나는 거잖아. 그건 너네 회사 대리님한테 실례야. 나쁜 짓이라고 생각하는데."

"그래, 나쁜 짓이지."

"우진혁, 되게 겁쟁이였네."

"그러네."

"하긴. 넌 어릴 때부터 엄청 울보였지. 겁도 많고. 우리 엄마 돌아가셨을 때도 네가 더 많이 울었지. 모르는 사람이 봤으면 너네 엄마가 돌아가신 줄 알았을 거야."

"맞아. 늘 네가 이끌어 줬잖아. 너 아니었으면 평생 동네 바보로 남았을지도 몰라."

"지금도 좀 동네 바보 같기는 해."

현수의 농담에 진혁이 작게 웃었다.

"이번에도 이끌어 주라. 어떻게 할까?"

장난스러운 말투지만 눈빛은 진지했다. 현수와 진혁은 서로 마주 보고 앉았다. 현수는 진혁의 손을 잡았다. 오랜만에 잡는 친구의 손은 여전히 따뜻했다.

"나는 연애를 많이 해 보질 않아서 무슨 말을 해 줘야 할지 잘 모르겠다. 그런데 하나 알 수 있는 건…… 헤어짐을 생각하면서 시작하는 연애는 잘못됐다는 거야. 왜 사귀기 전부터 헤어진 후를 걱정하는 건지 모르겠어."

"그거야…… 그러게. 왜 그러고 있는 걸까?"

"2년 후에도, 3년 후에도, 그리고 10년 후에도 채영 언니랑 같이 있을 확신이 있다면 고백해. 집 한 채 없는 남자가 싫으면, 이제 막

사회생활 시작한 풋내기가 싫으면 채영 언니가 거부하겠지. 거부당하면 나한테 와서 옛날처럼 실컷 울면 되는 거야. 알잖아. 네가 며칠 동안 울어도 내가 옆에 있어 줄 거라는 거."

"알지."

"무서워?"

"응. 네가 왜 승민 형님이랑 서로 마음 확인도 못 하고 전전긍긍했었는지 알겠어."

"이제야 알겠냐?"

"원래 자기 일이 되지 않으면 모르는 거잖아. 게다가 승민 형님은 원래 멋졌잖아. 근사한 직장도 있고……."

"뭘 모르시네. 마승민 씨 사랑하게 되기 전까지는, 내 눈엔 마승민 씨보다 네가 더 괜찮은 남자로 보였어. 마승민 씨를 사랑하게 돼서 마승민 씨가 나한테 최고의 남자가 된 거야. 객관적으로 놓고 봤을 땐 네가 더 낫지. 적어도 넌 가끔 이상해지잖아."

현수의 위로에 진혁이 크게 웃었다. 졸고 있던 '승민이'가 깜짝 놀라 일어나 왈왈 짖었다.

그때 승민의 차가 정비소로 들어왔다. 현수와 진혁은 마주 앉은 채로 승민을 쳐다봤다.

"뭣들 하고 계시나?"

차에서 내린 승민이 두 사람에게 다가왔다. 요새 승민과 부쩍 친해진 '승민이'가 승민에게 달려들자, 승민이 오냐오냐하며 백구를 안아 들었다.

"아저씨한테 허락은 받았습니까?"

진혁의 질문에 승민이 의기양양한 표정이 되어 손가락으로 자신의 머리를 톡톡 쳤다.

"사람은 원래 머리가 좋으면 뭐든 해낼 수 있는 거야. 아버님의 두뇌는 나를 따라잡을 수 없었지. 후후후후."

음험하게 웃는 승민을 보며 현수가 중얼거렸다.

"저것 봐봐. 저런 것보다는 네가 더 낫잖아."

기억 둘

　채영은 조용한 휴게실에 앉아 멍하니 자판기를 응시했다. 휴가를 받기는 했지만 집에서 쉴 기분이 아니었다. 쉰다고 해서 할 일도 없었다.

　시간이 지나면 공허한 마음속에 무언가가 채워질 줄 알았다. 하지만 조금도 채워지지 않았다.

　승민과 현수의 사이가 질투 나는 건 아니다. 이제는 승민을 봐도 아무 생각 들지 않고, 승민이 현수에 대해 즐겁게 이야기를 하는 걸 보면 덩달아 즐거워지기까지 했다.

　문제는 진혁이었다.

　현수가 시골로 돌아가고 진혁이 회사에 다니기 시작하면서, 채영과 진혁은 만나는 일이 많아졌다. 퇴근 후 가볍게 한 잔, 주말에 가볍게 두 잔. 그런 이유를 붙여 만나다 보니 일주일에 서너 번은 만났다.

가끔은 영화를 볼 때도 있고, 휴일엔 낮부터 만나 공원이나 인사동 거리에 가기도 했다. 영락없는 데이트이지만, 둘은 사귀는 사이가 아니었다. 가벼운 스킨십조차 하지 않았다.

'그 애와 나는 어떤 사이일까?'

진혁에게 이런 마음을 갖게 된 건 언제부터일까? 적어도 처음부터는 아니었다. 첫 만남 때의 진혁은 그저 현수의 친구일 뿐이었다. 그 후에도 그저 말을 잘 들어주는 아이, 다정한 아이…… 그렇게만 생각했는데, 어느덧 말을 잘 들어주는 '남자', 다정한 '남자'로 생각하고 있는 자신을 깨닫게 되었다.

여섯 살이나 어린 진혁을 남자로 생각하게 되다니.

당혹스러웠다.

'아무나 막 만날 나이가 아니야. 정신 차려, 김채영. 걔는 아직 스물여섯 살이야. 난 곧 있으면 서른 중반이고.'

고백을 하는 것도, 고백을 받는 것도 익숙한 채영이었다. 마음이 가면 가볍게 이야기하고 사귀어 보는 것도 나쁘지 않았다. 사귀다가 아니다 싶으면 빠르게 끝내면 되는 거고, 괜찮으면 그 관계를 쭉 유지하면 된다.

설사 몇 년의 관계를 유지하다가 헤어진다고 해도 세상이 끝나는 건 아니다. 서른 중반에 솔로이면 어떻고, 마흔에 솔로면 어떻단 말인가.

그 애는 아직 어려. 그 애는 아직 사회 초년생이야. 나는 나이가 너무 많아.

그런 건 전부 변명에 불과했다. 이 관계를 놓치고 싶지 않은, 이 관계를 쭉 이어 가고 싶은 욕심을 위한 변명.

혹시라도 서로의 마음이 달라서 이 관계가 끊어진다면, 그때야 말로 혼자라는 기분을 느끼게 될 것이다. 서로의 마음이 같아 사귀게 된다고 해도, 언젠가는 상대의 마음이 변할지도 모른다는 생각에 불안해하게 될 것이다. 사랑해서 결혼을 해도 여차하면 남남이 되는 것이 남녀관계다. 채영의 부모님도 그랬다.

그래서 채영은 현수와 진혁의 관계처럼 담백한, 그러나 결코 끊어지는 일이 없는 관계를 유지하고 싶었다.

'하지만 그럴 수 없을 거야.'

만약 진혁에게 사랑하는 사람이 생긴다면 승민이 그랬던 것처럼 진혁 역시 채영을 두 번째 사람으로 생각하게 될 것이다. 아니, 두 번째는 현수이니 채영은 세 번째가 될까? 아니면 네 번째라도 될 수 있을까? 아니, 애초에 순위에 들기는 할까?

진혁의 마음을 도통 읽을 수가 없었다. 진혁은 누구에게나 다정했다. 현수에게 그러듯이 채영에게도 다정했고, 심지어 요새는 세찬과도 친하게 지냈다. 워낙 붙임성이 좋고 정이 많아서, 혼자가 된 채영이 안쓰러워 함께해 주고 있는 것인지도 몰랐다.

'아아. 내가 언제부터 이렇게 나에 대해 자신을 갖지 못하게 된 거지?'

불안에 떠는 자신이 우스웠다.

"선배님."

세찬의 목소리에 정신을 차렸다. 막 휴게실로 들어온 세찬이 의아한 듯 채영을 보고 있었다.

"출근하셨네요."

"응. 시장조사도 할 겸…… 세찬 씨야말로 안 쉬어? 간만의 휴가인데."

"네. 저도 이것저것 정리할 게 있어서 잠깐 들렀습니다. 피곤하십니까?"

"그냥…… 날이 많이 더워졌어."

"그러게요."

세찬이 채영의 옆에 앉았다. 채영은 흘끗 세찬의 얼굴을 쳐다봤다. 오뚝한 코와 부드럽게 다문 입매, 다정한 눈빛.

처음 세찬이 입사를 했을 때 회사 여직원들이 열광했던 것이 생각났다. 승민은 이미 채영의 남자라고 알려져 있어서 다들 입맛만 다시고 있는 상태였는데, 거기에 세찬처럼 멀끔한 솔로 남자가 등장한 것이다. 여직원들의 반응은 채영조차도 놀라게 만들 만큼 굉장했다.

하지만 채영은 세찬에게 다른 마음을 품은 적이 없었다. 세찬을 처음 보는 순간, 이 남자는 함부로 접근할 만한 남자가 아니라는 걸 짐작했다. 침착하면서도 올곧은 눈빛. 가볍게 여자를 사귈 남자가 아니라는 것이 한눈에 보였다.

"힘들겠다……."

속마음이 입 밖으로 나오고 말았다. 세찬이 고개를 돌려 채영을 쳐다봤다.

"네?"

"아…… 요새 일이 많아서 힘들겠다고."

사실은 다른 말을 하고 싶었다.

힘들지 않아, 세찬 씨? 현수를 많이 좋아했잖아.

하지만 그런 이야기를 나눌 만큼 친한 상대가 아니었기에, 채영은 말을 돌렸다. 세찬은 어색하게 웃으며 고개를 끄덕였다.

"최 과장님 나가고 나서 어수선할 때는 많이 힘들었는데, 요새는 좀 나아졌습니다. 회사도 많이 정리된 분위기고요. 신작이 제대로 나오면 좋을 텐데요."

"그러게. 다들 이미지 쇄신하려고 노력했으니까."

"그렇죠. 홍보부랑 영업부도 난리인 것 같더라고요. 카르트가 그렇게 되어 버려서 다음 신차 판매에 영향이 클 것 같습니다."

잠시 침묵이 흘렀다. 먼저 일어나야겠다고 생각하는데, 세찬이 물었다.

"선배님, 괜찮으신가요?"

"응? 뭐가?"

"승민 선배님이랑 현수……."

"아아. 그거? 응, 난 괜찮아. 두 사람, 참 행복해 보이잖아."

"그렇죠, 참 행복해 보이죠."

거기까지 말하고 세찬은 입을 다물었다. 하지만 채영은 일어나지 않고 가만히 앉아 있었다. 세찬이 더 이야기하고 싶어 한다는 것이 느껴졌기 때문이다.

"저는…… 나쁜 놈인 걸까요?"

이윽고 세찬의 입에서 낮게 가라앉은 음성이 흘러나왔다.

"승민 선배님은 정말 좋은 분이고 존경하고 있습니다. 제가 사랑하는 여자가 좋은 남자를 만났다는 걸 기뻐해야 하는데…… 순수하게 기쁜 마음만 들지는 않네요."

"그래, 다들 그렇지."

"하지만 선배님은 극복하셨잖아요. 진심으로 그 두 사람을 축복해 주시는 게 느껴집니다. 하지만 전…….."

세찬의 얼굴이 괴롭게 일그러졌다. 잘생긴 남자의 괴로운 표정은 덩달아 가슴을 아프게 한다. 채영의 미간도 살짝 찌푸려졌다.

"전 순수하게 축복해 줄 수가 없습니다."

"그럼 저주하고 있어? 둘 다 확 망해 버려라! 이렇게."

"아니요, 아니요. 그럴 리가요. 절대 그런 건 아닙니다."

세찬이 진지하게 반응했다.

"절대로요. 저주라니요. 그런 생각은 한 번도…… 절대 해 본 적 없습니다. 그저…… 가끔 그 두 사람이 함께 있는 걸 보면…… 여기가……."

세찬의 손이 가슴께로 올라갔다.

"답답합니다."

"……."

"현수가 승민 선배님 옆에서 웃는 걸 보면 잘됐다고 생각합니다. 두 사람이 결혼해서 행복하게 살면 좋을 것 같다는 생각도 해요. 하지만…… 그런 생각을 하면서도 슬픕니다. 그리고 왜 나는 안 되는 건지, 내가 뭐가 부족했던 건지 고민을 하게 돼요. 그래서……."

"……."

"그래서 무섭습니다. 평생 두 사람을 볼 때마다 이러면 어쩌나. 이러다가 어느 순간 승민 선배님을 미워하게 되면 어쩌나."

거기까지 말하고 세찬은 입을 다물었다. 채영은 그런 세찬을 물 끄러미 바라봤다.

이런 남자이기에 채영은 세찬에게 단 한 순간도 딴마음을 품지 않았었다. 놀라울 정도로 진지하고 올곧은 남자.

채영은 잠시 망설이다가 세찬의 허벅지에 손을 얹었다. 세찬이 놀라 채영을 쳐다봤다.

"어떤 사람한테 들은 얘기인데…… 원래 그런 거라더라."

채영은 예전에 진혁에게 들었던 이야기를 떠올렸다.

"사람 마음이라는 게 복잡 미묘해서, 한순간에 끊어 내고 잘라 버릴 수는 없는 거래. 오래전에 헤어진 여자가 딴 남자랑 같이 걸어가는 걸 봐도 불쑥 화가 날 수도 있고, 울적해질 수도 있는 거래. 그게 너무 심해서 집착이 되면 큰일이지만 그렇지 않은 이상은 그게 정상인 거라고 하더라."

"정상……인 겁니까?"

"응. 그런 기분들이 언젠가 무뎌지고 사라지게 될 거래. 과거는 과거일 뿐이라면서 딱 끊어 낼 수 없는 게 당연한 거래."

채영이 빙그레 웃었다.

"난 세찬 씨가 그런 고민을 하고 있는 것부터가 자기가 참 좋은 사람이라는 걸 알려 주는 것 같아. 언젠가 현수랑 승민 씨가 결혼을 하게 되겠지. 그때도 세찬 씨는 가슴이 아플지도 몰라. 하지만 현수 와 세찬 씨 사이에 아이가 생기고 그 아이를 보며 행복해하는 두 사람의 모습을 보게 되고…… 그때도 세찬 씨가 승민 씨를 질투할까? 행복하게 웃는 승민 씨를 밉다고 생각하게 될까?"

그렇게 묻고는 어깨를 으쓱하며 덧붙였다.

"난 자기가 그럴 것 같지 않은데?"

세찬이 피식 웃었다.

"모를 일입니다. 제가 이래 봬도 집요해서요."

"그 거짓말은 이미 들통 났어. 자기가 집요한 남자였더라면 그대로 현수를 보내 주지 않았을 거야. 세찬 씨는 멋진 남자야. 세찬 씨 자신도 그걸 알고 있을 거고. 세찬 씨가 마음먹고 현수를 붙잡았더라면 승민 씨는 세찬 씨를 이길 수 없었을걸."

"그럴 리가요. 승민 선배님이 얼마나 멋진데…… 제가 승민 선배님 같은 분을 따라잡을 수 있을 리가 없죠."

진심 어린 세찬의 말에 채영은 웃음을 터뜨렸다. 이 진지한 남자는 승민에 대해 너무 잘못 생각하고 있다.

"있지, 이건 여자들끼리의 비밀인데…… 아주 많은 여자들이 사실은…… 조금 부족한 남자에게 끌려. 여자에게는 모성 본능이라는 게 있거든."

"하지만 승민 선배님은……."

"승민 씨가 현수 앞에서 얼마나 멍청이처럼 구는지, 자기는 절대 모를 거야."

"오늘 아버님 늦게 오신대."

진혁이 돌아간 후, 승민이 현수의 옆에 쭈그리고 앉아 백구를 쓰다듬으며 말했다.

"그래요?"

별생각 없이 고개를 끄덕이는 현수의 귀에, 승민의 은밀한 음성이 들려왔다.

"네 방에 가자."

"내, 내 방이요?"

현수가 눈을 크게 뜨고 승민을 쳐다봤다.

지는 해가 승민의 얼굴을 비추고 있었다. 오렌지빛 노을에 물든 얼굴은 그림처럼 아름다웠다. 그리고 그의 눈동자는 강한 욕망이 드리워져 뜨겁게 빛나고 있었다.

"응, 네 방에. 모처럼 단둘이잖아."

"다, 단둘인데 왜…… 내 방엘……."

입 안이 바싹 말랐다.

승민이 현수의 손을 잡았다.

"요새 단둘이 있기 힘들었잖아. 네가 우리 집에서 잠을 자는 것도 아니고…… 서울만 오면 채영이네 집에서 자고 가고……."

"그, 그거야 우린 아직 결혼도 안 했고……."

"결혼하기 전엔 안 되는 건가?"

"아, 안 되죠, 당연히!"

"하지만 난 하고 싶어. 반드시…… 한 번쯤은 괜찮잖아."

"하, 한 번쯤이라뇨!"

현수가 벌떡 일어났다. 하지만 도망치지 못했다. 승민이 현수의 양쪽 어깨를 부여잡았기 때문이다. 욕망에 들뜬 눈동자가 아주 가까운 곳에 있었다. 현수는 그 눈동자에 잡아먹힐지도 모른다는 생각이 들었다.

승민이 한 발자국 가까이 다가왔다. 서로의 숨결이 얽힐 만큼 가까운 거리였다.

"하게 해 줘."

"하지만……."

"부탁이야. 저번부터 꼭 해 보고 싶어서…… 인터넷 보고 연습도 했어."

"여, 연습이요?"

현수의 입술이 반쯤 벌어졌다.

"응. 한 번도 해 본 적이 없거든. 해 보고 싶다는 생각을 하게 될 줄도 몰랐어. 그런 건 나랑 관계없을 줄 알았는데……."

"과, 관계가 없다뇨. 하지만 채영 언니랑도 사귀었었는데…… 정말 한 번도 안 해 봤습니까?"

"응. 걔는 만지는 걸 싫어했거든."

"그, 그래요?"

"네가 처음이야. 이런 부탁을 하는 것도 네가 처음이고."

"아……."

처음이라고 하니 그건 그것대로 기뻤다. 게다가 인터넷을 보고 연습까지 했다니. 승민이 의외로 순수한 남자였다는 사실을 알자, 그가 몹시도 귀엽게 느껴졌다.

하지만 쉽게 결정을 내릴 문제가 아니었다.

"그래도 난 아직 마음의 준비가…….."

"아, 그런가? 여자들은 그런 거에 마음의 준비까지 필요한 건가?"

승민이 전혀 몰랐다는 듯 중얼거렸다.

"당연하죠! 일생일대의 사건인데 쉽게 결정할 수 있을 리가 없잖습니까! 나는…… 아무튼 오늘은 안 됩니다. 좀 더 마음의 준비를 하고…… 그러고 나서…….."

승민의 표정이 시무룩해졌다.

"다, 다음 주까지 답을 드릴게요."

"다음 주까지? 어떻게 기다려? 난 몇 달 전부터 아주 미치겠다고! 참다 참다 말하는 건데……!"

"무, 물론 남자들이 그런 건…… 알지만…… 그래도 내 입장에선…… 좀…….."

"그게 그렇게까지 힘든 일이야? 연습 많이 했어! 5분이면 끝나!"

"5, 5분이요?"

그건 좀 빠른 게 아닐까?

남자 경험 없는 현수지만 5분이라는 시간은 너무하지 싶었다. 이왕이면 첫경험은 시간을 들여 분위기 있게 진행하고 싶은데.

"연습 엄청 했다니까! 가발도 사서 연습했어."

"가, 가발까지요?"

가발까지 씌우고 연습을 했단 말인가? 승민의 노력이 가상했다.

"그래! 똥머리를 묶는 게 의외로 어렵더라고."

"네, 어렵긴 하……… 네? 뭐요?"

아무 생각 없이 승민의 말을 따라 하던 현수는 방금 잘못된 단어를 들은 것 같다는 생각에 승민을 올려다봤다. 하지만 승민은 왜 그러는지 모르겠다는 듯 고개를 갸우뚱했다.

"응? 뭐가?"

"방금…… 뭘 연습했다고요?"

"뭘 연습하긴. 당연히 똥머리지. 똥머리 몰라? 여자들이 머리 이렇게 올려서 이렇게 동그랗게 묶는 거."

"……."

"그게 그렇게 여성스러워 보이고 예쁘더라고."

"……."

"네가 그 머리를 하면 정말 예쁠 것 같아. 네 머리 길어졌을 때부터 진짜 해 보고 싶었는데 건드리지 말라고 화낼 것 같아서……."

"……."

"넌 워낙 남자다우니 똥머리 묶는 방법도 모를 것 같고. 그래서 내가 대신 묶어 줘야겠다 싶었지. 근데 그게 대충 묶는 건 줄로만 알았는데 의외로 어렵더라. 쉬운 일이 아니더만."

"……."

"하지만 걱정 마라, 현수야. 내가 완벽하게 연습했다. 못 믿겠으면 내 완성작을 보여 줄 수도 있어. 가발로 완벽한 똥머리를 만들어 놨거든."

현수는 할 말을 잃었다.

"아, 고무줄이 있긴 해? 고무줄이랑 실핀이 필요하던데. 실핀은 없지? 물론 네 여성성을 의심하는 건 아니지만, 아무래도 네가 좀……."

난 이 남자에게 뭘 기대하고 있었던 걸까?

현수는 힘이 쭉 빠졌다.

그러면서 한편으로는 당혹감을 느꼈다. 기대하고 있었다고? 이 남자와의 무언가를?

'이건 다 재희 때문이야!'

재희에게 남자 머릿속엔 그 생각만 꽉 차 있다는 소리를 들은 후로는 승민이 은밀한 목소리를 낼 때마다 야한 쪽의 생각을 하게 된다. 크리스마스 때도 그랬고.

상황이 이렇게 되니, 머릿속에 그 생각만 꽉 차 있는 쪽은 승민이 아닌 자신인 것 같다. 승민이 뭘 하든 그런 쪽으로만 생각을 하게 된다. 승민은 그런 생각을 전혀 안 하는 것 같은데.

똥머리라니.

현수는 기가 막혀서 웃음을 터뜨리고 말았다. 갑자기 웃어 대는 현수의 모습에 승민은 당황한 듯했지만, 현수를 얼러 안고 달래듯 말했다.

"괜찮아. 진짜 잘할 수 있어. 네 머리가 약간 짧긴 하지만 실핀만 있으면 가능해. 근데…… 실핀 있긴 있는 거야?"

현수는 쿡쿡 웃으며 대답했다.

"네, 있습니다. 실핀 정도는 몇 개 굴러다니게 놔뒀어요."

"그거 잘됐네! 그럼 가자. 내가 진짜 완벽하게 해 줄게. 정말 예쁠 거야."

"그래요."

현수는 웃음을 참을 수가 없었다. 아, 이 남자는 정말.

손을 잡고 걸어가는 와중에도 계속해서 웃는 현수가 걱정스러웠는지 승민이 진지하게 물었다.

"왜 그래? 실성했어?"

방에 들어가자마자 승민은 빗을 가지고 침대에 가서 앉았다. 현수는 고무줄과 실핀을 챙겨 승민의 앞에 앉아 승민에게 머리를 맡겼다.

연습을 했다는 것이 말뿐만은 아닌 것 같다. 승민은 조심스럽지만 능숙하게 현수의 머리카락을 다뤘다. 부드러운 빗질에 노곤노곤 잠이 쏟아져 왔다.

"부드럽다. 염색한 적 없어?"

"네."

"파마도?"

"네. 원래 늘 짧았어요."

"이번엔 용케 길렀네."

"네, 뭐…… 귀찮아서요."

말은 이렇게 했지만, 사실은 그런 이유 때문이 아니다. 전에 재희를 만났을 때, 재희가 그런 얘기를 했다.

─웨딩드레스 입으려면 아무래도 머리가 긴 게 좋지. 이렇게 틀어 올려야 더 예쁘거든.

바로 결혼할 것은 아니지만, 웨딩드레스에 어울리는 모습이 되고 싶다는 것이 머리를 기른 이유 중 하나였다. 하지만 이런 애기를 하면 결혼에 집착하는 여자처럼 보일 것 같았다.

"잘 생각했어. 머리 짧은 것도 괜찮지만 기르니까 정말 예뻐. 여자 같아."

"원래 여잡니다."

"원래 웃통 까고 싶어 했잖아."

"그런 적 없거든요!"

"없긴. 어디서든 윗옷 벗을 수 있는 나를 부러워했다는 거 다 알아."

"별로 안 부러운데요. 어디서든 까면 그게 미친 거지, 정상입니까?"

"그래, 그래. 너무 질투하지 마."

"질투 아니라고요! 나도 마음만 먹으면 어디서든 깔 수 있습니다. 여자는 까지 말라는 법 있습니까?"

"법이야 없지만……."

"깔까요?"

분개한 현수가 휙 돌아앉아 윗옷의 아랫부분을 잡고 협박하듯 승민을 노려봤다. 승민은 빗질을 해 주던 자세 그대로 굳어 현수를 응시했다.

'이 여자는 지금 자기가 뭔 소리를 하는지 아는 건가?'

기억 셋

　안 그래도 요새 현수를 볼 때마다 불쑥불쑥 덮치고 싶은 욕망이 들끓어서 참느라 죽겠는데, 도전적인 눈빛으로 윗옷을 벗기 직전의 자세를 취한 현수를 보니 심장이 떨어져 나갈 듯 위태로웠다. 간당간당 매달려 있는 이성의 끈을 간신히 붙잡았다.

　"알겠으니까 그러지 말고……."

　여전히 빈정거린다고 생각했는지 현수가 윗옷을 살짝 올렸다. 옷 안에 감춰져 있던 흰 피부가 드러났다. 군살이 전혀 없는, 약간의 근육이 있는 복부.

　승민은 침을 삼킬 정신도 없이 현수의 희디흰 배를 물끄러미 응시했다.

　"못 깔 것 같습니까?"

　"아, 저……."

현수가 옷을 좀 더 위로 올렸다. 승민은 당장이라도 그 배에 입을 맞추고 싶었지만 힘겹게 고개를 옆으로 돌렸다.

"너…… 진짜 조심성 없다."

"내가 왜요!"

"지금 이 집에 너랑 나랑 단둘이잖아! 내가 널 못 덮칠 것 같냐?"

그 말에 현수는 찬물을 뒤집어쓴 듯 정신을 차렸다.

"아니면 일부러 도발하는 거야? 그런 거라면 환영이지."

승민의 음성이 낮아졌다. 현수는 황급히 옷을 아래로 내리고 열심히 고개를 저었다.

"아, 아닙니다! 도발이라니…… 그런…… 아닙니다."

"도발이라면 응해 주겠어."

"아니라니까요!"

현수가 벌떡 일어났다. 침대 위인지라 갑자기 일어난 몸이 균형을 잡지 못하고 비틀거렸다. 그때 승민이 현수의 팔을 잡아 자기 쪽으로 끌어당겼다. 현수는 힘을 잃고 승민의 품에 쓰러지듯 안겼다.

승민이 현수의 정수리에 얼굴을 묻었다.

"나 좀 자극하지 마."

"……그런 생각 안 하는 줄 알았는데."

"안 할 리가 있냐? 나도 남자인데……."

"용케 참으시네요."

"도발하는 거냐?"

"아니라니까요!"

승민이 작게 웃었다. 승민의 숨결이 머리카락 사이로 번져나갔다. 뜨겁다.

"그래, 용케 참고 있어. 정말 내 자신이 기특할 정도야. 그러니까……."

승민이 현수에게서 몸을 떼고 다시 빗을 들었다.

"머리나 묶자."

"……그래요."

승민은 정말로 능숙하게 똥머리를 묶었다. 몇 가닥의 잔머리를 남기고 위로 틀어 올린 머리. 흰 얼굴과 목덜미가 드러나는 헤어스타일이 현수와 아주 잘 어울렸다. 감개무량한 듯 현수를 감상하던 승민이 현수의 가느다란 목에 살짝 입을 맞췄다.

닿는 입술이 뜨거웠다. 현수는 움찔했지만 피하지 않았다. 부드럽고도 뜨거운 입술이 낙인을 찍듯 현수의 목선을 따라 아래로 내려갔다. 그리고 움직일 수 없도록 현수의 팔을 잡았다.

승민의 입술이 닿을 때마다 온몸에 전율이 흘렀다. 닿는 부위는 목덜미의 아주 작은 한 부분뿐인데, 그 감각이 온몸으로 퍼졌다. 조금 두렵지만 피하고 싶지 않았다.

현수는 깨달았다.

'난 마음의 준비가 되어 있어.'

그와 함께할 준비가 되어 있다. 그의 모든 것을 받아들일 준비를 마쳤다. 그가 원한다면 그에게 모든 것을 주고 싶고, 현수 또한 그의 모든 것을 원했다.

어깨를 어루만지던 손이 서서히 아래로 내려와 현수의 옷 안으로 들어가려 할 때였다.

왈왈왈!

밖에 놔둔 '승민이'가 짖는 것과 동시에 쾅, 현관문이 열리는 소리가 들려왔다.

"현수야! 애비 왔다!"

"시아버지도 오셨다!"

정씨와 마 교수의 외침.

둘은 총 맞은 것처럼 소스라치게 놀라 벌떡 일어났다.

"기다릴 것이 무어냐! 오늘 당장 상견례를 하자꾸나."

"그러자꾸나!"

술에 취한 듯 밖의 두 방해자는 장단을 맞춰 댔다. 현수와 승민은 서로 눈을 맞추고는 웃음을 터뜨렸다. 침대에서 내려가 현수를 번쩍 안아 들어 아래로 내려 주며 승민이 중얼거렸다.

"아, 진짜 안 도와주네."

진혁은 자신의 앞에 앉아 있는 최 대리를 응시했다. 얼마 전 현수에게 이야기했던, 진혁에게 고백을 한 바로 그 여자였다. 뽀얀 얼굴에 화사한 미모의 최 대리는 진혁의 시선에 얼굴을 붉히며 물었다.

"뭘 그렇게 봐요?"

"그냥…… 내가 왜 좋은 건지 궁금해서요."

"음…… 그 이유를 말해야 오늘 대답을 해 주는 거예요?"

"말해 주지 않아도 대답은 해 드릴 거예요. 고백을 받았으면 답을 한다. 그게 예의잖아요."

"와, 불안하네요. 예의를 차린다는 건, 좋은 대답이 아닐 거라는 뉘앙스인데……."

진혁은 대답 없이 싱긋 웃었다.

"진혁 씨는 내 이상형이에요. 남자답게 생겼고 어깨도 넓잖아요. 게다가 우리 회사를 다닐 정도면 능력도 있다는 거고. 그런 남자가 내 이상형이었어요."

"그렇군요."

"진혁 씨는 어때요? 나 같은 여자, 싫어요?"

"싫진 않아요. 대리님, 정말 매력 있어요. 솔직하고 당당하고."

"그럼…… 오케이인 거예요?"

최 대리의 눈에 기대의 빛이 어른거렸다. 진혁은 당황했다. 그런 게 아닌데.

딱 잘라 거절해야 하는 건데, 거절의 말을 꺼내기가 쉽지 않아 주저하다가 괜한 기대를 심어 준 모양이다. 진혁은 더 늦기 전에 단호하게 말했다.

"마음에 들어 해 주셔서 감사합니다. 하지만 전 이미 좋아하는 사람이 있습니다."

"아……."

최 대리의 눈동자가 식었다.

"죄송합니다."

진혁이 허리까지 깊이 숙여 가며 사과하자, 오히려 최 대리가 황

망히 손을 휘저었다.

"그렇게까지는 하지 마세요. 남들이 보면 내가 집착하면서 따라다닌 줄 알겠다. 그냥 진혁 씨, 내 이상형이고 그래서 보고 있으면 참 설레거든요. 이렇게 거절당해서 굉장히 충격이긴 하지만……친구들이랑 술 마시고 진혁 씨 뒷담화 좀 하고 나면 나아지겠죠."

"네, 제 뒷담화 실컷 해 주세요."

"요번 주에는 조금 어색하게 대할지도 모르겠지만, 다음 주부터는 평범한 직장 동료 사이로 돌아가기예요?"

"당연하죠."

"먼저 일어날게요."

귀염성 있는 얼굴과는 달리 최 대리는 몹시 당찼다. 멀어지는 최 대리의 뒷모습을 보며 아까운 여자를 놓쳤다는 생각이 들었다. 하지만 후회는 되지 않았다.

채영을 사랑한다.

사랑하게 된 이유도 알고 있다.

당당하고 멋지게 보이던 채영이지만 사실은 여렸다. 그 속에 여러 가지 불안한 마음을 품고 있었고, 그것 때문에 고민을 하는 모습이 진혁의 눈에는 사랑스럽게 보였다. 현수에 대한 질투로 괴로워하는 그녀가 귀여웠다.

외모와 속마음의 갭이 진혁의 마음을 사로잡았다.

사람과 사람 사이의 관계에 대해 한없이 불안해하면서도 그렇지 않은 척하는 채영이 말도 못하게 사랑스러워서, 어느 날부터인가 매일 그녀를 생각하게 되었다.

사랑하게 된 이유를 떠올리고 나니, 그녀가 그리워졌다. 최근 며칠 그녀에게 연락을 하지 않았다. 채영이 먼저 연락을 하는 경우는 거의 없었기 때문에 자연스럽게 연락이 끊겼다. 서운하기도 하고 아쉽기도 했다. 한 번쯤 먼저 연락해 주면 좋으련만. 그러면 용기를 낼 수 있으련만.

들었던 휴대폰을 다시 내려놓기를 몇 번이나 반복했다. 집에나 가자, 포기하고 일어나는데 현수의 얼굴이 불쑥 떠올랐다.

—이 용기 없는 녀석!

나무라는 목소리가 들리는 것 같아 쓴웃음이 일었다.

그래, 난 정말 용기 없는 녀석이야. 울보에 겁쟁이지. 나 같은 남자를 누가 좋아하겠어?

진혁은 도로 자리에 앉아 작게 한숨을 쉬었다.

연락을 하고 싶다. 평소처럼 가볍게 전화를 걸어 한 잔 하자고 말하면, 채영은 거절하지 않을 것이다. 하지만 그러고 싶지 않았다. 아무 생각도 없는 가벼운 만남은 헤어진 후에 공허함을 안겨 줄 뿐이었다.

한참을 고민하던 진혁은 결국 휴대폰을 들고 일어났다.

'아, 나란 놈. 진짜 바보 같다.'

"마 대리님, 좀 바보 같아진 것 같지 않아?"

"그치? 나만 그렇게 느끼는 거 아니지?"

"그래, 정말 이상해. 예전에는 잘 웃지도 않고, 뭔가 굉장히 쿨한 이미지였는데…… 요샌 좀…… 그렇더라."

"그래도 여전히 잘생기긴 했잖아."

"그야 그렇지. 하지만 뭐라고 할까, 그 위험한 매력 같은 게 사라졌어."

"응, 실망이야. 그런 여자한테 푹 빠져서 그런 표정을 짓고 다니다니."

"맞아, 맞아. 사실 채영 선배랑 사귄다고 들었을 때는 정말 어쩔 수 없다고 생각했거든. 채영 선배는 괜찮잖아. 그런데 그…… 정현수인가? 걔는 좀…… 정말 안 어울리는데."

"게다가 걔 고졸이래. 시골 출신이라더라."

"지금은 뭐 한대? 회사에서 못 본 것 같은데……."

"내조하겠답시고 집에 틀어박혀 있는 거 아냐?"

"진짜 싫다."

탕비실에 들어온 여직원들의 이야기 소리에 채영은 피식 웃었다. 니들이 아무리 현수를 깎아내려도 마승민 눈엔 현수밖에 안 보여.

고백할 용기도 내지 못하면서 뒷말이나 하는 여직원들이 안쓰럽기까지 했다. 하지만 곧 생각을 고쳤다.

'나도 다를 거 없지.'

며칠 동안 진혁에게서 연락이 없었다. 거의 매일 연락을 하다가 갑자기 연락이 끊기니 걱정이 됐다. 처음에는 회사 일이 바빠서 그런가 하고 가볍게 넘겼는데, 일주일이 넘어가니 슬슬 불안해지기 시작했다.

먼저 연락을 하면 되는 일이다. 하지만 쉽지 않았다.

만약 문자를 보냈는데 답이 없다면? 전화를 걸었는데 받지 않는다면? 받더라도 차가운 목소리가 돌아온다면?

'내가 언제부터 이렇게 겁쟁이가 됐지?'

자신이 우스운 한편, 그런 변화가 싫지 않았다. 진지한 관계에 대해 고민할 만큼 성장했구나, 라는 생각이 들었다. 나이 서른이 넘어서 성장 운운하는 것이 어떤 사람들의 눈에는 우습게 보일지도 모르지만, 채영은 그렇지 않았다.

"좋아 죽겠나 봐?"

자리로 돌아가서 앉는데 승민의 헤벌쭉한 얼굴이 보였다. 지난주에 현수의 아버지에게 결혼 승낙을 받은 후, 승민은 아직까지도 헤벌쭉한 표정을 고수했다.

여직원들은 승민이 바보 같아 보인다고 하지만 채영의 눈에는 지금의 승민이 전보다 훨씬 나아 보였다. 다른 건 아무것도 보이지 않을 정도로 사랑에 깊이 빠진 남자는 유독 섹시하다. 아무리 바보 같은 표정을 짓고 있어도.

"좋아 죽지. 게다가 현수가 요새 예쁨이 물이 올랐어."

"그래, 그래."

"긴 머리가 잘 어울릴 거라는 생각은 늘 했었는데, 기대 이상이야. 볼 때마다 깜짝깜짝 놀라. 이러다가 심장에 무리가 오면 어쩌나 싶어."

"그래, 그래."

"그나저나 요샌 진혁이 안 만나? 퇴근이 늦네?"

"뭐, 그냥……."

채영은 별일 아니라는 듯 넘기려다가 생각을 고쳤다.

"자기는 현수한테 고백할 때 무섭지 않았어?"

"무섭긴 했지. 현수가 워낙 거친 여자라서……."

"아니, 그런 거 말고. 뭐랄까…… 그때 현수가 세찬 씨 하고 사귄다고 오해하고 있었잖아. 그런데도 자긴 현수를 열심히 따라다녔고. 현수가 거절할까 봐 무섭진 않던?"

"흐음…… 어땠더라……."

승민은 미간을 모으고 심각하게 그 당시의 일을 떠올렸다.

"그냥…… 정신과 의사인 친구놈이 하나 있는데…… 걔가 그러더라고. 해 주고 싶은 걸 다 해 주라고. 내가 하고 싶은 거 말고 현수한테 해 주고 싶은 걸 해 주라고. 해 주고 싶은 게 뭔지 생각하다 보니, 다른 문제는 잊게 되더라."

"……단세포구나."

"그럴지도."

놀리는 말에도 승민은 웃었다. 환한 미소가 몹시도 근사했다.

"이것저것 생각하게 되니까 그 순간부터 꼬이더라. 아무 생각 없이 밀어붙일 때는 분위기도 좋고, 기분도 좋았는데 말이지."

"그렇구나……."

"우진혁한테 고백하기 무서워서 그래?"

승민은 지나가듯 물어본 말인데 채영의 얼굴이 새빨갛게 달아올랐다. 당혹감을 감추지 못하는 채영의 모습에 도리어 승민이 놀랐다. 이 여자가 이런 일로 얼굴을 붉히는 여자였단 말이야?

오랫동안 함께 일했는데도 이런 모습은 처음이다. 김채영이 당황하다니. 늘 여유롭던 채영에게 이런 모습이 있다니.

"바로 그거야, 김채영."

"뭐, 뭐가 그거야?"

"그 표정을 보여 주면 되겠어. 그 얼굴로 고백하면 우진혁이 한번에 오케이할 것 같은데?"

"무, 무슨 소리야, 그게? 내가 왜 우진혁한테…… 걔가 얼마나 어린데……."

"어린 게 뭔 상관이야? 6년 먼저 태어났다고 득도를 하는 것도 아니고…… 어차피 같이 늙어가는 세상인데 나이가 뭐가 중요해?"

승민이 너무 확실하게 이야기를 하니 대꾸할 말이 없어졌다. 하긴. 6년 먼저 태어났다고 대단한 것을 이룩하는 것도 아닌데.

"그런데…… 그렇게 티가 나?"

조심스레 물었다.

"뭐가?"

"내가…… 진혁이한테 마음 있는 거."

"마음 있는 정도가 아니라 아주 푹 빠진 게 훤히 보이는데. 너 원래 회사 끝나고 누구 만나서 술 마시는 타입 아니잖아. 푹 빠진 게 아니면 매일 만나서 술 마시겠어?"

"그렇구나……. 티가 나는구나……. 그럼…… 진혁이도 눈치를 챘을까?"

"못 챘을걸? 원래 사람은 자기 일에는 둔해지는 법이거든. 내가 한 눈치 하는데도 현수가 나한테 첫눈에 반한 줄은 새까맣게 몰랐거든."

"그건 당연한 거야. 현수는 자기한테 첫눈에 반하지 않았으니까."

"아니, 다들 아니라고 하지만 내가 봤을 땐 확실해. 현수는 나한테 첫눈에 반했어."

"……그래. 자기가 그렇게 생각하는 게 행복하다면 그렇게 생각하도록 해."

"무슨 소리야! 내가 이렇게 생각하는 게 행복한 게 아니라 실제로 그렇다니까?"

승민의 바보 같은 '첫눈에 반함' 타령을 들어주고 있는데 휴대폰이 울렸다. 진혁에게 온 전화였다.

방금까지 진혁에 대한 이야기를 한 터라, 내심 긴장해서 전화를 받았다.

[한 잔 할래요?]

그동안 연락이 끊긴 적 없다는 듯 가벼운 어투였다.

"그래, 그러자."

채영도 가볍게 대꾸하고 약속 장소를 잡았다. 컴퓨터를 끄고 일어나는데 승민이 채영을 불러 세웠다. 채영이 돌아보자 승민이 씩 웃으며 말했다.

"솔직한 게 최고다, 김채영. 분발해."

"자기나 분발해. 현수 매력 있는 여자라서 누가 홀딱 집어가 버릴지도 모르니까."

현수가 날 버릴 리 없다고 외치는 승민을 무시하고 밖으로 나왔다. 약속 장소로 향하는 발걸음이 바빠졌다. 얼른 만나고 싶다.

늘 만나는 거기, 라고 하면 명동역 근처에 있는 술집 앞이다. 그런데 이번에 진혁은 '누나가 차 세우는 주차장에서 봐요.'라고 말했다.

주차장 입구에 들어서자마자 진혁을 발견했다. 유료 주차장의 어둠 속에서 진혁은 고요히 선 채 어딘가를 응시하고 있었다.

'무슨 일 있나?'

통화할 때의 목소리는 아무렇지도 않았는데, 가만히 서 있는 진혁의 모습은 어딘지 심상치 않아 보였다. 채영이 차를 세우자마자 진혁이 조수석의 창문을 똑똑 두드렸다. 창문을 내렸다.

"차에 좀 탈게요."

"응, 그래."

채영이 문을 열어줬다. 진혁은 말없이 조수석에 앉았다.

무슨 일 있느냐고 물어볼 분위기가 아니었다. 심각한 눈빛을 보니 '두 번 다시 만나지 말자.'라는 이야기가 나올 것 같아 두려웠다.

어떻게 하지? 이럴 땐 어떻게 해야 하는 거지?

한심할 정도로 생각나는 게 없었다. 그렇게 많이 연애를 해 봤으면서, 그렇게 많은 남자를 다뤄봤으면서 여섯 살이나 어린 한 남자 앞에선 아무 생각도 나지 않는다. 백치가 된 기분이다.

"누나."

침묵을 지키던 진혁이 입을 열었다. 낮은 음성이었지만 채영은 호통을 들은 것처럼 놀랐다.

"으, 응?"

"난 별거 없는 남자입니다."

"……아냐, 넌…….."

"그냥 제 얘기를 들어주세요."

"……."

"집은 부유하지 않아요. 대학 등록금 내는 것도 여의치 않아서 제가 돈을 벌어야 했어요. 이제 막 사회생활을 시작해서 차도 없습니다. 일 년 지나면 차 한 대 살 돈은 벌겠지만, 아마 그래도 난 차는 사지 않을 거예요. 유지비며 뭐며…… 그런 거 내기엔 빠듯하거든요. 한마디로 말해서 뭣도 없는 남자라는 거죠. 결혼 정보 회사에 등록하면 순서도 돌아오지 않을…….."

진혁이 고개를 돌려 채영을 쳐다봤다.

"그런데 주제도 모르고 욕심은 많아요. 나는 누나한테 기대하는 거 많습니다."

"기대……하는 거……?"

"누나가 그랬죠. 날 선택한 이유는 내가 누나한테 기대하는 게 없는 것 같아서 그렇다고. 정말로 그렇게 생각했다면 누나는 사람 보는 눈이 없는 겁니다."

묵빛 눈동자가 채영에게 고정되어 움직이지 않았다. 채영은 그 눈동자에 삼켜질 것 같다는 생각을 하며 진혁의 말을 기다렸다.

"난 기대하는 거 많습니다. 누나를 만나면 손을 잡고 싶고, 어깨

를 감싸고 싶고, 포옹을 하고 싶고, 키스를 하고 싶어져요. 누나는
내가 베개라도 되는 것처럼 내 앞에서 편하게 잠들지만 사실 난 베
개가 아닙니다. 잠든 누나를 보면 덮치고 싶어져요."

진혁의 눈빛은 격정적이었다. 그러나 말하는 목소리는 담담했
다. 그래서 더 가슴에 닿았다. 진혁이 하는 한 마디 한 마디가 가슴
에 새겨졌다. 절대 지워지지 않을 낙인처럼.

"가장 큰 욕심은 누나를 갖고 싶다는 거예요. 누나의 몸뿐만 아
니라, 마음도, 생각도 전부 내 것으로 만들어 버리고 싶다는 게 제
일 큰 욕심이에요. 하지만……."

"……."

"집도 없고 차도 없어서, 이제 사회초년생이라서 그걸 다 준비하
려면 꽤나 시간이 걸릴 거예요. 내가 준비할 때까지 기다려달라고
누나한테 책임을 지우고 싶지 않아요. 그것 때문에 누나가 부담스
러워할까 봐 무섭고요. 아…… 그전에 누나가 날 좋아하는지부터
물어야 하는 건데…… 하…… 뭐가 뭔지……."

담담한 듯했지만 사실은 떨고 있었다. 손바닥으로 이마를 누르
며 한숨을 쉬는 진혁의 손가락 끝이 가늘게 떨렸다.

진혁이 이런 마음을 품고 있는지는 몰랐다. 아주 조금도 생각해
본 적이 없다. 채영이 미래를 두려워하는 만큼, 진혁도 두려워하고
있었던 것이다.

"그냥 내가 하고 싶은 말은…… 누나를 정말 많이 좋아해요. 아
니, 사랑하고 있어요. 언제부터냐고 묻는다면…… 누나의 진짜 모
습을 본 다음부터, 라고 해 둘게요. 왜냐고 묻는다면…… 당당해 보

이는 누나의 여린 모습이 못 견디게 사랑스러워서, 라고 할게요. 그게 사랑스럽다 보니 누나의 전부를 너무 사랑하게 돼 버려서…… 아무것도 준비가 안 됐는데…… 누나한테 이런 이야기를…… 하게 됐어요."

격해지는 감정을 누르려는 듯, 진혁은 더듬더듬 말을 이어 갔다.

고백을 받고 우는 여자들을 이해할 수가 없었다. 고백을 받으면 좋은 일인데 왜 울어? 세상에 얼마나 좋은 일이 없으면 고백받는 것 정도로 울어?

이제 이해가 된다.

눈물이 나는구나. 정말로 원하는 사람에게 이런 이야기를 들으면 저도 모르게 눈물을 흘리게 되는구나.

채영의 눈에서 흐르는 눈물을 발견한 진혁이 괴로운 듯 중얼거렸다.

"미안해요, 울게 하려는 생각은 아니었는데……."

사과하는 진혁의 허벅지 위에 살포시 손을 얹었다.

"집은 내가 구할 수 있어. 차가 필요하면 차를 사 줄게."

"그게 무슨……?"

"승민 씨가 그러더라. 해 주고 싶은 걸 해 주라고. 나는 너를 정말 많이 사랑해서, 네게 필요한 것을 다 사 주고 싶어. 집과 차가 없는 게 고민이고 괴롭다면 그건 내가 사 줄게."

"……아, 아뇨. 나는……."

"넌 나에게 뭘 해 주고 싶니?"

처음에는 채영이 무슨 말을 하는지 몰라 멍하니 쳐다보던 진혁이 뒤늦게 그 의미를 깨닫고 채영의 손 위에 자신의 손을 겹쳤다.

"나는 누나가 정말로 행복해서 웃게 해 주고 싶어요."

"그래."

"단 한 순간도 외롭다는 생각이 들지 않게 해 주고 싶어요."

"……그래."

"그렇게 평생 누나 옆에 있고 싶어요."

"……응, 나도."

채영은 운전석 시트에 머리를 기대며 말했다.

"나도 그러고 싶어."

채영과 진혁이 손을 잡고 함께 있는 시간을 음미하는 동안, 승민은 휴대폰을 부여잡고 현수에게 부르짖고 있었다.

"현수야! 나 버리면 안 돼! 누가 홀딱 집어가려고 해도 날 주머니에 넣고 데려가야 한다고!"

〈컴퍼스 콤플렉스 번외 끝〉